FALLER UND DER PATE VON KÖLN

Reinhard Rohn, 1959 in Osnabrück geboren, lebt seit über dreißig Jahren in Köln und arbeitet als Verlagsleiter in einem Berliner Verlag. Er hat zahlreiche Kriminalromane ins Deutsche übersetzt und mehrere Spannungsromane geschrieben.

REINHARD ROHN

FALLER UND DER PATE VON KÖLN

Köln Krimi

emons:

Bibliografische Information der Deutschen Nationalbibliothek
Die Deutsche Nationalbibliothek verzeichnet diese Publikation
in der Deutschen Nationalbibliografie; detaillierte bibliografische
Daten sind im Internet über http://dnb.d-nb.de abrufbar.

© Emons Verlag GmbH
Alle Rechte vorbehalten
Umschlagmotiv: arcangel.com/Claudia Holzforster
Umschlaggestaltung: Nina Schäfer, nach einem Konzept
von Leonardo Magrelli und Nina Schäfer
Umsetzung: Tobias Doetsch
Gestaltung Innenteil: DÜDE Satz und Grafik, Odenthal
Lektorat: Dr. Marion Heister
Druck und Bindung: CPI – Clausen & Bosse, Leck
Printed in Germany 2023
ISBN 978-3-7408-1762-6
Köln Krimi
Originalausgabe

Unser Newsletter informiert Sie
regelmäßig über Neues von emons:
Kostenlos bestellen unter
www.emons-verlag.de

Ein Mann, der die Wahrheit sagt,
braucht ein schnelles Pferd.

Sprichwort aus Armenien

Prolog

Sie wollte ein paar Augenblicke sammeln, schöne Augenblicke, um all das zu überstehen. Das hatte ihre Mutter ihr geraten, als sie ein Kind von sechs, sieben Jahren gewesen war. Schließe für einen Moment die Augen und stelle dir etwas Schönes vor, das du erlebt hast, wenn es dir schlecht geht.

Sie dachte an den Rausch, den sie erlebt hatte, als sie im letzten Juni zum ersten Mal über der Eifel mit dem Fallschirm aus einer Cessna gesprungen war, ein heller, klarer Tag, und mit Sam, einem erfahrenen Fallschirmspringer, hatte sie sich in den Himmel gestürzt. Fast hatte sie gejauchzt vor Freude. Der Wind hatte sie durchgeschüttelt, gleichzeitig hatte sie Sams Wärme gespürt und seine Selbstsicherheit, weil er so einen Tandemsprung schon zigtausendmal absolviert hatte. Kaum waren sie gelandet, hatte sie sich vorgenommen, eine richtige Fallschirmspringerin zu werden. Es war anders gekommen – sie hatte das Gefühl gehabt, als Reporterin auf eine Goldader gestoßen zu sein; die Story ihres Lebens, wie der Scheißkerl Robert Faller vor vielen Jahren die Story seines Lebens gehabt hatte.

Sie hatte ihn in diese Geschichte mit hineingezogen, aber nein, vermutlich wusste er es gar nicht.

Sie lag im Halbdunkel da und versuchte, sich andere lichte Momente vorzustellen. Das Lou-Reed-Konzert am Tanzbrunnen, da hatte sie noch gedacht, dass es mit Harald und ihr etwas werden könnte. Lou Reed hatte mit dem Rücken zum Publikum gespielt, die Band spulte uninspiriert ihr Programm ab, kein besonderer Abend, wenn da nicht Haralds weiche Küsse gewesen wären.

Aber die Erinnerung an diesen Abend verging sehr schnell. Sie spürte, dass sie Durst hatte. Die Flasche, die man ihr hingestellt hatte, hatte sie längst ausgetrunken.

Natürlich musste sie auch an Merle denken – ihre Tochter, die sie so sehr liebte und mit der sie fast gar nicht zurechtkam. Merle war ihre einzige Hoffnung. Vielleicht würde sie ja begreifen, was sie zu tun hatte.

Mit der Erinnerung an schöne, unvergessliche Momente kam sie nicht gegen die Wahrheit an. Sie hatte sich übertölpeln lassen, ja sie musste sich eingestehen, wie dumm und fahrlässig sie gewesen war. Man hatte sie gepackt, mitten auf der Straße, als sie sich ein Prepaidhandy besorgen wollte, und hatte sie in einen Wagen verfrachtet und dann betäubt. Es hatte wahrscheinlich keine zehn Sekunden gedauert.

Nun hockte sie hier auf einer Matratze in einem Raum ohne Fenster, in dem nur ein Billardtisch stand. Ihr Smartphone hatte man ihr abgenommen, auch ihre Schlüssel, aber sie hatte noch ihre Handtasche mit allen Utensilien. Eine Kopfschmerztablette hatte sie als Erstes genommen. Ich muss einen klaren Kopf behalten, hatte sie sich gesagt, sonst sterbe ich hier in diesem Kellerraum.

Aber nein, meldete sich eine andere Stimme in ihrem Kopf, sie hatte etwas, das man von ihr wollte. Das Material für ihr Buch. Damit konnte sie verhandeln. Ohne sie würde man an das Material nicht so ohne Weiteres herankommen. Und wenn es Tariks Leute waren, die sie in diesen Raum gesperrt hatten, dann würde sie hier herauskommen, denn dann ging es nur um ein Geschäft, ein Geschäft, das, war es abgewickelt, ihr die Freiheit bringen würde.

Aber wenn es die anderen waren, die sie mitten auf der Straße überwältigt hatten …

Sie wollte den Gedanken nicht zu Ende denken.

Dann bin ich so gut wie tot, sagte die ängstliche Stimme in ihrem Kopf. Dann geht es nur darum, dass ihr Material verschwand – genau wie sie.

Die Zunge klebte ihr am Gaumen. Der Durst wurde höllisch quälend. Wie lange war sie schon hier in diesem Billardraum?

Sie kramte in ihrer Handtasche und zog einen Edding-Stift hervor, um ihren Namen an die Betonwand zu malen.

Danach fühlte sie sich wohler, als hätte sie wirklich etwas für ihre Befreiung getan.

Wenn es Tariks Leute waren, kam sie frei – ganz bestimmt.

Und wenn nicht?, fragte die dunkle Stimme in ihrem Kopf.

Verdammt, sie hatte die Typen, die sie auf der Straße überwältigt hatten, nicht erkannt.

Zwei Männer – der eine hat nach einem süßlichen Aftershave gerochen.

Wieder wollte sie an den Sprung aus der Cessna denken und an Sams freudiges Lächeln, bevor sie sich hinabstürzten. Was war das für ein Gefühl von Freiheit gewesen, auf dem Wind schwebend, die helle Landschaft unter sich. Vermutlich würde sie dieses Gefühl nicht wieder erleben.

Mühsam erhob sie sich von der Matratze. Sie versuchte sich über die Lippen zu lecken. Ein panischer Gedanke streifte sie. Und wenn man sie hier in dieser Kammer verdursten lassen würde?

Sie ging zu der Tür und pochte dagegen, aber viel kraftloser als noch vor ein paar Stunden, als sie hier aufgewacht war.

Als sie erneut ihre Runden um den Billardtisch zu drehen begann, strich ihre rechte Hand über den grünen Filz. Wer hatte schon einen Billardraum? Das sprach eindeutig für Tarik und seine Leute. Oder etwa nicht?

Sie war in der hinteren Ecke angekommen, in der leise eine Klimaanlage zu hören war, die es hier unten wohl gab.

Dann hörte sie ein knarrendes Geräusch. Jemand war gekommen. Eindeutig. Jemand hatte den Schlüssel im Türschloss herumgedreht.

Gleich würde sie wissen, wer sie gefangen hatte und ob sie diesen Tag überleben würde.

1

Montag

Also, Faller, kauf dir doch einen Hund, hatte Helen ihm am Morgen gesagt, kaum dass er die Augen aufgeschlagen hatte. Ein Hund ist immer ein guter Freund. Dann entspannst du dich vielleicht wieder und wirst wieder ein wenig lockerer.

Ich weiß, dass ich nicht gut in Form bin, hätte Faller ihr am liebsten geantwortet, stattdessen hatte er sich seine Morgenzigarette angezündet, eine Zigarette morgens, eine am Abend – so war es ihm in den letzten Jahren zur Gewohnheit geworden, aber mitunter, wenn seine Stimmung ganz im Keller war, reichte ihm diese schwache Dosis an Nikotin nicht.

Mit einem Hund müsstest du auch spazieren gehen, hatte Helen ihm hinterhergerufen, dann würdest du dich wieder jeden Tag vor die Tür trauen.

Aber das tue ich doch, hatte er erneut nur in Gedanken geantwortet.

Er schritt durch ihr Atelier, vorbei an den hellen Holzfiguren. Eine Figur berührte er fast jeden Morgen an derselben Stelle. »Das Kind« nannte er sie für sich, obschon es nur eine merkwürdig gewölbte Skulptur war, ohne Kopf, ohne Hände, doch immer sah er ein dickes trauriges Kind vor sich.

Für den Morgenkaffee ging er auf die Venloer Straße, zweihundertdreiundfünfzig Schritte, zu Lucca, in dessen kleine Bar, die schon morgens um sechs Uhr öffnete und abends um zehn schloss.

Er war pleite, das war die Wahrheit. Sein Konto war im Minus, und er hatte keinen Auftrag mehr. Der letzte Auftrag war die Familiengeschichte für Brings gewesen, den Schuhkönig, wie sich dessen Vater von einem einfachen Schuhmacher hochgearbeitet und wie Ferdinand Brings das Geschäft dann übernommen hatte, nun spezialisiert auf teure Gesundheitsschuhe. Zweihundert Seiten pure Lobhudelei, aber so waren all die Familienchroniken, die er verfasste. Mittelmäßige Geschichten von mittelmäßigen Menschen, die sich für Gewinner hielten und das unbedingt dokumentieren wollten.

Er war kein Gewinner, oder nein, er war es einmal gewesen, aber diese Tage waren längst vorbei.

Das Geld, das er von Brings bekommen hatte – zehntausend Euro Schmerzensgeld –, war längst ausgegeben, sein alter Volvo hatte eine neue Auspuffanlage gebraucht – wer fuhr eigentlich noch mit so einer Blechwanne durch die Gegend? –, außerdem hatte er ein paar Schulden bei Angelo in dessen Sportsbar bezahlen müssen, von denen Helen nichts gewusst hatte. Seit drei Jahren hatte er sich zur Gewohnheit gemacht, zu Angelo zu gehen und auf Fußballspiele zu wetten. Würde der FC Liverpool oder der PSV Eindhoven sein Heimspiel gewinnen – und was könnte Juventus Turin dieses Jahr ausrichten? Nur der 1. FC Köln interessierte ihn nicht sonderlich – überhaupt hatte er mit dieser Stadt abgeschlossen, und wenn Helen nicht ihr Atelier hier gehabt hätte, wäre er schon lange abgehauen, aber sie hatte diese Stadt geliebt. Dreimal in der Woche war sie mit ihrer alten Polaroidkamera zum Dom und in den Skulpturenpark gelaufen, und sie war am Rhein in Niehl entlanggegangen, hatte Fotos gemacht, die sie als Vorlage für Gemälde nutzte, oder sie hatte das Ufer nach Treibholz abgesucht, das sie für ihre Kunst verwenden konnte.

Lucca machte es nichts aus, dass er pleite war.

»Roberto«, rief er ihm zu, kaum dass er eingetreten war. »Du siehst aus, als hättest du noch keinen Kaffee gehabt. Schlecht geschlafen?«

Ohne dass er etwas sagen musste, brachte Lucca ihm einen Espresso mit einem Glas Wasser an den Stehtisch. Lucca war fünfunddreißig und in Köln geboren, aber er tat so, als wäre er eben noch in Sizilien gewesen, wo sein Vater vor vierzig Jahren aufgebrochen war, um bei Ford Autos zusammenzuschrauben.

»Ich weiß, dass es schwer für dich ist, aber trotzdem … du lächelst zu wenig«, sagte Lucca. »Männer, die nicht lächeln, kriegen ein dunkles Herz, hat mein Vater immer gesagt.«

»Kann sein«, erwiderte Faller matt. »Aber muss man nicht einen Grund haben, um zu lächeln?«

Lucca lachte. »Diese Deutschen! Man braucht keinen Grund, um zu lächeln, das Leben ist der Grund.« Er wandte sich um und machte dann plötzlich eine weite, einladende Handbewegung.

Eine junge Frau stand im Eingang, sie war im Gegenlicht nur ein Schatten, aber ein sehr schöner Schatten mit langen Haaren und einer schlanken, höchst ansehnlichen Figur.

»Signorina«, sagte Lucca und rollte auf eine Art das R, die er wohl für charmant hielt, »was kann ich für Sie tun? Espresso, Latte macchiato … Hier gibt es den besten Kaffee von Köln.«

»Nur einen schwarzen Kaffee«, sagte die Frau. Ihre Stimme klang erstaunlich tief. Ein leichtes Zittern war auch in ihr zu vernehmen.

Sie trat zögernd ein, schaute sich um und kam dann näher. Sie postierte sich am Nachbartisch. Faller spürte, dass sie ihn musterte, während er nach einer Zeitung griff, dem Express vom Sonntag. Er hoffte, da kein Foto von Helens Trauerfeier zu sehen, aber nein, wenn ein Fotograf vom Express am Freitag da gewesen wäre, wie Broder gemeint hatte, dann würden sie ihre Aufnahmen schon am Samstag gebracht haben.

»Ich röste meinen Kaffee selbst«, rief Lucca von der Theke herüber. »Den Unterschied werden Sie gleich bemerken, Signorina.«

Die Frau beachtete Lucca nicht, so viel italienischen Charme er auch in seine Stimme legte. Sie hatte ein Notizbuch herausgezogen, aus dem ein länglicher Briefumschlag herausragte. Sie hatte schöne, zarte Hände, wie Faller bemerkte, und ja, sie war jung, sehr jung, Anfang zwanzig, allerhöchstens. Ihr Haar war blond, schulterlang, sehr glatt.

Mit einer eleganten Geste stellte Lucca ein kleines silbernes

Tablett vor ihr ab. »Kaffee, *per favore*«, sagte er in seinem gehauchten Tonfall, den Faller an ihm nicht leiden konnte und den Lucca für besonders hübsche Kundinnen reserviert hatte.

Die Frau jedoch gönnte Lucca nicht einmal einen Seitenblick, ihre rechte Hand strich über den Briefumschlag, als würde er etwas Wertvolles enthalten, dann nahm sie rasch einen Schluck Kaffee, und als sie den Kopf hob, waren ihre Augen – die stechend blau waren, wie Faller zu erkennen meinte – ganz auf ihn gerichtet.

»Sie sind Robert Faller, der Journalist, nicht wahr?«, sagte sie. Ihre Stimme zitterte nun noch deutlicher.

Er sah von der Zeitung auf und tat so, als wäre er in die Lektüre vertieft gewesen. Es war lange her, dass ihn jemand erkannt hatte, etliche Jahre, wenn er ehrlich war, und wirklich berühmt war er auch in seiner besten Zeit als Reporter nicht gewesen.

Faller lächelte, und während er das tat, spürte er, wie unrasiert er war und dass er sich vermutlich nicht einmal gekämmt hatte.

»Nein«, sagte er, »ich bin kein Journalist. Bedaure! Sie müssen jemand anderen meinen.«

Die Frau schüttelte kaum merklich den Kopf. Sie war wirklich sehr jung und sehr schön. Ein wenig Neugier regte sich doch in ihm, warum sie ihn angesprochen hatte.

»Aber Sie waren Journalist … Ich meine …«

Das Klingeln eines Smartphones unterbrach sie. Der übliche langweilige Klingelton.

Es war sein eigenes Telefon, registrierte Faller überrascht.

Die Bank, dachte er, oder Helens Vermieter oder der Bestattungsunternehmer, der wegen der Rechnung anfragte …

»Unbekannte Nummer«, stand auf dem Display.

Dann meldete sich eine mittelalte Frauenstimme. »Spreche ich mit Herrn Robert Faller?«

»Ja«, brummte er.

Die junge Frau schaute ihn immer noch an, sie hielt nun ihre Kaffeetasse in der Hand.

»Herr Dr. Wartenstein würde Sie gerne sprechen. Darf ich verbinden?«

Bevor er etwas antworten konnte, hörte er ein paar Takte einer schrecklichen Pausenmusik, dann rief ein harter Männerbass: »Philipp Wartenstein hier – Herr Faller, ich grüße Sie. Wir kennen uns ja ...« Er lachte auf. »Nun ja, war damals eine unschöne Geschichte, aber nun können wir ins Geschäft kommen. Das Bankhaus von Wartenstein wird im nächsten Jahr hundertfünfundzwanzig Jahre alt, und wir brauchen den besten Schreiber für unsere Firmengeschichte, den wir bekommen können, und da habe ich sofort an Sie gedacht.«

Einen Moment lang war Faller zum Lachen zumute. Er hätte nicht gedacht, dass jemand wie Wartenstein so etwas wie Humor haben würde, aber dann begriff er, dass der alte Mann – er musste nun fast achtzig sein – es ernst meinte.

»Ausgerechnet ich soll Ihre Firmengeschichte schreiben?«, fragte Faller, und zu seinem Ärger klang seine Stimme heiser.

»Ja, Sie machen doch so etwas, oder nicht? Hat man mich da falsch informiert? Sie sind doch jetzt so eine Art Ghostwriter, oder wie nennt man die Tätigkeit, mit der Sie Ihr Geld verdienen?« Wartenstein klang jovial und äußerst gelassen.

»Ganz recht. Ich schreibe Geschichten auf Bestellung«, erwiderte Faller, »aber ob ich ausgerechnet Ihre Geschichte schreiben will ...«

»Ich habe Ihren Stil immer geschätzt«, fuhr Wartenstein unbeirrt fort. »Sie hatten Ihren eigenen Tonfall, waren nie aufdringlich, nie belehrend. Ihr Stil war federleicht – so nennt man es wohl. Ihre Reportage über New York an Nine Eleven war grandios ... Und unser kleiner Zwist ... Nun, das sollte doch längst vergessen sein, oder nicht?«

Dieser kleine Zwist, hätte Faller am liebsten geantwortet, hat mich lediglich meine Karriere gekostet. Er sah, wie die junge Frau hastig ihren Kaffee austrank, dann zu Lucca an die Theke ging, um zu bezahlen.

Schade, nun werde ich doch nie erfahren, woher sie meinen

Namen kennt, dachte Faller. Ins Telefon sagte er: »Wie viel wollen Sie sich Ihre Familiengeschichte kosten lassen?«

»Dreißigtausend Euro«, erwiderte Wartenstein. »Fünfzehntausend sofort, die andere Hälfte bei Ablieferung. Frau Meinert, meine Sekretärin, würde Sie mit allen notwendigen Unterlagen versorgen.«

»Und ich darf alles schreiben?«, fragte Faller.

»Nun …« Zum ersten Mal zögerte Wartenstein. »Vor der Veröffentlichung werde ich Ihr Manuskript natürlich lesen, aber ja, Sie dürfen alles schreiben. Wir Wartensteins behaupten nicht, dass wir im Widerstand waren, wir waren auch nicht immer zimperlich, was unsere Geschäftspraktiken anging, aber gegen Gesetze haben wir wissentlich niemals verstoßen, selbst in der ganz dunklen Zeit in den dreißiger Jahren nicht.«

Sie haben Menschen in den Ruin getrieben, dachte Faller, man nennt Sie nicht ohne Grund den »Paten von Köln« – Sie sind ein skrupelloser Netzwerker, der überall seine Hände im Spiel hat und dem es im Grunde gleichgültig ist, wie er sein Geld verdient. Nur zu sehr auffallen dürfen Ihre Methoden nicht.

»Ich überlege es mir«, sagte Faller laut ins Telefon. »Kann ich Sie zurückrufen?«

»Meine Sekretärin gibt Ihnen meine Nummer«, erwiderte Wartenstein, nun deutlich unfreundlicher. »Bis morgen um neun Uhr haben Sie Zeit, Herr Faller. Keine Stunde länger.«

Ohne Gruß stellte er ihn zu seiner Sekretärin durch, die beflissen versprach, eine SMS mit der Büronummer zu schicken, die dann auch Sekunden später eintraf.

Lucca lächelte ihn hinter seiner Theke an. »Was war das für ein Anruf, Faller?«, fragte er. »Du siehst ganz bleich aus. Hast auch das schöne Mädchen aus meiner Bar vertrieben. – Wer war das?«

»Ein Geist«, sagte Faller. »Ich glaube, das war ein Geist, der mich angerufen hat.«

2

Dreißigtausend Euro.

Er überschlug die Summe im Kopf, während er zurück zu Helens Atelier ging. Mit dreißigtausend Euro wäre er ein paar Sorgen los – und die Hälfte sofort … Selbst wenn er die Geschichte des Bankhauses Wartenstein gar nicht schreiben würde, hätte er diese Summe erst einmal auf seinem Konto.

War dieser Anruf Wartensteins letzter Triumph gewesen? Dass er, Faller, sogar zu so einem Strohhalm greifen musste? Er würde die Miete überweisen können. Helens Vermieter hatte schon zweimal nachgefragt. Er würde nicht anfangen müssen, darüber nachzudenken, wie er schnellstmöglich ein paar von ihren Kunstwerken verkaufen konnte.

»He, Helen, wie denkst du darüber?«, fragte er laut vor sich hin, als er die Tür aufschloss.

In Gedanken hörte er ihr Lachen. So viel Geld haben wir schon lange nicht mehr in der Hand gehalten, Faller.

Dass Wartenstein seine New-York-Reportage erwähnt hatte, war eine weitere Gemeinheit gewesen. Mit seinem Artikel über Nine Eleven hatte seine Glückssträhne begonnen, 2001 – da war er fünfunddreißig gewesen. Achtzehn Jahre war das jetzt her. Er war damals schon kein Sportjournalist mehr gewesen, sondern als Reporter der Chefredaktion unterstellt, doch die Reise nach New York für eine allgemeine Reportage hatte man ihm nicht bezahlen wollen. Er war für eine Woche mit Anna hingeflogen, die schöne, anstrengende Anna aus der Kultur.

Als sie um kurz nach acht Uhr Ortszeit in einem Diner an der Second Avenue, Ecke 37. Straße, hatten frühstücken wollen, hatten sie das Flugzeug über der Stadt gesehen, an einer Stelle, wo sonst niemals Flugzeuge zu sehen gewesen waren. Den Einschlag in die Twin Towers hatten sie zwar nicht beobachtet, aber ihnen war sofort klar gewesen, dass etwas Unerhörtes passierte. Anna und er hatten sich nur kurz angeschaut, dann waren sie losgelaufen. Bald begannen die ersten Sirenen zu heulen, Leute kamen aus anderen Dinern und berichteten stammelnd und schockiert, was geschehen war. Ein Verkehrsflugzeug war wie ein Bombe in das World Trade Center eingeschlagen. Kaum zehn Minuten später brachten die ersten Fernsehsender Bilder des brennenden Towers – man konnte das Heck des Flugzeugs sehen, das aus der zertrümmerten Glasfront ragte, und Rauch, der aus den oberen Stockwerken des Turms drang. Dass er bald darauf einstürzen würde, damit war nicht zu rechnen gewesen. Atemlos liefen sie weiter. Davon, dass es wenige Minuten später einen zweiten Einschlag gegeben hatte, hatten sie noch nichts mitbekommen. Weitere Sirenen waren zu hören gewesen, aber genauso gab es Passanten, die ihren Geschäften nachgingen, als wäre nichts geschehen. Je näher sie dem brennenden Gebäude kamen, desto unwirklicher wurde die Szenerie. Der Verkehr war zum Erliegen gekommen, ratlose Polizisten standen auf der Straße und starrten zu dem Tower. »*What the hell is going on?*«, rief einer.

Niemand wusste, was wirklich vor sich ging und was nun zu tun war. Konnte die Feuerwehr so einen Brand löschen? Zumindest rasten weitere Löschzüge und Ambulanzen heran.

Ansonsten machte sich eine unwirkliche Stille breit, niemand sagte etwas.

Anna griff einmal nach seiner Hand und drückte sie sanft. Auch sie hatte die ganze Zeit nichts gesagt.

»Verdammt, ich habe keine Kamera dabei«, hatte Faller geflucht, als der Tower schon gefährlich nah vor ihnen aufragte. Handys mit Kameras gab es im Jahr 2001 noch nicht. Bilder waren das Wichtigste, Bilder sagten mehr als tausend Worte.

»Wir könnten uns nach einem Laden umschauen und eine kaufen«, hatte Anna erwidert.

Ja, so war sie, schnell und schlau. In der Nacht hatten sie

sich geliebt. Sie waren nicht wirklich zusammen, oder doch, nein, sie waren zusammen, aber auf eine heimliche, geheimnisvolle Art, die viel Unausgesprochenes enthielt. Die Reise nach New York war eher eine spontane Idee gewesen, und in der Redaktion wusste auch niemand, dass sie sich trafen und miteinander schliefen.

Doch statt sich nach einem Laden für Souvenirs umzuschauen, in dem sie eine billige Kamera kaufen konnten, hasteten sie weiter, nun den brennenden Tower fast immer vor Augen.

Dann geriet der Tower ins Rutschen. Als wäre er nur noch ein gigantisches brennendes Kartenhaus, stürzte er ein; und die Hölle brach wirklich los. Das Inferno. Eine riesige Staubwolke rollte auf sie zu.

Anna schrie auf, sie stürzte, scheinbar ohne Grund.

»*Come here!*«, schrie jemand.

Eine Hand war plötzlich da, half Anna auf die Beine, während sich eine Flut aus Staub über sie ergoss, die sie blind machte und ihnen den Atem raubte. Momente später hatte sie jemand in einen Hauseingang gezogen. Menschen schrien durcheinander, Annas rotes Haar war voller grauem Schmutz. Sie würgte und lächelte entschuldigend, nun gar nicht die knallharte Journalistin, die sie sonst immer sein wollte. Immer mehr Passanten drängten sich von der Straße herein, graue Staubgestalten. Ein alter Mann rief heiser nach Wasser.

»Die Welt geht unter«, sagte Anna leise.

Ein Mann in einer Uniform, wahrscheinlich so eine Art Hausmeister, reichte ihr eine Wasserflasche. Sie trank gierig und gab sie an Faller weiter.

Während er trank, spürte er sein Herz pochen, ein lauter harter Beat bis in den Kopf hinauf.

»Ich muss wieder raus«, sagte er dann. »So eine Story bekommen wir nie wieder.«

Anna nickte. Staub fiel aus ihrem Haar.

Durch einen langen Kellergang gelangten sie zehn Minuten

später wieder ins Freie. Noch immer regnete Staub herab, die Sonne war verdunkelt. Er versuchte sich zu orientieren. Wo war dieser verdammte Turm? Nein, es war sinnlos. Vermutlich gab es ihn nicht mehr.

Stille und Chaos schienen sich abzuwechseln. Gespenstische Ruhe, dann das Kreischen von Sirenen. Als sie um eine Ecke bogen, kamen ihnen schreiende Männer entgegen, in grauen Staubanzügen, die Hände erhoben, als wären sie Gefangene in einem Krieg, die sich soeben ergeben hatten.

Und das war es wohl auch – ein Krieg, ein Krieg gegen die Bewohner von New York.

Anna war es, die sich plötzlich bückte und das fand, aus dem er die beste Story seines Lebens machte: ein kleines verdrecktes Buch, eine Kladde, in die jemand etwas hineingeschrieben hatte.

Sie hielt es ihm hin; er nahm es und brauchte ein paar Momente, um zu begreifen, dass dieses Buch ihnen möglicherweise aus einem der Tower vor die Füße gesegelt war, in einer gigantischen Wolke aus Trümmern, Dreck und Staub.

Es war das Tagebuch von Rosalyn McGovern, einer zweiundzwanzigjährigen Sekretärin, die zu ihrem Freund in den achtzigsten Stock gefahren war, der dort bei einer Immobilienfirma arbeitete, um ihm die Schlüssel für ihre gemeinsame Wohnung in Brooklyn zu geben. Sie wollte ausziehen, diese Beziehung beenden, um endlich frei zu sein. Da ihr Freund noch gar nicht da war, beschloss sie zu warten. Und dieser Entschluss hatte sie das Leben gekostet.

Faller hatte nie herausgefunden, welchen Weg genau das Tagebuch aus dem eingestürzten Tower genommen hatte. War Rosalyn in Panik aus dem Fenster gesprungen? Ihr Tagebuch in der Hand oder in einer Tasche bei sich?

Zehn Tage hatte er damit verbracht, zu recherchieren, wer diese Rosalyn McGovern war, woher sie kam, was für eine Geschichte sie hatte. Anfangs war Anna noch bei ihm gewesen, dann hatte sie die erste Gelegenheit genutzt, um zurück nach

Frankfurt zu fliegen. Sie war wütend gewesen – erst auf sich, weil sie das Tagebuch gefunden hatte, dann auf ihn, weil er die Story ohne sie schreiben wollte.

Als er für »Die graue Wolke – die Tragödie der Rosalyn McGovern« ein Jahr später einen Journalistenpreis gewann, hatte sie ihm nur eine Zwei-Wort-Nachricht auf den Anrufbeantworter gesprochen: »Gratulation, Scheißkerl!« Da war er schon nicht mehr beim Stadt-Anzeiger in Köln gewesen, sondern hatte als Freelancer für große überregionale Zeitungen und vor allem für »Das Magazin« geschrieben. Acht große europäische Blätter hatten seine Story in Übersetzung übernommen. Später war sogar ein Filmvertrag dazugekommen. Eine Zeit lang war er ein wohlhabender Mann gewesen.

Nun war alles anders.

Dreißigtausend Euro für die Geschichte des Bankhauses Wartenstein. Dafür könnte er dem alten Banker die Gemeinheit, seine preisgekrönte New-York-Story erwähnt zu haben, durchgehen lassen. Er würde diese Sekretärin gleich morgen anrufen und ihr seine Kontonummer durchgeben. Wenn das Geld innerhalb von zwei Tagen eingetroffen war, würde er den Auftrag übernehmen.

Ja, so würde er es machen.

In Helens Küche brühte er sich von Hand seinen zweiten Kaffee. Es war immer ihre Küche gewesen, nie auch seine. Er hasste es zu kochen, allenfalls war er mit ihr auf den Markt gegangen, um einzukaufen, aber auch davor hatte er sich meistens gedrückt.

»Helen«, sagte er laut, »ich denke, ich werde den Auftrag annehmen. Vielleicht stoße ich bei der Recherche noch auf eine andere interessante Story, die ich anderswo platzieren kann.« Er hörte Helen lachen, ihr helles, ein wenig zu lautes Lachen. So hatten sie sich überhaupt kennengelernt, als Broder, ein Maler, über den er einmal geschrieben hatte, ihn mit zu ihrer Vernissage genommen hatte, sieben Jahre war das nun her.

Er trank den Kaffee schwarz. »Heute gehe ich nicht in die

Sportsbar, um zu wetten«, sagte er laut. Er spürte Helens Blick auf sich, doch sie sagte nichts. »Ich werde ein paar Dinge sortieren und vielleicht schon einmal mit einer ersten Recherche über das Bankhaus und den alten Wartenstein beginnen.«

Fünfzehntausend sofort, dann würde er Helens Vermieter alle ausstehenden Zahlungen überweisen können und hätte genug Geld, um die nächsten drei Monate zu überstehen.

Er trank den Rest Kaffee aus. Vielleicht sollte er die Sekretärin doch gleich anrufen, dachte er, als er plötzlich Klaviermusik hörte. »Für Elise«, da klimperte jemand »Für Elise«, und zwar nebenan, auf dem alten zerschrammten Klavier, das neben dem Eingang in Helens Atelier stand.

Faller sprang auf und riss die Tür zum Atelier auf. Die blonde Frau aus Luccas Bar stand über das Klavier gebeugt da. Erschreckt riss sie ihre Hände zurück.

Sie hob den Kopf und sah Faller an.

»Tut mir leid«, sagte sie, »aber die Tür war offen, und ich habe angeklopft, und als Sie nicht geantwortet haben, habe ich gedacht …«

Er stürmte auf sie zu und hätte sie von dem Klavier zurückgestoßen, wenn sie nicht selbst einen Schritt zurückgewichen wäre.

Mit einer heftigen Bewegung klappte er den Klavierdeckel zu.

»Was wollen Sie?«, fragte er. »Warum laufen Sie mir nach?«

Er beobachtete, wie sie die Augen niederschlug; so selbstbewusst, wie sie sich gab, war sie offenbar nicht. Aus einer Tasche ihrer dunkelroten Leinenjacke ragte das Notizbuch.

»Ich bin Merle«, sagte sie nach einigem Zögern. Nun funkelten ihre blauen Augen ihn an. »Meine Mutter ist verschwunden. Ich muss sie wiederfinden, und ich glaube, nur Sie können mir helfen.«

3

Wenn er es recht bedachte, hatte er die letzten Jahre vergeudet; das hatte Helen ihm zuletzt auch immer vorgeworfen; zu viele Fußballwetten, zu viele Stunden in Luccas Bar, zu viele schlechte Aufträge, die viel zu wenig Geld eingebracht hatten. Trotzdem hatte Helen immer zu ihm gehalten, obschon sie selbst eine harte Zeit durchgemacht hatte.

Merkwürdig, dachte er, dass ihm dieser Gedanke nun durch den Kopf ging, während das blonde Mädchen ihn unsicher anlächelte.

»Was willst du hier, Merle?«, fragte er, nun ein wenig versöhnlicher. »Außer auf einem fremden Klavier herumzuklimpern.« Er duzte sie. Sie war jünger, als er geglaubt hatte; keine junge Frau, eher ein Mädchen.

Ihr Blick glitt zu dem Klavier, mit ihrer rechten Hand strich sie über das schwarze Holz. »Meine Mutter wollte immer, dass ich Klavier lerne, schon seit ich vier Jahre alt war. Sie hätte mich gerne als eine Art Wunderkind gesehen.«

»Und was ist mit deiner Mutter?«, fragte Faller.

»Ich würde gerne noch einen Kaffee trinken«, erwiderte Merle. »Meine Geschichte könnte ein wenig länger dauern.«

»Du willst, dass ich dich einlade?«, sagte Faller. »Du dringst hier ein und möchtest, dass ich dir einen Kaffee mache?«

»Ja«, sagte sie, »das möchte ich. Wenn Ihre Frau nichts dagegen hat, diese Malerin …« Sie schaute sich um, ihr Blick glitt über die Staffelei am Fenster, über das Sofa in der Ecke, den alten Küchenschrank mit den Töpfen und Pinseln und dann über die Bilder an der Wand und verhakte sich an den Holzskulpturen neben der Eingangstür, die sie nicht geschlossen hatte.

»Nein«, sagte Faller leise, »sie wird nichts dagegen haben.« Dann wandte er sich um und ging in die Küche zurück.

Er begann, Kaffee zu kochen, er tat es immer von Hand, ohne

eine Maschine zu benutzen. An den Geräuschen hinter ihm erkannte er, dass Merle hereingekommen war und sich an den Tisch gesetzt hatte. Als er einen raschen Blick zurückwarf, bemerkte er, dass sie ihr Notizbuch vor sich hingelegt hatte, ein kleines schwarzes Buch, aus dem ein weißer Briefumschlag ragte.

»Wo ist Ihre Frau?«, fragte Merle, als er mit zwei Tassen voll mit dampfendem schwarzen Kaffee an den Küchentisch trat. Sie sah sich ein Selbstporträt an, das neben der Tür hing und das Faller besonders liebte, niemals hätte er es verkauft: eine Frau mit zurückgekämmten schwarzen Haaren, die den Kopf schief hielt, als würde sie einer Melodie lauschen, die nur sie hören konnte – ihre Gesichtszüge waren ein wenig verwischt, und doch musste jeder Betrachter glauben, dass sie ihn sanft lächelnd und voller Zufriedenheit anschaute.

»Merle«, sagte Faller, während er sich ihr gegenübersetzte, »was genau willst du?«

Sie nickte, starrte dann auf ihren Kaffee. Sie wirkte unsicher und schüchtern, als würde sie spüren, dass sie vielleicht zu weit gegangen war, ihn aufzusuchen.

»Ich bin Merle Talheim«, sagte sie. »Meine Mutter ist Anna Talheim – ihr kennt euch, nicht wahr?«

Faller führte seine Tasse zum Mund, er trank den Kaffee, der noch viel zu heiß war, um ein wenig Zeit zu gewinnen. War das Zufall? Vor zehn Minuten hatte er noch an Anna gedacht, an die Woche in New York, und nun saß ihre Tochter vor ihm.

»Deine Mutter und ich waren gemeinsam bei der Zeitung«, sagte er dann. »Ist aber lange her.«

»Achtzehn Jahre«, sagte Merle. »Habe ich gegoogelt. Du bist dann zum ›Magazin‹ gegangen, bist eine große Nummer geworden … bis …« Sie verstummte abrupt.

»Was ist mit deiner Mutter?«, unterbrach Faller sie.

»Anna ist verschwunden – seit fünf Tagen schon.« Merle schob eine Strähne ihres blonden Haares zurück.

Sie sah Anna kein bisschen ähnlich, fand Faller, Anna hatte rotes, lockiges Haar gehabt, Sommersprossen im Gesicht, auf den Armen und sogar auf dem Rücken, und sie war auch kleiner gewesen, nicht größer als einen Meter fünfundsechzig.

»Anna hat vor einem halben Jahr beim Stadt-Anzeiger gekündigt, sie wollte ein Buch schreiben, eine große Sache, aber nun ist sie verschwunden.«

»Was heißt ›verschwunden‹?«, fragte Faller. »Und warum kommst du ausgerechnet zu mir?«

Merle beugte sich vor und zog ihr Notizbuch heran. Sie öffnete den Briefumschlag, sie hatte lange, graziöse Finger, Nägel, die glänzten, aber nicht farbig lackiert waren.

Als Erstes schob sie ihm ein Foto hin – es zeigte ihn vor der Sportsbar an der Venloer Straße, er trug seine schwarze Lederjacke und hatte die Schultern ein wenig hochgezogen, als wäre ihm kalt. Er sah fürchterlich aus, unrasiert, die blondgrauen Haare zu lang, sein Gesicht wirkte verschlossen und abweisend; er sah aus wie jemand, der sich für nichts und niemanden mehr interessierte. Wann mochte das Foto aufgenommen worden sein? Vor ein paar Wochen vielleicht, genau war es nicht zu erkennen.

»Was soll das?«, fragte er.

»Dieses Foto hat meine Mutter mir in einem Umschlag hinterlegt und dazu diesen knappen Brief.«

Nun schob sie auch den Brief über den Tisch. Er war nicht mit der Hand geschrieben, sondern mit dem Computer.

Liebe Merle, wenn du mich nicht antriffst und ich mich nicht innerhalb von drei Tagen bei dir melde, könnte es sein, dass ich in Schwierigkeiten stecke. Dann gehe bitte zu diesem Mann. Er ist ein alter Freund und ein sehr guter Journalist. Er wird wissen, was zu tun ist. Herzliche Grüße – Anna

Darunter war seine Adresse aufgeführt, seine E-Mail-Adresse sowie seine Handynummer. Er konnte sich nicht erinnern, dass Anna ihm jemals eine E-Mail geschickt hatte.

Als er damals aus New York gekommen war, seine halb fertige Story im Gepäck, die dann in vier Ausgaben als Fortsetzungsstory im »Magazin« gedruckt worden war, war ihre Affäre zu Ende gewesen.

»Woher hast du diesen Brief?« Faller legte ihn zurück, so, dass er das Foto von ihm verdeckte.

»Er lag in meinem Geheimversteck … In meinem alten Kinderzimmer gibt es so eine Stelle. Da habe ich früher als Kind Süßigkeiten gebunkert, später auch die ersten Liebesbriefe. Anna wusste davon … Ein Brett im Fußboden war locker. Dort habe ich den Brief gefunden.«

»Und hat deine Mutter … hat Anna einmal erwähnt, dass sie dieses Versteck nun auch benutzt?«

Merle nickte. »Ja, sie hat es einmal erwähnt. Wenn sie ein Testament machen würde, das nur ich finden sollte, würde sie es da hineinlegen, hat sie gesagt.«

»Aber das ist kein Testament.«

»Nein, aber Anna ist weg. Helfen Sie mir, ja?«

Faller nahm noch einen Schluck Kaffee. Ich habe einen Auftrag, wollte er sagen, ich muss Geld verdienen, ich bin nicht mehr der Journalist, der ich war, als deine Mutter mich gekannt hat. Aber nein, wenn Anna dieses Foto von ihm geschossen hatte, dann hatte sie gewusst, dass er halbe Tage in Sportsbars verbrachte und eigentlich nichts auf die Reihe bekam.

»Merle«, fragte er, »wie alt bist du?«

»Siebzehn«, sagte sie. »Fast achtzehn. Bald mache ich Abitur und will dann Journalismus studieren.«

Also hatte er recht gehabt, sie war blutjung, ein halbes Kind noch.

»Gut, Merle«, sagte er. »Wir können uns ja einmal die Wohnung deiner Mutter ansehen, und wenn wir irgendetwas finden, was uns merkwürdig vorkommt, gehen wir zur Polizei und geben eine Vermisstenanzeige auf, okay?«

Merle sprang sofort auf. »Fahren wir los!«

4

Merle war mit einem dieser furchtbaren Elektroroller gekommen, die einem nun überall den Weg versperrten. Faller ging mit ihr zu seinem Volvo. Bevor er den Motor startete, schloss er kurz die Augen und atmete ihren Duft ein. Für einen winzigen Moment war er wieder zwanzig und saß neben seiner ersten Freundin Linda – sie fuhren nach Holland ans Meer, zu Pfingsten, auf einen völlig überfüllten Campingplatz. Dann versuchte er, sich Anna vor Augen zu führen, doch stattdessen dachte er an Helen, ihre warmen, nach Farben duftenden Hände auf seiner Haut.

»Können wir bitte losfahren?«, sagte Merle. »Ist dir immer alles so gleichgültig?« Nun duzte sie ihn auch.

Faller öffnete die Augen wieder.

»Wo genau fahren wir hin?«, fragte er.

Merle warf ihm einen spöttischen Blick zu. »Na, zu Anna. Kennst du ihre Wohnung nicht mehr?«

Er war überrascht. Wohnte sie immer noch in Köln-Sülz, in dieser Wohnung, in der er vor über achtzehn Jahren ein paarmal übernachtet hatte?

Er brauchte keine fünfzehn Minuten bis zu Annas Wohnung. Den Weg kannte er tatsächlich noch. Merle brachte die ganze Zeit kein Wort mehr hervor. Er parkte direkt vor dem Haus.

Bevor sie ausstieg, schaute Merle sich um. »Ich bin nicht paranoid, aber manchmal denke ich, dass mir jemand folgt; da war ein schwarzer Audi.«

Faller stieg aus. Was tat er hier? Wieso hatte er sich von diesem fremden Mädchen überreden lassen, mit in Annas Wohnung zu fahren?

»In schlechten Filmen gibt es so etwas – dass sich jemand verfolgt fühlt«, sagte er.

Merle verzog das Gesicht und schnaubte. »Kennst du dich mit schlechten Filmen aus?«, fragte sie.

Er antwortete nicht darauf.

»Hast du schon mal ein Buch geschrieben?«, fragte sie weiter.

Faller blickte auf das unterste Klingelschild. Mertens. Das ältere Ehepaar lebte also immer noch hier. »Doc Mertens« hatte Anna den Mann genannt, der damals ein rüstiger Mittsechziger gewesen war. Mertens war, wenn er sich richtig erinnerte, ein hochdekorierter Arzt oder Apotheker bei der Bundeswehr gewesen.

Merle schloss die Haustür auf. Sie schaute ihn erwartungsvoll an.

»Nein«, sagte er in einem harten Tonfall, »ich habe nie ein Buch geschrieben.«

Dass er es fast ein Jahr lang versucht hatte, brauchte sie nicht zu wissen. Er hatte ernsthaft vorgehabt, seine Geschichte zu Papier zu bringen, irgendwie einen Thriller daraus zu machen, doch es war ihm nicht gelungen. Dann hatte er auch kein Geld mehr gehabt, und sein Freund Broder hatte ihm seinen ersten Auftrag verschafft, die Geschichte eines Brauhauses.

Langsam ging sie in dem engen Treppenhaus voraus. Nur drei Parteien wohnten nun hier, wenn er das Klingelschild richtig gelesen hatte. Annas Wohnung lag in der zweiten und offenbar auch in der dritten Etage. Das war damals nicht so gewesen, aber da war Merle auch noch nicht auf der Welt gewesen.

»Hat deine Mutter keinen Mann oder Freund?«, fragte Faller.

Merle wandte sich um. »Nein«, sagte sie, »zuletzt wohl nicht. Oder sie hat mir nichts davon erzählt.«

Und dein Vater? Was ist mit deinem Vater?, hätte er beinahe gefragt, ließ es dann aber. Zu viel wollte er jetzt auch nicht über Anna und Merle wissen.

Merle zog ein Schlüsselbund hervor und öffnete die Tür

zu Annas Wohnung. Eine braune gewöhnliche Holztür, die jedoch mit drei Schlössern gesichert war. War das damals auch schon so gewesen? Faller konnte sich nicht erinnern, aber als er eintrat, fiel ihm der Grundriss der Wohnung wieder ein.

Links, zur Straße hin, hatte sich eine kleine Küche befunden, daneben ein ebenfalls sehr kleines Schlafzimmer, in das lediglich ein Bett sowie ein Kleiderschank gepasst hatten. Rechter Hand hatte das Wohnzimmer mit einem Esstisch und einem großen Sofa gelegen.

Ja, seine Erinnerung trog ihn nicht. Die Küche sah anders aus, heller, freundlicher, die alten Holzmöbel waren verschwunden. Auch das Mobiliar im Wohnzimmer hatte sich verändert; damals hatte die Farbe Gelb vorgeherrscht, ein gelbes Sofa, ein gelber Teppich, nun hatte Anna sich auf die Farben Schwarz und Weiß verlegt. Ein schwarzes Ledersofa, Flachbildschirm, dazu elegante weiße Stühle um einen gläsernen Esstisch. Und in der Ecke ein Klavier, das es früher auch nicht gegeben hatte.

»Okay«, sagte Faller, »deine Mutter ist offenkundig nicht da, aber es sieht auch nicht so aus, als wäre sie überstürzt aufgebrochen oder als hätte jemand ihre Wohnung durchsucht.«

»Ich weiß«, sagte Merle. »Ich bin ja schon einmal hier gewesen, aber ich dachte …« Sie verstummte. »Hast du eine Idee, was ich tun könnte?«

Abwarten, hätte er am liebsten gesagt, vielleicht ist deine Mutter nur frisch verliebt. »Wo ist der Laptop?«, fragte er stattdessen.

Merle nickte. »Er ist nicht da, sie hat zwei, einen, mit dem sie arbeitet und den sie nie ans Netz anschließt, damit niemand sie ausspähen kann, und einen anderen, mit dem sie ins Internet geht. Nebenan …« Sie deutete nach vorn.

Der Schlafraum von früher war nun ein Arbeitszimmer; sehr funktional eingerichtet, Regale, ein Schreibtisch, zwei Stühle, alles sehr aufgeräumt.

»Das Schlafzimmer ist oben unter dem Dach«, sagte Merle

in einem Tonfall, als hätte er danach gefragt. »Daneben liegt mein Zimmer, wo ich den Brief gefunden habe«, fügte sie hinzu.

»Ich denke«, sagte Faller mit gelangweilter Stimme, während sie in die dritte Etage hinaufgingen, um sich da umzuschauen, »deine Mutter ist für ein paar Tage in die Eifel oder sonst wohin gefahren, um ihr Buch oder einen Artikel, an dem sie arbeitet, fertigzustellen.«

»Nein.« Merle schnaubte wieder, das war offenbar ihre Angewohnheit, wenn ihr etwas nicht gefiel. »Sie schickt mir fast jeden Tag Kurznachrichten. Das hätte sie mir gesagt. Und oben in ihrem Schlafzimmer sind alle ihre Taschen und Rücksäcke. Das habe ich überprüft.«

»Gut«, sagte er, aber es war ein belangloses, inhaltsleeres »Gut«.

Annas Schlafzimmer in der dritten Etage wirkte ziemlich spartanisch, ein Doppelbett, sehr niedrig, eine große Lampe an einer Seite, offensichtlich las Anna viel im Bett, dazu eine alte zerschrammte Holzkommode und ein Spiegelschrank. Ein Laptop war nirgends zu sehen.

Sie gingen wieder hinunter. Einen Blick in ihr Zimmer wollte Merle ihm offenkundig nicht gestatten.

Für einen Moment ergriff ihn ein Gefühl der Fremdheit, wie es einem passierte, wenn man die Wohnung von Unbekannten besichtigte. Was, verdammt, sollte er hier, und warum hatte Anna ihre Tochter ausgerechnet zu ihm geschickt?

Während Merle in die Küche ging, sah er sich noch einmal den Wohnraum an. In der Ecke hinter dem Esstisch hing ein einziges Foto an der Wand: Anna mit ihren langen roten Locken, neben ihr eine vielleicht zehnjährige Merle, die, blond und mit anscheinend viel zu großen Schneidezähnen, in die Kamera lachte. Anna war eine ungewöhnlich schöne Frau gewesen, aber nachdem er aus New York zurückgekehrt war, hatte sie ihn mit Nichtachtung gestraft, und dann, weil er sich nicht über sein Honorar mit der Chefredaktion hatte einigen können, war er mit dem »Magazin« in Kontakt gekommen; alles war wie im Rausch gewesen, das Schreiben, der Vertrag mit diesem wichtigen Blatt, der Abschied vom Stadt-Anzeiger, der Erfolg danach ... Wenn er es richtig bedachte, hatte er Anna vielleicht noch drei-, viermal gesehen, nie allein, nie privat.

Er hörte, wie Merle in der Küche telefonierte. »Nein, Per«, sagte sie, »wir können uns jetzt nicht sehen ... bin noch in Köln ... in der Wohnung ... Ja, allein.«

Faller wandte sich ab. Es fiel Merle offensichtlich nicht schwer, zu lügen, das konnte sie also auch. Er schritt zu der Balkontür, die sich mit einer altmodischen Hebelvorrichtung öffnen ließ. Der Balkon war sehr schmal, kaum bepflanzt, ein schmaler Tisch mit einem Plastikstuhl war das einzige Mobiliar.

Hier, fiel Faller ein, hatten sie frühmorgens nackt gestanden, als sie ihre erste gemeinsame Nacht verbracht hatten. Es war ein wunderschöner Anblick gewesen, Anna, dünn und bleich, im ersten Sonnenlicht, ihre langen roten Haare hatten ihre Brüste bedeckt. Zusammen hatten sie eine Zigarette geraucht und geschwiegen, dann war er nach Hause gefahren, in seine Wohnung im Belgischen Viertel, die er damals gehabt hatte.

»Der schwarze Audi ist wieder da«, sagte Merle aus der Küche. Anscheinend hatte sie ihr Telefonat beendet.

Faller trat vom Balkon zurück in die Wohnung. Für eine Sekunde hatte ihn eine seltsame Sehnsucht überkommen – so viel Zeit war verweht, seit er das letzte Mal hier gewesen war, ja, buchstäblich verweht. Was wäre, wenn Anna und er nicht ausgerechnet am 11. September in New York gewesen wären und ihnen nicht dieses Tagebuch vor die Füße geraten wäre?

Nein, solche Gedanken waren falsch und müßig.

Merle kam aus der Küche und zeigte ihm ein Foto, das sie aus dem Fenster gemacht hatte. Ein schwarzer Audi auf der Straße vor dem Haus – an dem Wagen war nichts Auffälliges. Das Kennzeichen war nicht zu erkennen.

»Was soll so ein Foto beweisen?«, fragte er. »Es ist nicht

verboten, dass auf einer öffentlichen Straße schwarze Audis entlangfahren.«

»Der Wagen fuhr sehr langsam«, sagte Merle, »und für einen Moment hat er sogar angehalten.«

»Merle, wir können hier nichts tun«, sagte Faller. »Zumindest kann ich nichts tun, okay?«

Merle kniff die Augen zusammen. Ein paar Sommersprossen hatte sie auch, erkannte er nun, wenigstens *eine* Ähnlichkeit mit Anna.

Vielleicht ist sie gar nicht Annas Tochter?, kam ihm in den Sinn, aber nein, das war lächerlich. Wieso sollte sie es dann behaupten?

Merle ging abrupt in die Knie. »Siehst du das?«, fragte sie.

An der Wohnungstür klebte eine Handbreit über dem Boden eine Rolle Tesafilm.

Bevor Faller irgendetwas antworten konnte, hatte Merle die Tür geöffnet und war wieder in die Knie gegangen. Mit der rechten Hand strich sie unten über das Holz.

»Tesafilm«, sagte sie leise, »hier klebte Tesafilm. Immer wenn Anna gegangen ist, hat sie ein wenig Tesafilm an die Tür geklebt, um zu sehen, ob jemand in ihrer Abwesenheit in der Wohnung war.«

»Das ist albern.« Allmählich wurde er wütend und ungeduldig. »Das ist auch wie aus einem Film.«

»Gibt es etwas Besseres und Einfacheres als diese Methode?«, fragte Anna.

»Ja«, sagte Faller. »Man könnte irgendwo eine Kamera verstecken. Dann wüsste man auch, wer in die Wohnung gekommen ist.«

Merle richtete sich auf. Sie lächelte wieder, ihre blauen Augen funkelten. »Endlich einmal eine brauchbare Idee von dir«, sagte sie. »Dann lass uns anfangen und nach einer Kamera suchen.«

5

Eine Stunde lang suchten sie die Wohnung nach einer Kamera ab, erst die zweite Etage, dann auch die dritte. Leicht verschämt öffnete Merle auch ihr Zimmer, das in einem Rosaton gestrichen war und in dem Fotos von jungen Schauspielern oder Musikern an den Wänden hingen, die er nicht kannte.

Sie fanden nichts, keine Kamera, keine geheime Nachricht, lediglich in einer Jacke, die an einem Bügel hinter der Tür hing, eine Fahrkarte nach Hamburg, erster Klasse hin und retour, die zwei Wochen alt war, sowie eine Taxirechnung für Köln, Stadtfahrt. Das Datum war verwischt, sodass man es nicht mehr erkennen konnte.

»Wo ist das Auto deiner Mutter?«, fragte Faller. Er war müde und wollte zurück, in Helens Atelier oder besser noch in die Sportsbar, um sich irgendein Fußballspiel anzuschauen.

»Es ist nicht da«, sagte Merle.

Sie waren zurück in die Küche gegangen. Merle kochte zum zweiten Mal Kaffee.

Sie deutete auf die Straße hinunter. »Gegenüber hat Anna eine Garage gemietet. Sie hat einen roten Seat, aber die Garage ist leer.«

Na, das ist doch ein gutes Zeichen, wollte Faller erwidern. Dann macht deine Mutter eine Spritztour, oder vielleicht hat sie einen neuen Lover, von dem ihre Tochter nichts wissen soll. Doch bevor es etwas antworten konnte, summte sein Smartphone.

Broders Name leuchtete auf.

Wenn er allein gewesen wäre, hätte er den Anruf weggedrückt.

»Was machst du?«, fragte Broder ohne Begrüßung. »Pferdewetten? Oder guckst du dir wieder irgendein blödsinniges Fußballspiel an?«

»Weder – noch«, entgegnete Faller unfreundlich. »Ich arbeite. Ich habe einen neuen Auftrag.«

»Gut«, sagte Broder. »Ich dachte, ich könnte vorbeikommen, und wir könnten Helens Mappen durchgehen und ein Verzeichnis ihrer letzten Arbeiten anlegen …«

»Nein«, rief Faller in sein Telefon, »heute nicht!« Dann legte er auf.

»Ärger?« Merle hielt ihm einen dampfenden Kaffeebecher hin.

»Nein«, sagte er wieder.

»Ist deine Frau … die Malerin sauer, dass du nicht da bist?«

Er wandte sich ab. Als er zum Balkon blickte, sah er plötzlich die junge Anna dastehen; nackt lachte sie ihn an, ihr Blick war eine einzige Aufforderung, sie zu küssen und sie zu berühren. Unwillkürlich musste er grinsen. Wie viele Jahre waren vergangen? Und sie war wirklich eine verdammt schöne Frau gewesen.

»Da!« Merle stand am Fenster. »Wieder ein schwarzer Audi! Zum dritten Mal. Ich wette, sie beobachten das Haus.«

Als er zum Fenster trat, fuhr lediglich ein Linienbus vorbei.

»Hätte die Malerin etwas dagegen, wenn du mich heute Abend mit zu euch nimmst?« Merle lächelte ihn an. Zum ersten Mal meinte er, ihr Parfüm wahrzunehmen.

Die Frage musste er für sich langsam, Wort für Wort, übersetzen, so absurd kam sie ihm vor.

»Was meinst du damit?« Er trank von dem heißen Kaffee und spürte, wie müde er war. Er wollte nach Hause, nicht mehr reden, sondern einfach nur dasitzen, nichts denken.

»Ich möchte nicht allein hierbleiben«, sagte Merle in dem Tonfall eines schüchternen Mädchens.

Plötzlich ging ihm auf, dass er ihr die wichtigste Frage gar nicht gestellt hatte. War es nicht so, dass siebzehnjährige Mädchen noch zu Hause wohnten?

»Wo bist du eigentlich in den letzten Tagen gewesen? Wohnst du nicht mehr hier?«, fragte er eher unfreundlich, weil er sich über sich selbst ärgerte. Mit Siebzehnjährigen kannte er sich ganz und gar nicht aus.

Merle verzog den Mund etwas und verdrehte die Augen, als müsste sie über eine Antwort nachdenken. »Ich war bei meinem Freund ... Er lebt in Dortmund, aber zu ihm will ich auch nicht ... Wir müssen morgen weiter nach Anna suchen.«

Gar nichts müssen wir, wollte er erwidern, doch stattdessen sagte er: »Meine Freundin ist nicht da, sie ist ...« Er verstummte.

Merle berührte ihn am Arm. Er roch ihr Haar, ein Duft von Zitrone ging von ihm aus, und plötzlich fragte er sich, wer ihr Vater war. Konnte es sein, dass Anna schwanger von der Reise mit ihm aus den USA zurückgekehrt war? Dass vielleicht er ...? Faller wagte es nicht, diesen Gedanken zu Ende zu denken.

Nein, sagte er sich, das konnte nicht sein. Anna war zwar wütend auf ihn gewesen, weil er mit seiner New-York-Story alles Geld und allen Ruhm einkassiert hatte, aber wenn sie ein gemeinsames Kind gehabt hätten, wäre sie gewiss nicht so weit gegangen, es ihm achtzehn Jahre lang zu verheimlichen. Außerdem konnte er in Merles Zügen keinerlei Ähnlichkeit erkennen, na, vielleicht die Haarfarbe, als Kind war er auch sehr blond gewesen.

»Wir müssen einen Plan machen«, sagte Merle. »Ich habe ein paar Namen von Leuten aufgeschrieben, die vielleicht wissen, wo Anna sein könnte und woran sie zuletzt gearbeitet hat.«

Faller trank den Kaffee aus und stellte die Tasse dann in die Spüle. Wie könnte er das Mädchen loswerden? *Eine* Nacht, sagte er sich, eine Nacht könnte sie bei ihm bleiben.

Bevor sie gingen, klebte Merle auch ein Stück Tesafilm unter die Tür.

»Ich glaube, dass Anna noch lebt«, sagte sie dann voller Ernst. »Und sie muss einen guten Grund gehabt haben, dass sie mich zu dir geschickt hat.«

Faller schüttelte den Kopf, während er in dem engen Treppenhaus hinunterging. Nein, dachte er, das muss ein Irrtum gewesen sein. Er war raus aus dem Business, hatte mit all den Journalisten schon lange nichts mehr zu tun.

»Ich habe dich angelogen«, sagte er laut. »Ich habe doch einmal versucht, ein Buch zu schreiben – über einen zu selbstbewussten, eingebildeten Journalisten, dem man eine Falle gestellt hatte. Er wurde in eine falsche Geschichte hineingelockt, und danach war er verbrannt … Niemand glaubte ihm mehr.«

»Das ist deine Geschichte, nicht wahr?« Merle öffnete die Tür und spähte vorsichtig hinaus. »Über das Bilderberger Treffen, als man dir falsche Unterlagen untergejubelt hat.«

Die Geschichte kannte sie also, obschon man im Internet kaum etwas darüber fand. Im Jahr 2005 waren Facebook oder andere soziale Medien noch nicht besonders weit verbreitet gewesen.

»Nein«, erwiderte er, während sie zu seinem Volvo gingen, »so besonders war meine Geschichte gar nicht. Ich wollte einen richtigen Thriller daraus machen, aber über die ersten dreißig Seiten bin ich nicht hinausgekommen.«

»Vielleicht hat Anna mich deswegen zu dir gebracht. Damit du etwas gutmachen kannst«, sagte sie, bevor er den Motor startete. »Kannst du kochen?«, fragte sie dann. »Ich habe Hunger.«

Sie nervte ihn, kaum dass sie wieder in seinen Volvo eingestiegen war und mit spitzen Fingern eine leere Bierdose nach hinten geworfen hatte. Für sie würde er bestimmt nicht kochen. Er holte zwei Döner vom Türken auf der Venloer Straße, dazu vier Dosen Bier. Geh doch zur Polizei!, wollte er ihr sagen, während sie stumm aßen. Gib eine Vermisstenanzeige auf. Und morgen suchst du dir ein Zimmer in einem Hotel oder einer Pension, wenn du nicht zurück in dein Kinderzimmer willst.

Merle legte ihm eine Liste mit Namen auf den Tisch, von denen er nur Harald Winterfeld kannte, der mittlerweile Chefredakteur beim Stadt-Anzeiger war, die anderen sagten ihm nichts.

»Oder vielleicht hat Anna auch über die Bilderberger recherchiert«, sagte Merle unvermittelt. Sie trank eine Dose Bier auf ex und schaute ihn an, als erwartete sie seinen Kommentar dazu. »Gibt es diese Leute noch? Ist das nicht ein Geheimbund – eine Art Weltregierung?«

»Nein«, erwiderte er. »Das ist Unsinn. Die Bilderberger sind mächtige alte Männer, ja fast nur Männer, die sich einmal im Jahr treffen, um sich auszutauschen. Nicht mehr, nicht weniger.«

Merle warf ihm einen schrägen Blick zu, sagte jedoch nichts darauf. Es war erst zwanzig Uhr. Eigentlich die Zeit, in die Sportsbar zu gehen oder zu Lucca für einen letzten Kaffee.

»Anna hat übrigens manchmal von dir gesprochen. Du hattest einen besonderen Namen. Robert Scheißkerl Faller hat sie dich genannt. Eine Zeit lang habe ich sogar geglaubt, du könntest mein Vater sein. Aber du hast Glück gehabt. Du bist nicht mein Vater.«

Er hätte sich beinahe an seinem Bier verschluckt. Den Gedanken, den er nicht richtig zulassen wollte, hatte sie wie beiläufig ausgesprochen.

Merle schaute ihn forschend an, so als hätte sie gerade eine Testrakete abgeschossen.

»Wie kommst du darauf?«, fragte er scheinbar gelassen.

»Anna hat mir versichert, dass mein Vater ein amerikanischer Autor ist, der im Sommer 2001 in Köln war. Eine kurze Affäre. Mit dir ist sie nur nach New York geflogen, weil sie hoffte, diesen Autor wiederzutreffen.« Merle schob sich das letzte Stück Döner in den Mund und blickte sich dann suchend um. »Hast du keine Servietten?«

Er schüttelte den Kopf. Anna war nur mit ihm in die USA gereist, weil sie schwanger war und den Vater ihres Kindes treffen wollte? Das konnte gar nicht sein, so verliebt, wie sie beide damals gewesen waren.

»Ich bin bestimmt nicht dein Vater«, sagte er, »doch dass Anna einen anderen Grund hatte, als mit mir nach New York zu fahren, glaube ich auch nicht.« Wann genau bist du geboren?, wollte er nachfragen, ließ es dann allerdings, um das Thema nicht weiter zu vertiefen.

»Sie hat dich gemocht«, sagte Merle in einem besänftigenden Tonfall, »aber mein Vater ist angeblich dieser Autor, der dann fünf Jahre später gestorben ist.«

»Und sein Name?«

Merle hob die Schultern. »Hat Anna mir nie verraten. Angeblich weil er verheiratet war und sie es ihm versprochen hatte.«

»Ich werde sie fragen.« Er öffnete die nächste Dose Bier. »Wenn wir sie gefunden haben, wird sie uns das alles erklären müssen.«

Merle lächelte. »Wo genau wollen wir mit der Suche anfangen? Wir könnten noch zu Claudio fahren, zu der Pizzeria, in der sie zweimal in der Woche isst. Malina, ihre Freundin, habe ich schon angerufen. Bei ihr hat Anna sich seit zwei Wochen nicht mehr gemeldet.«

»Mit wem war deine Mutter zuletzt zusammen?«

»Mit niemandem«, erwiderte Merle. »Winterfeld war ihr letzter Lover.«

»Harald Winterfeld vom Stadt-Anzeiger?« Er sah den smarten, mittlerweile grau melierten Winterfeld vor sich, immer im Anzug mit weißem Hemd. Anna und dieser eitle Schönling?

»Sie waren erst zwei Jahre heimlich zusammen, dann zwei Jahre offen, nachdem seine Frau gestorben war, und das hat dann gar nicht mehr funktioniert.«

Kann ich mir vorstellen, wollte er antworten. Winterfeld war damals sein Volontär gewesen, beflissen, ein wenig zu eifrig und immer mit einem Notizbuch in der Hosentasche, in dem er sich permanent Notizen machte.

»Seit wann sind die beiden getrennt?«, fragte er.

Als sein Smartphone klingelte, sah er, dass Lorenz Münter, Helens Galerist, anrief, er drückte den Anruf weg. Wahrscheinlich hatte Broder ihn alarmiert.

»Seit fast drei Jahren«, erklärte Merle. »Mich konnte er nicht besonders gut leiden, aber ich fand es meistens cool, wenn Anna ein paar Nächte bei ihm verbrachte.« Sie zog ihr Smartphone hervor. »Weißt du, was mich am meisten erschreckt hat?« Sie wartete Fallers Reaktion gar nicht ab. »Das war Annas letzte SMS – vom Dienstag letzter Woche. ›Liebe Merle, pass auf dein Zimmer auf und denke daran, dass du immer der liebste Mensch auf der Welt für mich warst, und vergiss Martha nicht.‹ Das war ihre letzte Nachricht. Den Hinweis mit dem Zimmer habe ich sofort verstanden, dass da was in meinem Geheimversteck ist, aber dass sie Martha erwähnt, hat mich besonders getroffen.«

»Wer ist Martha?«, fragte Faller.

»Das ist meine Großmutter. Sie ist jetzt zweiundachtzig und sitzt dement in einem Altenheim unten am Rhein. Anna geht sie jeden Freitag besuchen.«

»Aber letzten Freitag nicht?«

»Ja«, sagte Merle, »letzten Freitag war sie nicht da. Das ist in den letzten drei Jahren nur vorgekommen, wenn Anna in Portugal surfen war.«

6

Du musst es ihr sagen, sagte ihm Helen. Er stand am offenen Küchenfenster und rauchte eine Zigarette. Helen hatte das gefallen, dieses Ritual am Abend.

Merle hatte sich mit zwei Decken auf das Sofa im Atelier zurückgezogen. Um kurz nach zehn waren ihr die Augen zugefallen, und sie war sofort eingeschlafen.

»Was genau soll ich ihr sagen?«, fragte er Helen.

Na, das mit mir, erwiderte sie mit einem Lächeln. Dass ich nicht mehr wiederkommen werde. Die Kleine weiß es ja nicht. Sie denkt … Die Helen in seinem Kopf sprach nicht mehr weiter.

Er drückte seine Zigarette auf einem kleinen Teller aus. Als er sich umwandte und in die Küche sah, bemerkte er zum ersten Mal die Unordnung. Obschon er in den letzten Tagen nicht ein Mal etwas gekocht hatte, stapelte sich schmutziges Geschirr. Leere Flaschen reihten sich auf dem Boden aneinander, und der Mülleimer quoll über. Am Freitagabend nach der Trauerfeier hatten Broder und er sich schlimm betrunken.

Er würde aufräumen müssen, aber nicht nur in diesem Raum; nein, eigentlich müsste er in seinem Leben aufräumen. Was hatte er in den letzten Jahren getan? Die meiste Zeit hatte er in Wettbüros oder in Cafébars verbracht, und wenn Helen nicht gewesen wäre … Sie war sein Glücksfall gewesen, der Rettungsanker; ohne sie wäre er ein altes Holzboot, das längst auf die offene See hinausgetrieben und gekentert wäre.

Nun war sie nicht mehr da …

»Mein Gott, Helen!«, sagte er laut. »Wo bist du?«

Sie antwortete nicht, lächelte nur, wie es ihre Art war, mit funkelnden Augen und einem Lufteinziehen, als würde sie gleich losprusten. Sie war die Künstlerin gewesen, er war nur ein Schreiber, den es irgendwann aus der Kurve getragen hatte.

Morgen würde er Philipp Wartenstein anrufen, er würde den Auftrag annehmen, dreißigtausend Euro; in seiner Situation konnte er keine Rücksicht darauf nehmen, dass der alte Bänker ein letztes Mal über ihn triumphieren würde.

Er trank noch ein Bier, doch bevor er nach nebenan gehen konnte, um in sein Hochbett zu klettern, unter dem sein Schreibtisch stand, an dem er viel zu selten gearbeitet hatte, lehnte Merle in der Tür. Ihr rosafarbener Slip war zu sehen, darüber trug sie lediglich ein kurzes weißes T-Shirt.

Anklagend hielt sie ihm ihr Smartphone hin. »Warum hast du es mir nicht gesagt?«, zischte sie ihn an.

»Was habe ich dir nicht gesagt?«

»Dass die Malerin tot ist! Sie lebt nicht mehr ... ein Unfall.« Wie zum Beweis streckte sie ihm das Display entgegen; offenbar hatte sie irgendeine Nachricht über die Malerin Helen Flohr aufgerufen.

Er schwieg. Nun hätte er gern noch ein Bier in Händen gehalten.

Holz kratzte über den Boden. Merle hatte sich gesetzt. »Warum hast du mir nichts gesagt?«, wiederholte sie versöhnlicher.

Na also, sagte die Helen in seinem Kopf, nun ist sie wütend, weil du nichts gesagt hast. Wusste ich es doch.

»Es ist letzten Dienstag passiert«, sagte er. »Ein Unfall direkt vor dem Haus, aber im Grunde glaube ich es selbst noch nicht. Habe es noch nicht wirklich begriffen.«

Dass er noch immer mit Helen sprach und sie mit ihm, erwähnte er besser nicht.

Merle atmete laut ein und aus.

»Wie genau ist es passiert?«, fragte sie nach ein paar Sekunden.

»Ich war in der Sportsbar auf der Venloer. Da bin ich meistens am Nachmittag ...« Er überlegte, eine Erklärung oder Entschuldigung anzuführen, ließ es dann jedoch. »Als ich zurückkam, stand der Rettungswagen noch in der Straße, aber

Helen war schon tot. Ihr Kopf war … zertrümmert, voller Blut.«

Er griff nach einer Zigarette, schob sie sich hastig in den Mund und steckte sie an.

Noch nicht einmal in Gedanken hatte er den Moment formuliert, als er auf den Rettungswagen zugelaufen war, voller Ahnungen, die sich dann wenige Sekunden später bewahrheitet hatten. Er hatte die Tür aufgerissen, das Gesicht eines entsetzten Sanitäters gesehen, der sich entrüstet umwandte, und dann Helens blutiges Gesicht, nein, zuerst ihre Haare, die ebenfalls voller Blut waren.

»Fahrerflucht«, sagte er. »Jemand hat Helen direkt vor dem Haus angefahren und ist abgehauen, ein weißer Kastenwagen … Mehr weiß man nicht. Helen ist zurückgeschleudert worden, auf ein parkendes Auto, dann auf eine Heckscheibe, die beinahe zersprungen ist durch den Aufprall. Sie kann nicht mehr lange gelebt haben. Als die Sanitäter kamen, hat sie kaum noch geatmet.«

»Fahrerflucht? Wieso Fahrerflucht?« Merles Stimme klang abgehackt vor Entsetzen.

»Der Fahrer hat Gas gegeben und ist die Straße hinuntergerast«, sagte Faller und zog an seiner Zigarette. »Eine alte Frau im Nachbarhaus hat den Wagen gesehen, aber ihre Beschreibung war ungenau, kein Kennzeichen, kein genaues Modell. Die Polizei hat wohl eine Fahndung herausgegeben, aber sie haben nichts herausgefunden.«

»Fahrerflucht«, sagte Merle wieder. »Warum fährt jemand deine Frau über den Haufen und haut dann ab? Und wieso war deine Frau auf der Straße? Kannte sie den Fahrer vielleicht? Wollte er etwas von ihr – oder von dir?«, fügte sie hinzu.

Faller schloss die Augen. Nikotin füllte seine Lungen.

Helen, dachte er, was sind das für Fragen? Warum habe ich dich das bisher nicht gefragt? Oder warum hast du nichts dazu gesagt?

»Ich denke, es war ein unglücklicher Zufall. Vielleicht wollte sie etwas einkaufen, und dann kam der Wagen und dann …«

»Wenn jemand einen anderen mit einem Wagen totfährt, ist es fast so etwas wie Mord«, sagte Merle. »Hat meine Mutter vielleicht mit dir Kontakt aufgenommen, und du hast es nicht mitgekriegt?«

Faller blickte auf. »Was soll das alles mit deiner Mutter zu tun haben?« Dass sie schon wieder ihre Mutter ins Spiel brachte, ärgerte ihn.

»Vielleicht viel, vielleicht nichts«, erwiderte Merle. »Du bist Reporter gewesen. Was hast du getan, um herauszufinden, wer deine Frau umgebracht hat?«

Nichts, hätte er beinahe geantwortet. Ich habe mich mit Broder um das Begräbnis gekümmert, und ich habe getrauert – auf meine Art, indem ich am Samstag und Sonntag wieder, um zu wetten, in die Sportsbar gegangen bin.

»Die Polizei weiß nichts«, wiederholte er. »Die Beschreibung des Kastenwagens war zu ungenau.«

»Aber es gibt doch Kameras, die den Verkehr überwachen, Tankstellen mit Überwachung … Taxifahrer, die man befragen kann.«

»Ich glaube, die Polizei hat eine Menge probiert.«

»Das *glaubst* du, Faller?« Merle richtete sich ein wenig auf und angelte nach seinen Zigaretten, um sich selbst eine anzustecken. »Ich dachte immer, Reporter sind anders, sie forschen selbst nach, geben keine Ruhe, bis sie etwas herausgefunden haben. Anna jedenfalls ist so, sie will immer alles wissen.«

Faller sagte nichts darauf. Er spürte, wie Wut auf dieses Mädchen in ihm aufwallte, das ihm plötzlich Vorwürfe machte, aber dann brach diese Wut wie eine Welle ein, die sanft auslief, bis sie verebbte.

»Ich hatte keine Kraft dazu«, sagte er leise. »Ich hatte nur die Kraft, einfach so weiterzuleben, so zu tun, als würde Helen bald von einer Reise zurückkehren.«

Merle nickte, dann wanderte ihre rechte Hand über den Tisch, auf der Suche nach seiner. Er wich ein wenig zurück.

»Ich habe Bilder von ihr im Netz gesehen«, sagte Merle. »Großartige Bilder. Einmal hat sie auch dich gemalt, nicht wahr? ›Mann am Fluss‹? Diese Figur in einem hellen Mantel, mit zusammengezogenen Schultern, die sehnsüchtig zu einem Schiff hinüberschaut, das warst du, nicht wahr?«

»Kann sein«, erwiderte er. Ihm war damals auch der Verdacht gekommen, obgleich Helen es verneint hatte.

Sie waren vor fünf Jahren, als das Bild entstand, in Schwierigkeiten gewesen: Helen hatte ein Kind haben wollen. Ein Kind von ihm. Er hatte sich nicht geweigert, nicht offen jedenfalls, aber sie hatte gespürt, wie wenig er von diesem Gedanken hielt. Erst ihre Fehlgeburt im dritten Monat hatte sie wieder zusammengebracht. Danach hatte sie sich zu alt für ein Kind gefühlt, sie war auch schon einundvierzig gewesen.

»Wir müssen zur Polizei gehen«, sagte Merle entschieden. Sie rauchte nun und hatte die Beine so angezogen, dass sie im Schneidersitz auf ihrem Stuhl hockte. »Wir müssen mehr erfahren, und vielleicht hat Anna von diesem Unfall gewusst. Vielleicht hat es doch etwas mit ihr zu tun.«

7

Dienstag

Broder hatte Helens Beerdigung ausgerichtet, weil Faller dazu nicht in der Lage gewesen war. Am liebsten hätte er sich nur betrunken, aber das tat er dann doch nicht. Helen hatte es gehasst, wenn er trank, also hatte er es nie getan oder manchmal heimlich. Selbst Valentin Graf war zur Trauerfeier gekommen, der Malerfürst, dessen Bilder mehr als eine Million Euro wert waren, obschon jeder wusste, dass er kaum noch selbst Hand anlegte, sondern fast alles seinen Assistenten überließ. Helen war einmal seine Studentin gewesen, als er noch an der Kunstakademie gelehrt hatte, dann seine Assistentin, und schließlich waren sie ein Paar geworden: der kleine gedrungene Malerkönig und die schöne junge Frau. Helen war auch die erste Frau gewesen, von der Graf verlassen worden war; zuvor hatte er sich von seinen drei Ehefrauen getrennt, um sich jeweils einer Jüngeren zuzuwenden. »Ich konnte seinen Geruch nicht mehr ertragen«, hatte Helen einmal gesagt. »Er roch nicht mehr nach Farbe, weil er kaum mehr im Atelier war, sondern nach Schweiß, nach Altmännerschweiß.« Außerdem gefielen Graf ihre Bilder nicht; nie verlor er ein gutes Wort über ihre eigenen Arbeiten, und nachdem sie ihn verlassen hatte, warnte er alle wichtigen Galeristen, es könnte Konsequenzen für sie haben, wenn sie Helens Bilder ausstellten.

Auf der Trauerfeier am Freitag hatte ihm Graf kurz und wortlos die Hand gedrückt und »Mein Beileid« gemurmelt. Fast zweihundert Trauergäste waren gekommen, viel mehr, als er erwartet hatte. Auch sein Vater, der strenge, wortkarge Literaturprofessor, der immer auf seinen Sohn herabgeschaut hatte, war in letzter Minute erschienen und hatte sich eingereiht. Faller selbst fühlte sich wie in einem Tunnel, einem düsteren, stickigen Tunnel, in dem er fast nichts wahrnahm. Ein Freund von Helen, den sie manchmal in einem Lokal in der Südstadt getroffen hatte, übernahm es, eine Rede zu halten – über Kunst und den Tod, den frühen, unbegreiflichen Tod einer wahrhaften Künstlerin. Schöne Worte, die ihn allerdings kaum erreichten. Der Freund war Germanist oder Philosoph an der Universität – Faller wusste es nicht so genau.

Hinterher kam dieser Freund, dessen Name ihm nicht einfiel, zu ihm und sagte: »Ich möchte ein Bild von Helen kaufen. Kann ich morgen ins Atelier kommen?«

Faller traf diese Frage wie ein Faustschlag. Wie konnte dieser Philosophenfreund nun daran denken, als Erstes ein Bild kaufen zu wollen?

»Nein«, erwiderte er. »Morgen verkaufe ich kein Bild.«

Später bedrängte ihn auch Lorenz Münter. »Hat Helen ein Testament gemacht, Faller? Gehören dir jetzt ihre Bilder?«

Wortlos hatte er sich abgewandt. Er wusste nicht, ob ihm ihre Bilder nun gehörten.

Später, nach der Trauerfeier, als er allein im Atelier saß, nachdem auch Broder gegangen war, begann er zum ersten Mal mit der toten Helen zu reden.

»Was soll ich mit deinen Bildern anfangen? Soll ich sie verkaufen? Oder möchtest du das nicht?«

Faller, sagte Helen mit dem so typischen leicht spöttischen Lächeln. Die Bilder gehören nun dir. Mach, was du willst, mit ihnen. Zwei Stunden später, am Freitagabend noch, war eine Nachricht von Münter gekommen. Er hatte als umtriebiger Galerist keine Zeit verloren und seinen Anwalt befragt. Falls Helen kein Testament gemacht hatte, könnte ihr Bruder, der auf Mallorca lebte und mit dem sie eigentlich keinen Kontakt hatte, Anspruch auf die Bilder erheben.

Er erwachte mit Helens Stimme in seinem Kopf. Allerdings hörte er nur den Klang, keine genauen Worte, und ihn traf die Erkenntnis, dass sie wirklich tot war, dass sie nicht mehr wiederkommen würde.

Abrupt richtete er sich auf.

Es war halb acht. Merle hatte recht, er musste mehr über Helens Tod erfahren.

Als er den ersten Kaffee gekocht hatte, stand Merle wieder in der Tür. Sie sah verschlafen aus, war aber immerhin schon komplett angezogen. Wortlos griff sie nach seiner Kaffeetasse und trank den Rest aus.

»Ich werde mich erkundigen«, sagte er. »Über den Unfall. Ein paar Kontakte zur Polizei habe ich aus alten Zeiten noch ...«

»Endlich«, erwiderte Merle erstaunlich unfreundlich. »Endlich hast du kapiert, dass du ein Reporter bist.«

Er nickte, aber sie hatte sich schon abgewandt und blickte auf ihr Smartphone. Dann begann sie eine Nachricht zu tippen.

Dass er noch Kontakte zur Kölner Polizei hatte, war allerdings eindeutig übertrieben. Der Name eines Kommissars war ihm im Gedächtnis geblieben, mit dem er vor mehr als zwanzig Jahren einmal zu tun gehabt hatte: Hauptkommissar Matthias Brasch. Damals war eine Rotlichtgröße auf offener Straße erschossen worden, mit der er zuvor ein Interview geführt hatte. Außerdem kannte er Brensink, der auf dem Ring einen Kiosk hatte und von dem einige wenige Journalisten immer wieder ein paar Tipps und Hinweise bekommen hatten – gegen einen gewissen Obolus. Das Gerücht, dass Brensink eine Art V-Mann war, hatte sich zu Fallers Kölner Reporterzeit beständig gehalten, war aber nie wirklich bestätigt oder ausgeräumt worden.

»Mir ist noch etwas eingefallen«, sagte Merle, nachdem sie ihre Nachricht versendet hatte. »Anna hat noch irgendwo einen Storeroom angemietet, wo sie ihre alten Unterlagen untergebracht hat, weil unsere Wohnung ja keinen Keller besitzt. Vielleicht sollten wir uns da einmal umsehen.«

»In Annas alten Sachen solltest du allein herumwühlen«,

sagte Faller. »Ich werde mich um Annas Unfall kümmern, aber vorher muss ich noch etwas anderes erledigen.«

Lucca begrüßte ihn mit einem Lächeln. »Du bist früh, Faller«, sagte er. »Und irgendwie habe ich so eine Ahnung, als könnte das schöne Mädchen von gestern wieder auftauchen.«

Das schöne Mädchen hat bei mir im Atelier geschlafen, hätte er beinahe erwidert, stattdessen hob er nur die Hand und ließ sich auf einen Hocker gleiten. Er wartete ab, dass Lucca ihm einen Espresso brachte, dann wählte er die Nummer von Frau Meinert, Wartensteins Sekretärin. Es war neun Uhr fünfzehn, er war eine Viertelstunde zu spät dran, so viel Widerstand hatte er sich erlaubt.

»Herr Faller«, rief die Sekretärin hocherfreut, als hätte sie seinen Anruf bereits sehnsüchtig erwartet, »Herr Wartenstein möchte Sie persönlich sprechen. Ich stelle Sie gerne durch.«

Er musste nur drei Sekunden warten, dann hörte er die sonore Stimme des alten Bankiers.

»Herr Faller«, begann Wartenstein in einem jovialen, gleichzeitig überlegenen Tonfall, »schön, dass Sie mein Angebot annehmen. Deshalb rufen Sie doch an, nicht wahr?«

Nein, war er versucht zu entgegnen, ich nehme Ihr Angebot nicht an; ich brauche das Geld des Paten von Köln nicht.

»Ja«, sagte er stattdessen, »ich habe nachgedacht. Die Aufgabe reizt mich. Ihr Bankhaus …«

Der Bankier lachte auf, dann ging sein Lachen in ein Husten über. »Ich kann mir denken, dass Sie Geld brauchen. Ihre Lebensgefährtin ist ums Leben gekommen, da ist gewiss einiges zu regeln. Ich schlage vor, dass Sie mich heute noch aufsuchen. Seien Sie um zehn Uhr in meinem Büro.«

Dann unterbrach er die Verbindung. Zehn Sekunden später meldete sich die Sekretärin erneut. »Nehmen Sie es Herrn Wartenstein nicht übel, dass er zu früh aufgelegt hat«, sagte sie. »Er hat heute viel zu tun. Zehn Uhr – das Büro befindet sich nicht in der Bank, sondern in dem ersten Kranhaus im

Rheinauhafen, falls Ihnen das nicht bekannt ist. Herr Wartenstein hat seine eigenen Räumlichkeiten und residiert nicht mehr im Bankhaus.«

Faller bedankte sich kurz.

Ihm blieb wenig mehr als eine halbe Stunde Zeit, um zum Rheinauhafen zu fahren.

Helen, sagte er stumm, nun bin ich der Lakai eines schwerreichen Bänkers, der hier die halbe Stadt regiert. Doch sie antwortete nicht.

Nach der Trauerfeier war er noch nicht wieder an ihrem Grab gewesen, obschon Broder seine Begleitung angeboten hatte. Es lag auf Melaten, kaum fünf Minuten entfernt, auf dem schönsten Friedhof Kölns. Vermutlich besaß auch die Familie Wartenstein dort eine imposante Ruhestätte. Die meisten Prominenten der Stadt waren dort bestattet worden.

Merle hatte das Atelier verlassen, als er zurückkehrte. Er rasierte sich, fuhr sich durch die Haare und wechselte das Hemd. Mehr gefälliges Outfit wollte er dem alten Bänker nicht zugestehen.

Als er in die Tiefgarage am Rheinauhafen einfuhr, meinte er, aus den Augenwinkeln einen schwarzen Audi zu sehen, eine Sekunde später ging eine Nachricht von Merle ein.

»Was«, fragte sie ihn, »hat Anna mit den Bilderbergern zu tun gehabt? In ihrem Storeroom habe ich drei Ordner über diese Leute gefunden.«

Der alte Bankier empfing ihn in einem hochmodernen Büro. Er saß hinter einem alten Eichenschreibtisch vor einem riesigen Panoramafenster. Der Schreibtisch war die einzige Antiquität im Raum, ansonsten herrschten filigrane Metallmöbel vor.

Philipp Wartenstein musste die achtzig vor einiger Zeit überschritten haben, aber man sah ihm sein Alter kaum an, grauhaarig, ein wenig korpulent blickte er Faller aus wasserblauen Augen entgegen. Nur als er sich kurz erhob, um Faller die Hand zu reichen, wirkte er ein wenig schwerfällig.

»Schön, dass wir uns endlich einmal wiedersehen«, sagte er und deutete auf den Metallstuhl vor dem Schreibtisch. »Ich habe Sie immer geschätzt – das wissen Sie ja –, und unsere Missverständnisse von damals sollten wir ad acta legen.«

Faller setzte sich. »Das waren keine Missverständnisse«, sagte er. »Sie und ein paar andere werte Herren haben mir eine Falle gestellt, und ich bin dumm, wie ich damals war, hineingelaufen.«

Wartenstein machte eine wedelnde Handbewegung. »Wann war das? 2005, nicht wahr? Sie haben ein paar Unwahrheiten über eine Konferenz gebracht, an der ich zufällig auch teilgenommen habe, und Sie haben sich auf falsche Informanten verlassen. So war es wohl.«

»Herr Wartenstein …« Faller spürte, wie Wut in ihm aufstieg. »Niemand nimmt zufällig an einer Bilderberg-Konferenz teil.« Er verstummte und schaute den Bankier an, der nur seine buschigen grauen Augenbrauen hob.

»Wir sollten uns besser jetzt der Zukunft und unserem gemeinsamen Projekt zuwenden.« Der Bankier beugte sich vor und holte einen Ordner aus der obersten Schublade seines Schreibtisches, den er Faller hinschob. »Sie sind ja aus einem anderen Grund gekommen – die Geschichte unseres Bankhauses. Im Herbst 2020 wird die Privatbank Wartenstein hundertfünfzig Jahre alt. Da wollen wir eine schöne Chronik vorlegen – historische Bilder, Gemälde und eben die Geschichte der Bank. Ein paar Unterlagen habe ich schon zusammengestellt, aber natürlich haben wir ein riesiges Archiv im Keller unserer Bank. Sie haben freien Zutritt, und Sie …«

»Warum haben Sie ausgerechnet mich gefragt?«, unterbrach Faller den Bankier. »Warum keinen ausgewiesenen Historiker?«

Wartenstein lächelte, und plötzlich wirkte er älter, als wäre seine Haut aus grobem Pergament, das jeden Moment reißen konnte. »Ich wollte keinen Akademiker an die Chronik setzen, sondern einen Mann, der schreiben kann. Sie können schreiben. Sie waren ein Topjournalist.«

»Bevor Sie mich zur Strecke gebracht haben.«

Das Lächeln des Bankiers vertiefte sich, doch in seinen Augen glomm Zorn auf. »Herr Faller, wollen wir ins Geschäft kommen oder nicht?«

Für einen Moment überlegte Faller, nach Anna zu fragen. Kennen Sie Anna Talheim, Herr Wartenstein? Eine Journalistin, die verschwunden ist und die anscheinend auch über die Bilderberger recherchiert hat. Er blickte auf den Aktenordner, ohne ihn jedoch zu berühren.

»Erst zahlen Sie mir die Hälfte des Honorars«, sagte er. »Dann beginne ich mit der Arbeit.«

»Gut.« Der Bankier nickte. Er lehnte sich ein wenig zurück. »Klare Abmachungen gefallen mir. Geben Sie Frau Meinert Ihre Kontodaten. Morgen haben Sie das Geld. Dann können Sie loslegen. Ich lasse Ihnen in unserem Haupthaus ein kleines Büro einrichten. Sie dürfen alle Unterlagen einsehen, doch Sie dürfen sie leider nicht an sich nehmen. Es handelt sich um das Privatarchiv der Familie. Sie werden verstehen, dass wir gewisse wertvolle Dokumente nicht aus der Hand geben können.«

»Ich verstehe.« Faller erhob sich, und Wartenstein tat es ihm nach.

Für einen Moment konnte Faller auf den Rhein sehen, der etwa dreißig Meter unter ihnen vorbeizog, dann, als er sich zur Tür wandte, entdeckte er ein Bild an der hinteren Wand, das ihn erstarren ließ. Es zeigte das Profil einer jungen Frau, die auf eine Kerze blickte.

»Gefällt Ihnen das Bild?« Wartenstein war neben ihn getreten. »Valentin Graf ist seit vielen Jahren Kunde unserer Bank. Ich habe früh einige seiner Werke erworben. Da war er noch recht unbekannt.«

»Dieses Bild ist kein frühes Werk.« Faller ging zur Tür.

»Nein«, sagte Wartenstein. »Dieses Bild stammt aus dem Jahr 2005. Es war auch sehr teuer, aber ich liebe es von allen Werken Grafs am meisten.«

Faller antwortete nichts darauf. Er nickte Wartenstein lediglich zum Abschied zu. Ein absurder Gedanke ging ihm durch den Kopf. Wie könnte man in dieses Büro eindringen und dieses Bild von der Wand nehmen – das schönste Bild der Welt? Die junge Helen, lachend, mit einem weißen Tuch im Haar, die mit wissenden Augen, so als könnte sie die Zukunft lesen, in eine ruhig brennende Kerze blickte.

8

Merle hatte ihm noch drei weitere SMS zugeschickt, die ebenfalls mit den Bilderbergern zu tun hatten. Offenbar hatte Anna auch die drei Artikel archiviert, die er nach der Konferenz 2005 in Rottach-Egern geschrieben hatte. Aber diese Recherche konnte doch kaum mit ihrem Verschwinden zu tun haben.

Als er Merle von einer Bank am Rhein mit Blick auf die eleganten Kranhäuser anrief, ging sie nicht ans Telefon, nur ihre Mailbox sprang an, er unterließ es aber, eine Nachricht zu hinterlassen. Im Handschuhfach seines Volvos hatte er sein altes Notizbuch gefunden, das er als Reporter stets bei sich getragen hatte. Seit wann hatte er es nicht mehr in der Hand gehalten? Es mochten drei, vier Jahre vergangen sein. Zuletzt hatte er für Henrik Koll, der eine Internetzeitung für Köln aufbauen wollte, einen Artikel über den Opernumbau in Köln schreiben sollen, der inzwischen völlig aus dem Ruder gelaufen war, dazu hatte er ein paar Leute in der Verwaltung angerufen, aber bald gemerkt, dass die Leute, die er noch kannte, alle nicht mehr in den Ämtern saßen. Der Artikel war dann auch nicht zustande gekommen.

Hauptkommissar Matthias Brasch musste jetzt Anfang fünfzig sein; er konnte also noch nicht in Pension gegangen sein, und aus der Mordkommission wurde man in der Regel auch nicht versetzt.

Faller ließ es achtmal klingeln, bis endlich abgehoben wurde. Eine Männerstimme meldete sich mit einem achtlosen »Ja?«.

»Mein Name ist Robert Faller. Ich bin Journalist. Spreche ich mit Hauptkommissar Matthias Brasch?«

Er hörte, wie die Stimme am anderen Ende der Leitung tief einatmete. »Sie wollen mit Brasch sprechen und sind Journa-

list? Woher rufen Sie an? Aus Timbuktu? Oder vom Mond?«
Der Mann lachte leise. »Hören Sie, Brasch ist schon seit über
zehn Jahren nicht mehr bei der Kölner Polizei.«

»Sorry.« Verlegenheit und Ärger über diese Anfuhr er-
fassten Faller gleichermaßen. »Ich hatte lange keinen Kontakt
mehr mit der Polizei. Darf ich Ihren Namen erfahren?«

»Ich bin Hauptkommissar Schiller, und Sie haben Glück,
dass Sie mich erwischt haben. Den meisten hier im Präsidium
wird der Name Brasch gar nichts mehr sagen. Ich habe mit
Matthias noch zwei Jahre lang zusammengearbeitet.«

»Wissen Sie, wo ich Brasch finden kann?«

»Er hat nun eine Detektei in Höhenberg. Zumindest ist
das die letzte Information, die ich von ihm erhalten habe. Das
war vor zwei Jahren.« Mit einem knappen Gruß legte Hauptkommissar Schiller auf.

Faller starrte in sein Notizbuch und begann, darin zu blättern. Selbst seine Schrift kam ihm fremd vor, und die Namen …
Dieser unfreundliche Kommissar hatte recht. Er kam geradewegs vom Mond. Wahrscheinlich würde es ihm mit fast jeder
Adresse, die er damals notiert hatte, ähnlich ergehen. Er hatte
keine Beziehungen mehr in die Kölner Polizei hinein. Das war
die Wahrheit.

Zumindest Brensink besaß seinen Kiosk am Hohenstaufenring
noch. Sein Bart war grauer geworden, er trug eine FC-Kappe,
die sein lichtes Haar bedeckte, und lugte aus dem Fenster seiner Bude.

»Faller«, sagte er, »bist du wieder in der Stadt?«

Faller stellte das Missverständnis, dass er einige Zeit weg
gewesen sei, nicht richtig. »Ich brauche eine Information«,
sagte er. »Von der Polizei.«

Brensink lehnte sich zurück und hob die Hände. »He, für
Informationen bin ich nicht mehr zuständig. Das müssen jetzt
andere erledigen. Hier auf den Ringen ist es auch merklich
ruhiger geworden, obschon sie letzte Woche diesen Albaner

erschossen haben ... Na ja, ich kriege jedenfalls in letzter Zeit kaum noch etwas mit.«

»Eine Journalistin ist spurlos verschwunden, und meine Frau ...« Er zögerte einen Moment. »Die Malerin, mit der ich seit ein paar Jahren zusammenlebe, ist überfahren worden – Fahrerflucht. Ich muss wissen, was die Polizei genau unternommen hat, um den Täter zu finden.«

»Mein Beileid.« Brensink wandte sich um und hielt ihm nach ein paar Sekunden einen schwarzen Kaffee in einem Pappbecher hin. »Hat nicht der Express einen Artikel über den Tod der Malerin gebracht? Ich glaube, etwas darüber gelesen zu haben. Tut mir leid, dass es deine Frau war.«

Faller nickte. Münter hatte ihm einen Artikel geschickt, aber er hatte die E-Mail gar nicht geöffnet, sondern sofort gelöscht. Jedes Wort über Helens Tod war für ihn unerträglich gewesen.

»Von einer verschwundenen Journalistin weiß ich nichts, aber vor einer Woche, nein, ist wohl schon ein paar Tage länger her, da haben sie Beckie aus dem Rhein gefischt.« Brensink musterte Faller, ob ihm dieser Name etwas sagte. »Beckie war fast sechzig, du kennst ihn vielleicht. Früher hat er Zeitungen in Kneipen verkauft, dann hat er gekellnert und eine Menge Gelegenheitsjobs gehabt. Nie was Richtiges ... Er hatte auch sein eigenes Netzwerk, was Informationen angeht. Hat immer eine Menge gehört.«

»Wurde dieser Beckie umgebracht?« Faller nippte an dem Kaffee, der ohne Zucker und Milch fürchterlich schmeckte.

»Er ist ertrunken ... die offizielle Version. Ein Unfall oder Selbstmord, aber ... ich weiß nicht, Beckie hat so viel erlebt, wieso sollte er sich umgebracht haben?«

»Du meinst, da hat jemand nachgeholfen?«

Brensink hob die Schultern. Ein alter Mann kam mit einem Rollator, an dem er drei Tüten mit offenkundig leeren Flaschen transportierte.

»Herr Professor!«, rief Brensink freudig aus. »Brauchen

Sie wieder Nachschub?« Er nickte Faller zu. Anscheinend war das Gespräch für ihn beendet.

Ein Toter im Rhein, der offenbar mit Informationen gehandelt hatte … Nun gab es noch etwas mehr zu recherchieren.

Die Detektei Matthias Brasch befand sich tatsächlich in Höhenberg, in einer umgebauten Garage in einer Seitenstraße. Als Faller unter einem schmutzigen Messingschild auf den Klingelknopf drückte, öffnete ihm allerdings niemand, doch als er sich abwenden wollte, stand ihm ein Mann mit Drei-Tage-Bart und mit halblangen schwarzen Haaren in einer gleichfalls schwarzen Lederjacke gegenüber. Früher hatte Brasch keinen Bart getragen, und sein Haar war viel gepflegter gewesen.

»Sie wollen zu mir?«

»Wenn Sie Matthias Brasch sind?«, entgegnete Faller.

»Der bin ich.« Brasch musterte ihn argwöhnisch. Offenbar versuchte er sich zu erinnern, ob er Faller schon einmal gesehen haben. »Wir kennen uns?«

»Flüchtig. Ist aber schon ein paar Jahre her, da war ich noch Reporter beim Stadt-Anzeiger.«

Brasch lächelte matt. »Robert Faller«, sagte er. »Starjournalist. Sie haben damals Boris Schäfer interviewt, dem zwei Bordelle in der Friesenstraße gehörten, bevor er ermordet wurde.«

»Sie haben ein gutes Gedächtnis.«

»Ja, leider.« Brasch schloss eine Metalltür auf, die in ein größeres Garagentor eingelassen war.

Der Raum dahinter atmete den rauen Charme einer Werkstatt. Ein kahler Betonboden, auf dem ein paar abgeschrammte Büromöbel standen. Immerhin gab es in der rückwärtigen Wand ein Fenster, und es war warm. Es sah nicht ganz so aus, als hätte Brasch die Kölner Polizei freiwillig verlassen, doch Faller fragte nicht danach.

»Wir sind beide ein wenig abgestürzt, nicht wahr?«, sprach Brasch weiter, als hätte er Fallers Gedanken erraten. »Ich habe in einem Fall ein paar Beweise zu sehr arrangiert, um einen Mörder festzunehmen – was dem Polizeipräsidenten gar nicht gefallen hat –, und Sie?« Er blickte Faller an.

»Eine Artikelserie ging schief«, erwiderte er knapp. »Danach galt ich als Fälscher. Ich solle besser Romane schreiben, hat mein Chefredakteur mir in Hamburg hinterhergerufen, als er mich entlassen hat.«

»Und, haben Sie Romane geschrieben?«

»Nein, dazu tauge ich nicht.« Faller hörte, wie auf seinem Smartphone eine Nachricht einging. »Wann treffen wir uns?«, schrieb Merle.

»Und jetzt brauchen Sie ausgerechnet meine Hilfe?«, fragte Brasch. Er setzte sich auf die Kante seines Schreibtisches, auf dem sich lediglich ein Laptop und eine schmale Akte befanden. Eine gut gehende Detektei sah anders aus.

»Vielleicht. Ich brauche Kontakte in die Polizei und … Sagt Ihnen der Name Beckie etwas?«

Es hatte sich etwas geändert, begriff er, als er zurück zur Venloer Straße fuhr, wo er sich bei Lucca mit Merle treffen wollte. Es war, als wären ein paar alte Instinkte in ihm erwacht, die Instinkte eines Reporters, der irgendwo eine gute Geschichte witterte. Doch diesmal handelte es sich nicht um eine Geschichte, sondern um die tote Helen und die verschwundene Anna.

Kurz bevor er in seine Straße einbog, ging ihm durch den Kopf, dass er sich bei Helen entschuldigen musste. Er gab Gas und fuhr einen Kilometer weiter. Dann hielt er vor dem Melatenfriedhof.

Münter und Broder hatten Helens Grab ausgesucht, er hatte nur darauf bestanden, dass es kein winziges Urnengrab sein sollte, sondern eine Ruhestätte für eine Erdbestattung, mit dem Platz für einen richtigen Grabstein.

Die sechs Kränze mit ihren imposanten Schleifen lagen noch da; er las seinen eigenen Namen, dann Broders und dann groß und in Gold: »In Liebe – Dein Valentin«. Dieser aufdringliche Abschiedsgruß war ihm am Freitag nicht aufgefallen. Die Blumen, die in die Kränze eingeflochten waren, zeigten die ersten Spuren, dass sie bald verwelkt sein würden. Auch ein schlichtes Holzkreuz stand schon da: »Helen Flohr«.

Sorry, sagte er stumm, dass ich erst jetzt wage, zu dir zu kommen. Ich war feige, richtig feige, so habe ich ja auch in den letzten Jahren gelebt. Zum Glück hast du mich ausgehalten …

Er straffte sich, und als er die Augen schloss, sah er Helen in ihrem Atelier; in einem hellroten Overall, den sie so gern getragen hatte, malte sie oder arbeitete an ihren Holzstatuen. Zuletzt hatte sie es geliebt, aus alten Baumstämmen Figuren zu schnitzen.

Wieso bist du überfahren worden? Und von wem?, dachte er plötzlich.

Im nächsten Moment summte sein Smartphone, und für einen wirren Moment lang meinte er, Helen rufe ihn an, um ihm eine Antwort zu geben.

»Ich habe mich umgehört«, sagte Matthias Brasch. »Beckie, also Tim Beckmann, war in Nippes in der Neusser Straße gemeldet, er galt als arbeitslos, aber so energisch, wie die Polizei ermittelt, geht man nicht von einem Suizid aus. Beckie war vermutlich ein V-Mann, schon jahrelang. In seiner Wohnung fehlten ein paar wesentliche Gegenstände, Laptop, Smartphone. Wenn ich mich sehr anstrenge, könnte ich versuchen, an die Anrufliste seines Handys zu kommen, die hat man nämlich bei Vodafone angefordert.«

Der Fall schien Brasch ernsthaft zu interessieren. Faller hatte ihm keinen formellen Auftrag erteilt, aber ihm eine Zahlung von fünfhundert Euro für Informationen angeboten.

»Die Liste interessiert mich sehr«, erwiderte Faller. Seine Augen waren auf das Holzkreuz gerichtet. Den Klang des Namens »Helen« hatte er immer geliebt.

»Es wird nicht ganz einfach sein«, sagte Brasch, »aber ich kannte Beckie. Es tut mir leid für ihn, daher würde es mir nicht gefallen, wenn die Sache im Sand verläuft. Zu dem Tod Ihrer Frau konnte ich leider nichts herausfinden. Sieht nicht so aus, als würde sich da jemand ein Bein ausreißen, um den Täter zu finden.«

»Wir werden ihn finden«, sagte Faller aus einem Impuls heraus.

»Ich melde mich wieder.« Brasch legte auf.

»Es geht weiter«, sagte Faller laut mit Blick auf das blanke schlichte Holzkreuz. »Oder nein, wir haben gerade erst angefangen.«

Als er bei Lucca ankam, saß Merle schon da, einen Aktenordner vor sich und eine blaue Mappe, über die sie sich beugte. Sie schaute auf und lächelte müde, als Faller sich näherte. Lucca zog seine Augenbrauen in die Höhe.

»Ich habe eine Menge interessanter Dinge gefunden«, sagte Merle. Sie trug eine rote Lederjacke und eine weiße Jeans. Offenbar war sie in Annas Wohnung gefahren und hatte sich umgezogen.

»Bring mir ein Glas Wein.« Faller wandte sich an Lucca, der die Arme verschränkt hatte und ihn mit fragend erhobenen Augenbrauen anschaute. »Ja«, fuhr Faller fort, »wir kennen uns. Merle ist die Tochter einer alten Freundin, die verschwunden ist und die wir nun suchen.«

Lucca nickte, dann sprach er etwas vor sich hin, das Faller nicht verstehen konnte, und öffnete eine Flasche Wein.

»Ich habe mir einen E-Roller geliehen, und dann bin ich in Annas Wohnung. Der Chip für den Storeroom lag in ihrem Schreibtisch. Den haben die Leute übersehen, die ihre Wohnung durchsucht haben.«

Faller ging nicht auf ihre Worte ein. Er blickte auf einen Zeitungsartikel, der in der Mappe vor Merle lag. Das Papier war schon ein wenig vergilbt; das Foto zeigte eine jüngere Helen, die in ihrem geliebten roten Overall neben einer Staffelei stand.

»Anna hat über deine Freundin geschrieben – vor sechs Jahren. Wusstest du das?«

Nein, das wusste er nicht. Helen hatte es niemals erwähnt.

»Ich habe auch drei Einladungskarten zu Vernissagen gefunden, die deine Freundin Anna geschickt hat.« Merle blätterte in den Unterlagen und zog dann eine Einladung hervor.

Galerie Lorenz Münter und Cie. lädt ein – Sphären, der neue Bilderzyklus von Helen Flohr

Faller erinnerte sich an die Vernissage; es mochte drei Jahre her sein. Zum ersten Mal hatte Helen das Gefühl gehabt, wirklich anerkannt zu werden und nicht mehr nur die Ex-Geliebte des großen Graf zu sein. Aber Anna war bestimmt nicht auf der Ausstellungseröffnung gewesen.

»Sieht fast so aus, als hätten sich Anna und die Malerin hinter deinem Rücken getroffen«, sagte Merle und grinste ihn an.

»Ich weiß nicht, wonach es aussieht«, sagte Faller mürrisch. »Doch Freundinnen waren die beiden bestimmt nicht. Wahrscheinlich hat Helens Galerist diese Einladung an eine Menge Journalisten verschickt.«

Lucca brachte ihm ein Glas Weißwein, er schaute Merle dabei an, fixierte sie regelrecht. »Trinkst du auch Wein, *bella*?«, fragte er.

»Sie ist noch keine achtzehn«, sagte Faller. »Sie trinkt keinen …«

»Klar trinke ich Wein«, unterbrach Merle ihn. »Mir ist ein guter roter allerdings lieber. Hast du Rotwein, Lucca?«

»Den besten aus der Toskana.« Lucca neigte galant den Kopf.

»Er ist nicht mein Vater.« Merle deutete auf Faller. »Daher hat er mir hier gar nichts zu sagen.« Dann wandte sie sich wieder der Mappe zu und begann erneut zu blättern. »Anna hat auch Artikel von dir gesammelt. Sachen auch dem Stadt-

Anzeiger und dann aus dem ›Magazin‹. Auch deine Serie zum 11. September ist dabei und die drei Artikel zu den Bilderbergern.«

Faller nippte an seinem Wein, der wohltuend kühl war. »Was soll das?«, fragte er mehr sich selbst als Merle. »Warum hat deine Mutter all diesen alten Kram gesammelt?«

Merle strich sich eine blonde Strähne zurück.

Lucca hielt ihr den Wein auf einem Silbertablett hin. »Das heißt, wo du dich jetzt so gut mit Faller verstehst, sehe ich dich hier öfter in meiner Bar, *bella*?«

»Kann schon sein.« Merle probierte einen koketten Augenaufschlag, der ihr perfekt gelang, sie nahm das Glas und beugte sich sofort wieder über die Papiere. »Dieser ganze Ordner handelt von den Bilderbergern. Anna hat viel Material gesammelt, vielleicht hat sie auch was schreiben wollen, um dich zu entlasten, aber …« Sie zögerte. »Ich glaube nicht, dass uns das weiterhilft. Auf der Pappschachtel, in der ich den Ordner gefunden habe, lag eine dicke Staubschicht. Aktuell hat sie mit diesem Material nicht gearbeitet.«

»Dann müssen wir es uns auch nicht genauer ansehen.« Faller nahm einen tiefen Schluck. Nichts wollte er weniger, als an seine Artikel zu den Bilderbergern erinnert werden, die ihn seinen lukrativen Job gekostet hatten.

»Mit was genau hat sich Anna zuletzt für den Stadt-Anzeiger beschäftigt?«, fragte er. »Vielleicht hilft uns das weiter.«

Merle schüttelte den Kopf. »Diese Sache habe ich mir angesehen. Anna war für die Seite ›Panorama‹ zuständig und hat Interviews mit Leuten aus der Stadt gemacht, Sänger, Karnevalisten. Das hat sie selbst gelangweilt. Deshalb ist sie ja aus ihrem Job ausgestiegen.«

»Hast du den Namen Beckie schon einmal gehört?« Faller senkte die Stimme, weil zwei ältere Männer in die Bar gekommen waren. Die beiden trafen sich hier häufiger, um Zeitung zu lesen oder Schach zu spielen.

»Heißt ein Pferd so? Oder ein Hund? Nein, den Namen habe ich nie gehört«, erwiderte Merle.

Faller kam ein anderer Gedanke. »Was ist mit der Mobilnummer deiner Mutter? Was passiert, wenn du sie anrufst? Und hast du schon versucht, an eine Liste ihrer abgehenden und hereinkommenden Telefonate zu kommen?«

9

»Ich habe dir nicht ganz die Wahrheit erzählt«, sagte Merle unvermittelt, während sie in Fallers Volvo wieder auf dem Weg zu Annas Wohnung waren. »Ich hatte ein wenig Stress mit Anna. Deshalb bin ich vor zwei Monaten abgehauen und habe die Schule geschmissen. Ich habe Anna und ihre Launen einfach nicht mehr ausgehalten.«

Faller schaute sie an. »Vielleicht bist du ja auch gar nicht Annas Tochter«, sagte er. »Sondern einfach irgendjemand.«

»Sehr witzig.« Merle griff in ihre Tasche und zog eine Schachtel Zigaretten hervor.

»Wenn du dir eine Zigarette ansteckst, lasse ich dich an der nächsten Ecke aussteigen.«

Mit düsterer Miene ließ sie die Zigarette wieder in der Tasche verschwinden. »Es stimmt aber, dass ich einen Freund in Dortmund habe. Mein Freund Per studiert dort Journalismus, er liebt mich, er ist zweiundzwanzig und wird mal ein berühmter Autor, ganz bestimmt.«

»Ganz bestimmt«, wiederholte Faller. »Was für Lügen hast du mir sonst noch erzählt?«

»Keine mehr«, erwiderte Merle beleidigt. »Meinst du, ich spiele hier Theater? Meine Mutter ist spurlos verschwunden, verdammt!«

Faller wendete und hielt vor dem Haus. »Wenn wir nicht herausfinden, woran Anna zuletzt gearbeitet hat, werden wir mit unserer Suche nicht weiterkommen. Aber vielleicht hat sie dir nur heimzahlen wollen, dass du abgehauen bist, und meldet sich deshalb nicht.«

»Du bist wirklich ein Idiot.« Merle riss die Tür auf und sprang heraus.

Er stellte den Motor ab und sah ihr nach, wie sie die Haustür aufschloss und dann reglos dastand, den Kopf gesenkt, und darauf wartete, dass er ihr folgte. War sie vielleicht wirklich gar nicht Annas Tochter? Nein, er hatte ein Foto von ihr und Anna gesehen, und überhaupt, warum hätte sie ihm irgendeine Lügengeschichte erzählen sollen? Brasch hatte ihn gebeten, ihm Fotos von Helen und Anna zu schicken; vermutlich war es auch eine gute Idee, ein Bild von Merle hinzuzufügen. Brasch könnte in Erfahrung bringen, ob Merle tatsächlich seit ein paar Wochen die Schule schwänzte oder ob sonst etwas gegen sie vorlag.

Wortlos gingen sie die erste Treppe hinauf, als ihnen ein Mann entgegenkam. Faller hörte, wie Merle tief einatmete, dann erkannte er, wer da vor ihnen stand, obschon er ihn etliche Jahre nicht mehr gesehen hatte. Harald Winterfeld trug ein weißes Hemd, darüber ein graues Jackett, keine Krawatte wie früher, als man ihn zum Chefredakteur ernannt hatte.

»Was machen Sie hier?«, stieß Merle hervor.

Faller war überrascht, dass sie Winterfeld siezte, obschon er doch angeblich der Freund ihrer Mutter gewesen war.

Winterfeld starrte an ihr vorbei Faller an. »Robert?«, rief er aus. »Bist du es, Faller?«

Faller nickte. »Merle hat eine gute Frage gestellt, Harald«, sagte er. »Was machst du hier?«

Winterfeld schaute nun zum ersten Mal Merle an. Sein Gesicht war etwas voller geworden, er war nicht mehr ganz so gut in Form wie früher, aber er sah mit seinen gut geschnittenen grauen Haaren und dem leicht braunen Teint, der auf regelmäßige Besuche in einem Sonnenstudio schließen ließ, immer noch blendend aus, wie Faller zugeben musste.

»Ich wollte zu Anna«, sagte Winterfeld. »Ich habe sie nicht erreicht, schon seit Tagen nicht mehr. Wir waren verabredet, gestern Abend im Limani, aber sie ist nicht gekommen.«

»Und da schleichst du dich ins Haus und pochst an ihre Tür?«, fragte Faller.

»Eine ältere Frau hatte eben das Haus verlassen, als ich kam, und da dachte ich, ich überrasche Anna«, erwiderte Winterfeld.

»Aber offenbar hat sie dir nicht aufgemacht, oder sie wollte dich nicht sehen.« Faller schob sich an Merle vorbei auf Winterfeld zu.

»Wo ist Anna?«, fragte der Chefredakteur. »Woran arbeitet sie zurzeit? Sie wollte mir ein Zeichen geben, ob sie zum ersten Januar in die Redaktion zurückkehrt. So war es abgemacht.«

»Ich weiß nicht, wo meine Mutter ist.« Merle klang auf einmal wie ein kleines schüchternes Kind. »Faller und ich suchen sie.«

»Wo kann Anna sein? Meldet sie sich nicht?« Echte Besorgnis war an Winterfelds Miene abzulesen, dann glitt sein Blick wieder zu Merle. »Eigentlich bist du doch diejenige, die abhaut. Weiß Faller, was du für eine bist?«

Merle sprang vor, und für einen Moment sah es auf der engen Treppe aus, als würde sie sich auf Winterfeld stürzen wollen. »Meine Mutter und ich, wir haben manchmal Stress, aber wir würden uns nie im Stich lassen, klar?«

»Klar«, sagte Winterfeld nun in einem spöttischen Tonfall. »Wenn ich dir helfen kann, Faller, dann ruf mich in der Redaktion an«, fuhr er fort und drückte sich an ihnen vorbei die Treppe hinunter.

Faller konnte sein Parfüm riechen, ein wenig süßlich und recht aufdringlich, als hätte er sich für einen behaglichen Abend in Zweisamkeit präpariert.

»Er war immer schon ein Idiot«, zischte Merle, nachdem die Haustür sich hinter Winterfeld geschlossen hatte.

»Was hat er gemeint?«, fragte Faller, während sie zu Annas Wohnung hinaufgingen. »Du bist also schon häufiger abgehauen?«

»Er ist ein Idiot«, wiederholte Merle, als wäre das eine Erklärung, dann beugte sie sich vor und kontrollierte das Klebeband unter der Tür. »Es war niemand da«, sagte sie. »Aber wahrscheinlich gibt es auch keinen Grund mehr, hier einzudringen.«

Sie schloss die Tür auf und verzog sich schnell in Annas

INÈS KEERL

ANFREAS J. SCHULTE

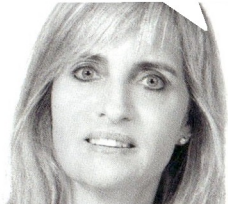

DORIS RÖCKLE

ISBN 978-3-7408-1707-7 · (D) 15,00 €

**Ergreifend,
authentisch
und glänzend
recherchiert.**
Ein mitreißender
Roman über Liebe,
Mut und Abenteuer.

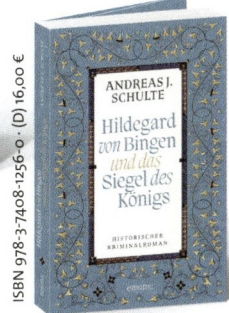

ISBN 978-3-7408-1256-0 · (D) 16,00 €

**Lebendig,
facettenreich und
bilderstark.**
Mord im Kloster:
Hildegard von Bingen
ermittelt!

ISBN 978-3-7408-1524-0 · (D) 14,00 €

**Konstanz
in Aufruhr**
Von Ratsherren,
Beutelschneidern
und Meuchel-
mördern.

emons: Tel. 0221 - 56 97 7 - 0 · info@emons-verlag.de

Bitte senden Sie mir das aktuelle Verlagsprogramm zu

Ich möchte den Newsletter von emons: **per E-Mail erhalten**

Ich habe Interesse an Krimis aus folgender Region:

 Besuchen Sie uns auch auf www.facebook.com/EmonsVerlag

Name

Straße

PLZ/Ort

E-Mail

emons: **verlag**
Cäcilienstraße 48

50667 Köln

Ich bin damit einverstanden, dass meine hier angeführten Daten zu dem folgenden Zweck »Versand von Kundenprospekt« erhoben, verarbeitet und genutzt sowie unter Umständen an unseren Dienstleister zum Versand des angeforderten Kundenprospektes weitergegeben bzw. übermittelt und dort ebenfalls zu dem folgenden Zweck »Versand von Kundenprospekt« verarbeitet und genutzt werden. Hier werden die Daten unmittelbar nach dem Versand gelöscht. Im Fall des Widerrufs werden mit dem Zugang meiner Widerrufserklärung meine Daten gelöscht.

01/2023

Arbeitszimmer. Faller hörte, wie sie Schubladen aufzog. Papier raschelte. Offenkundig suchte sie nach Unterlagen zu Annas Vertrag für deren Mobiltelefon.

Faller ging ins Wohnzimmer und öffnete die Tür zum Balkon. Es war so viele Jahre her, dass er in dieser Wohnung übernachtet hatte, und doch war es ihm, als könnte eine viel jüngere Anna plötzlich hinter ihm auftauchen, sich sanft über ihn beugen, wie sie es manchmal getan hatte, und ihm zärtlich eine Zigarette in den Mund schieben. Er erinnerte sich, dass sie ein bestimmtes Parfüm benutzt hatte und dass er auch in New York ständig auf sie hatte warten müssen, bis sie sich geschminkt hatte, dabei war ihr Make-up stets äußerst unauffällig gewesen. Ein paar Wochen lang war er überzeugt gewesen, sie zu lieben, doch dann war ihm mitten in New York, wenige hundert Meter von den einstürzenden Twin Towers entfernt, dieses Tagebuch in die Hände gefallen, und er war in diesen anderen Rausch geraten, den Rausch eines Reporters, der auf eine Goldmine gestoßen war. Von einem Moment auf den anderen war aus dem mittelmäßigen Journalisten Robert Faller der Reporterstar geworden. Nachdem die erste Folge von »Die graue Wolke« im »Magazin« veröffentlicht worden war, hatte man ihn mit Anfragen überhäuft. In dieser rauschhaften Zeit war Anna dann schnell in Vergessenheit geraten.

Hatte er sie wirklich geliebt? Mehr als Helen? Er wusste es nicht, doch eigentlich hatte er sich diese Frage auch niemals gestellt. Als er Helen kennenlernte, war er an einem Tiefpunkt angekommen, aber sie hatte dieses Gefühl wie niemand sonst gekannt. Nachdem sie Valentin Graf verlassen hatte, war sie aus der hohen Gesellschaft der Künstler und Intellektuellen, in der sie vorher verkehrt hatte, ausgeschlossen worden.

Er trat ans Geländer und blickte in den Garten hinunter, der wohl immer noch dem alten Merten gehörte. Nun hätte er gern eine Zigarette geraucht und war fast versucht, Merle nach einer zu fragen.

Warum, verdammt, war er nie auf die Idee gekommen,

eine der Frauen, mit denen er zusammen gewesen war, zu heiraten? Anna oder Helen oder Rike, die Frau, die ihn von allen am meisten fasziniert hatte. Ulrike Behr, schwarzhaarig, elfengleich, schweigsam und geheimnisvoll, hatte kurz nach ihm beim Stadt-Anzeiger angefangen. Allerdings war sie Juristin. Sie war für die Verträge zuständig. Wie sehr hatte er sich angestrengt, sie zu einem Rendezvous zu überreden. Ihre heimliche Affäre war erst aufgeflogen, als sie von Kammann, dem damaligen Chefredakteur, bei einem flüchtigen Kuss im Gang erwischt worden waren; dann waren sie fast fünf Jahre zusammen gewesen. Eine seiner kurzen Affären mit einer Praktikantin, deren Namen er vergessen hatte, war ihm zum Verhängnis geworden. Rike hatte gekündigt und war zur Staatsanwaltschaft gegangen, ausgerechnet.

Er nahm sein Smartphone hervor und suchte im Internet nach ihrem Namen. Dr. Ulrike Behr, Oberstaatsanwältin. Ja, er erinnerte sich, einen Doktortitel hatte sie damals schon gehabt.

Könnte er sie anrufen, nach mehr als zwanzig Jahren, und sie um Hilfe bitten? Eine Oberstaatsanwältin müsste doch beste Kontakte zur Polizei unterhalten.

Merle kam auf den Balkon, sie lachte mit funkelnden Augen. »Ich habe es geschafft!«, sagte sie. Ihre Laune hatte sich vollkommen gewandelt. »Ich habe Annas Telefonliste aus den letzten drei Monaten. Der Oktober fehlt leider, da gibt es noch keine Rechnung, aber vielleicht helfen uns die aufgeführten Nummern.« Sie schwenkte ihr Smartphone hin und her. »Können wir zu dir fahren? Dann würde ich bei dir ein paar Nummern abtelefonieren.«

»Du willst wieder im Atelier übernachten?«

Merle legte den Kopf schief und bemühte sich um ein gewinnendes Lächeln. »War es so schlimm mit mir letzte Nacht?«, fragte sie kokett.

»Und Per? Macht er sich keine Sorgen, dass du bei einem fremden Mann übernachtest?«

Merle verzog den Mund, ebenfalls kokett und sich ihrer Wirkung sicher. »Ich habe ihm gesagt, wie alt du schon bist. Nee, da macht er sich keine Sorgen. Du könntest ja mein Vater sein.«

10

Er holte wieder etwas zu essen bei einem türkischen Imbiss auf der Venloer Straße. Fritten, Salat und zwei Falafel-Teller.

»Kochen kannst du wohl nicht?«, fragte Merle, während sie sich am Küchentisch über den Falafel-Teller hermachte.

»Du bist hier nur Gast«, erwiderte Faller unfreundlich. »Da wäre ich mit meinen Bemerkungen vorsichtiger. Ich helfe dir, verstanden? Mich müsste überhaupt nicht interessieren, wo deine Mutter abgeblieben ist.«

Merle senkte den Kopf und schaufelte ein paar Fritten in sich hinein. Den Salat, den er nur für sie gekauft hatte, hatte sie bisher nicht angerührt.

Faller überflog Annas Telefonliste, die Merle auf seinen Drucker überspielt und auf drei Blätter übertragen hatte. Es war erst achtzehn Uhr; sie könnte noch versuchen, ein paar Bekannte von Anna zu erreichen. Etwa sechzig Nummern enthielt die Liste der Monate August und September. Etliche Mobilnummern, aber auch Telefonanschlüsse in Köln, Berlin, Hamburg und anderen Städten.

Auf der vorletzten Seite entdeckte er zwei Nummern, die ihn erstarren ließen. Kein Zweifel, Anna hatte ihn auf seinem Smartphone angerufen, zweimal am 5. und am 6. Oktober.

»Was ist?«, fragte Merle, die sein Erstarren bemerkt hatte. »Hast du etwas entdeckt?«

Er schüttelte den Kopf. Sie musste nicht erfahren, dass seine Nummer hier aufgeführt war. »Anna hat dich bestimmt auch zu erreichen versucht, nicht wahr? Wie oft steht deine Nummer auf der Liste? Und hatte sie ihre Rufnummer unterdrückt?«

»Ja, ein paarmal hat sie versucht, mich anzurufen, aber sorry, ich bin meistens nicht rangegangen. Ich wusste ja, dass sie mir nur Vorwürfe machen wollte.« Merle schob ihren Teller zurück. »Sie hat ihre Nummer niemals angezeigt, sondern immer unterdrückt. Wenn sie einen anrief, leuchtete immer ›Anonymus‹ auf.«

Faller blickte wieder auf die Liste mit seiner Nummer. Zehn Uhr dreiunddreißig – acht Sekunden –, so lange hatte sie es läuten lassen; dann noch einmal um vierzehn Uhr achtundzwanzig – diesmal dreizehn Sekunden. Er hatte den Anruf nicht angenommen; er nahm so gut wie nie Anrufe an, bei denen die Nummer des Anrufers nicht angezeigt wurde.

»Warum fragst du?« Merle musterte ihn forschend.

Sein Blick war weitergeglitten, da war noch eine Nummer, die er bestens kannte. Zwei Tage später, am 8. Oktober, hatte Anna Helen auf ihrem Smartphone angerufen. Dreizehn Uhr vierzehn – der Anruf währte vier Minuten; also hatten die beiden miteinander gesprochen, am Tag von Helens Unfall.

Er stöhnte unwillkürlich auf. Was, verdammt, hatte dieser Anruf zu bedeuten?

»Robert …« Merle sprach seinen Namen besorgt, fast zärtlich aus. »Was ist los?«

Nichts, wollte er sagen, es ist nichts los, doch kein Laut kam über seine Lippen. Er stürzte zur Spüle, nahm ein Glas Wasser und kippte es herunter.

Merle hatte sich die Telefonliste gegriffen und scannte sie. »Was hast du entdeckt?«, rief sie. »Verflucht, sag es mir!«

Er drehte sich um. »Helens Nummer«, sagte er leise. »Anna hat sie genau am Tag des Unfalls angerufen. Die beiden haben auch geredet. Vier Minuten lang.«

Merles Gesicht verdunkelte sich. Sie strich sich über die Stirn, ihre Augen fixierten ihn. Hab ich es dir nicht gesagt, stand in ihnen zu lesen, dieser Unfall war gar kein Unfall.

Faller ging zurück zum Tisch. Er nahm sein Smartphone hervor. Broder hatte versucht, ihn zu erreichen, desgleichen Münter, und da war noch eine andere Nummer, die er nicht kannte. Er scrollte durch seine Telefonliste. Um dreizehn Uhr zweiunddreißig an dem Tag ihres Todes hatte Helen ihn angerufen; er hatte es nicht sofort gesehen. Auf den Bildschirmen in der Sportsbar war irgendein bereits vergangenes Spiel gelaufen: Galatasaray Istanbul gegen eine Mannschaft, deren Namen er bereits vergessen hatte. Wegen so eines belanglosen Spiels hatte er ihren Anruf nicht angenommen. Bisher war er darüber nur traurig gewesen, nun erschütterte es ihn bis ins Mark. Vielleicht wäre all das nicht passiert, was danach geschehen war: der Unfall mit Fahrerflucht, vielleicht wäre auch Anna dann gar nicht verschwunden.

»Wir müssen die Polizei einschalten«, sagte er leise. »Ich glaube nun tatsächlich, dass deiner Mutter etwas passiert ist.«

»Sag ich doch«, erwiderte Merle trotzig. »Aber was denkst du, was die Polizei macht? Eine Großfahndung ausrufen?«

»Trotzdem«, sagte er, »wir müssen etwas tun.«

»Wir tun etwas«, entgegnete Merle. »Ich werde ein paar Nummern abtelefonieren. Und du ...« Sie schaute ihn beinahe mitleidig an. »Du bist wieder ein Reporter geworden, oder nicht?«

Er nickte. »Ich werde Brasch, einen Privatdetektiv, anrufen, er muss uns helfen, und dann werde ich mit einer alten Freundin sprechen. Sie ist Staatsanwältin. Vielleicht kann sie etwas für uns herausfinden.«

Er musste sich sammeln, darum stand er am offenen Küchenfenster und rauchte eine Zigarette. Draußen war es bereits dunkel und regnerisch. Der Rauch wehte im Licht der Laterne, die vor dem Eingang zum Atelier hing. Auf der Straße war niemand zu sehen, nichts als parkende Autos.

Münter hatte ihn nochmals angerufen. Mit wütender Stimme hatte er auf seine Mailbox gesprochen: »Melde dich, verdammt. Was ist mit Helens Bildern? Ich habe Käufer.«

Ja, eine gute Nachricht. Helens Bilder hatten in den letzten Monaten nicht viel Interesse und schon gar keine Käufer gefunden; ihr hatte es nichts ausgemacht. »Die Miete zahlen wir schon irgendwie«, hatte sie gemeint.

Morgen würde das Geld für die Chronik des Bankhauses von Wartenstein auf seinem Konto eintreffen, dann würde er die Mietschulden bezahlen und den Bestattungsunternehmer.

Er nahm einen letzten Zug und drückte die Zigarette auf einer Untertasse aus. Im Atelier hörte er Merle telefonieren, sie ging Annas Telefonliste durch.

Faller spähte auf den Zettel auf dem Fenstersims. Rikes Telefonnummer. Unter »U. Behr« hatte er sie im Telefonverzeichnis von Köln gefunden, ohne Adresse allerdings. Das musste sie sein. Obschon sie Staatsanwältin war, hatte sie einen Eintrag.

Er atmete tief durch, bevor er ihre Nummer wählte.

Vermutlich war sie nicht zu Hause.

Sie ging nach dem dritten Klingeln an den Apparat. »Hallo, Ulrike Behr.«

Er zögerte einen Moment, spürte, wie sein Herz wild zu pochen begann.

»Rike«, sagte er, »tut mir leid, wenn ich störe.«

»Faller!« Ihr Ausruf klang fast freudig. »Das ist eine Überraschung! Wie lange haben wir uns nicht gesprochen ... wie viele Jahre?«

»Keine Ahnung. Zwanzig Jahre vielleicht.«

»Haben wir uns nicht irgendwann im Museum getroffen? Du warst mit einer Frau da, einer hübschen Rothaarigen ...«

Das war Anna, hätte er beinahe gesagt, die verschwundene Anna, und obwohl er sich nicht erinnerte, erwiderte er: »Ja, stimmt, im Museum Ludwig ... eine Ausstellung ...«

»Warum rufst du mich an?« Übergangslos war Rike ernst geworden. Vermutlich war er der Einzige, der sie noch so nannte, deshalb hatte sie ihn erkannt.

»Ich habe ein Problem«, sagte er. »Du bist doch bei der Staatsanwaltschaft, und ich ...«

»Bist du wieder als Journalist unterwegs?«, unterbrach sie ihn. »Ich habe von der Sache damals gehört. Die Artikel über diese Konferenz ... Das war wohl das Ende deiner Karriere, nicht wahr?«

»Ich habe danach andere Sachen gemacht«, erklärte er vage. »Doch nun geht's um etwas anderes. Meine Freundin Helen Flohr ...«

»Die Malerin, die verunglückt ist ...«

»Sie ist nicht verunglückt. Jemand hat sie überfahren und Fahrerflucht begangen. Kann sein, dass aber etwas ganz anderes dahintersteckt. Eine Journalistin, mit der Helen kurz vorher Kontakt hatte, ist verschwunden, sie heißt Anna Talheim, war früher beim Stadt-Anzeiger und ...«

»Was willst du genau, Faller?«

»Was hat die Polizei genau unternommen, um den Schuldigen zu finden? Gibt es da eine Akte? Kann man das als Staatsanwältin nicht herausfinden?«

Er hörte, wie Rike einatmete. Er stellte sich ihr Gesicht vor; wenn sie lachte, hatten sich zwei zarte Grübchen in ihre Wangen gegraben. Ihre Augen waren von einem tiefen Braun gewesen, und das erste Mal hatten sie sich an der See geliebt, nachts auf einem Sandstrand an der belgischen Küste.

»Ich weiß nicht«, sagte Rike. »Ich mische mich ungerne in Dinge ein, die mich nichts angehen. Ich habe mit Strafsachen zu tun ...«

»Es wäre wichtig, Rike«, sagte er. »Ich mache mir Vorwürfe, weil ich nicht aufgepasst habe. Ich hätte das alles vielleicht verhindern können.«

Aus den Augenwinkeln sah er, dass Merle in die Küche gekommen war. Sie sah blass und übermüdet aus, ein blonder Teenager, dem alles zu viel geworden war und der eigentlich nichts anderes als acht Stunden Schlaf brauchte.

»Es ist ganz neu, dass du dir Vorwürfe machst«, sagte Rike. »Früher warst du nicht so, aber gut, ich höre mich einmal um, aber ich verspreche nichts. Okay?«

»Okay.« Ihm lag die Frage auf den Lippen, wie es ihr ging. War sie verheiratet? Hatte sie Kinder?

»Melde dich in ein paar Tagen wieder. Dann sehen wir weiter.« Nach einem geschäftsmäßigen Gruß legte sie auf.

Merle lehnte immer noch reglos in der Tür.

Sie kann nicht ewig auf diesem Sofa im Atelier schlafen, ging es Faller durch den Kopf. Viel länger würde er ihre permanente Anwesenheit nicht ertragen können.

Sie hielt ihm das Smartphone hin. »Hör dir das an«, sagte sie matt.

Er nahm ihr iPhone. Offensichtlich hatte sie jemanden von Annas Telefonliste angerufen.

»Hi«, sagte eine leicht schrille, aufgedrehte Männerstimme, »hier ist Beckie, ich kann oder will nicht mit dir reden. Hinterlasse eine Nachricht oder lass es bleiben. Mir völlig egal.«

11

Mittwoch

In der Nacht hörte er Merle weinen; es war nur ein leises gedämpftes Schluchzen, aber es war so durchdringend, dass es ihn aus seinem leichten Schlaf weckte. Er zog sich einen Bademantel über und ging ins Atelier. Merle hatte eine Lampe neben ihrem Sofa angeschaltet und hockte mit angezogenen Knien da.

»Entschuldige«, flüsterte sie, »aber ich kann vor Angst nicht schlafen. Ich weiß jetzt genau, dass Anna etwas passiert ist. Vielleicht lebt sie gar nicht mehr ...« Ihre letzten Worte gingen in einem lauten Schluchzen unter.

Einen Moment zögerte Faller, dann setzte er sich auf das Sofa und legte den Arm um Merle. Ihr Körper bebte, er spürte, wie ihr Tränen über die Wangen liefen.

»Wir werden morgen die Polizei einschalten«, sagte er leise. »Wir haben schon einiges herausgefunden. Wenn wir Glück haben, dann finden wir Anna bald. Ich glaube nicht, dass ihr etwas passiert ist. Vielleicht ist sie untergetaucht. Vielleicht suchen ein paar andere Leute, die ihr etwas antun wollen, sie genauso verzweifelt wie wir.«

Seine Worte sprach er aus, ohne zu überlegen; sie sollten nur eines: Merle beruhigen. Ob er sie selbst glaubte oder nicht, war in diesem Augenblick nicht wichtig.

»Meinst du wirklich? Sie hat sich versteckt, weil sie mitgekriegt hat, dass irgendwelche Verbrecher sie suchen?« Merle blickte mit rot geweinten Augen auf.

»Anna ist eine hervorragende Journalistin, eine der besten. Sie hat immer mitgekriegt, wenn etwas schiefläuft.« Seine Worte flößten ihm selbst Zuversicht ein. Er hatte keine Ahnung, was Anna in den letzten Jahren gemacht hatte, aber ja, sie war eine gute, umsichtige Journalistin gewesen, doch die

Geschichte, auf die sie nun gestoßen war, schien ein anderes Kaliber zu sein als alles, was sie für den Stadt-Anzeiger bearbeitet hatte.

Merle drückte ihn an sich; ihre Haut war heiß, fast, als würde sie fiebern. Nach einem Moment erwiderte er den Druck ihrer Umarmung.

»Ich bin so froh, dass du da bist«, flüsterte sie. Ein weiteres Beben erfasste ihren Körper, dann lehnte sie sich zurück. »Wann hast du zuletzt geweint?«, fragte sie, nun deutlich gefasster. »Als ihr Helen begraben hat?«

Er erstarrte bei Merles Worten. Sollte er die Wahrheit sagen? Er hatte nicht geweint, nicht, als er sie sterbend in dem Krankenwagen gesehen hatte, nicht während der Trauerfeier, da war er wie erstarrt gewesen, ein Mensch ohne Regung, ohne Gefühl, wie aus Eis. Faller, der Eismann.

»Zuletzt geweint habe ich, als ich zum ersten Mal mit Helen geschlafen habe, als sie neben mir lag, schlafend, ihre Nasenflügel haben sich bewegt, als sie ruhig ein- und ausgeatmet hat. Da sind mir die Tränen gekommen.«

»Vor Glück?«, fragte Merle ein wenig atemlos. »Dann war das vor Glück?«

»Ich weiß nicht. Ich war ziemlich runter, als ich Helen getroffen habe. Es ist in diesem Augenblick neben ihr so viel von mir abgefallen – die Schwere der letzten Jahre. Es war nicht Glück, das ich gespürt habe, aber die Aussicht darauf, dass ich wieder glücklich sein könnte.«

Merle atmete tief ein und schob sich ein paar Strähnen aus dem Gesicht. Ihre Augen funkelten wieder.

»Wir können ein Spiel spielen«, sagte sie. »Ich verrate dir ein Geheimnis – und du verrätst mir dann eines von dir.«

Er nickte. Sie war wirklich noch ein Kind, ein Mädchen, das sich mit einem Spiel aus seiner Verzweiflung herauswand.

»Du zuerst«, sagte er.

Sie nickte. »Seit ich dreizehn war, habe ich Stress mit Anna. Ich habe ihre Grenzen nie akzeptiert. Mit vierzehn habe ich zum ersten Mal mit einem Jungen geschlafen und bin über Nacht weg gewesen, ohne dass sie wusste, wo ich war. Ich habe die Schule geschwänzt, gekifft, habe in Clubs abgehangen, und einmal habe ich sogar Nacktfotos gemacht ... Na, ich war nicht ganz nackt, aber fast ... Anna hat immer versucht, mich zu verstehen, selbst dann, wenn ich mich selbst nicht verstand. Ich weiß, dass sie oft meinetwegen unglücklich war ...« Sie verstummte, um sich einen Moment zu sammeln. »Das Schlimmste aber für Anna war, dass ich Per getroffen habe. Per wohnte in einem Wohnwagen am Bahndamm. Eigentlich in zwei Wohnwagen, aber der zweite war für seine Pilzzucht.«

Faller schaute sie fragend an. Wieder funkelten ihre Augen auf.

»Keine Champignons oder Pfifferlinge. Pilze als Rauschmittel. Deshalb sind wir nach Dortmund. Wir haben selbst Pilze genommen, aber die meisten verticken wir. Man kommt super drauf mit diesen Pilzen. Das ist viel besser als LSD, Kokain oder so ein Zeug und auch nicht so gefährlich.«

»Anna hatte Angst, dass du so eine Art Drogendealerin geworden bist?«

»Ja, genau so hat sie es gesagt. ›Du bist eine Dealerin, Merle.‹ Das stimmte zwar nicht so ganz, aber ... Nun ja ... Ich hatte keinen Bock mehr auf die Schule. Die Zeit, mit Per Pilze anzubauen, war richtig crazy. Ist nicht so einfach, wie man sich das vorstellt. Man braucht die richtigen Sporen, das richtige Granulat. Alles muss steril sein und ... Davon haben wir gelebt. Von dem Geld, das wir mit den Pilzen verdient haben. Per ist fast nie zur Uni gegangen, aber jetzt ... Verdammt, ich vermisse Anna, und wenn ich mir vorstelle, dass ihr etwas passiert ist, dann drehe ich total durch.« Sie ballte eine Hand zur Faust und drückte sie sich auf den Mund.

»Wir werden sie finden«, sagte Faller.

Sie schwiegen für einen Moment.

»Das war mein Geheimnis. Nun du!«, sagte Merle.

»Was genau willst du wissen?« Faller fürchtete die Antwort. Sollte er über Anna reden, ob sie sich wirklich geliebt hatten?

»Wieso bist du so abgestürzt? Diese Geschichte mit den Bilderbergern damals – die Geschichte, die du geschrieben hast und die ja wohl von vorne bis hinten falsch war ... wie war das genau?«

Er zuckte unmerklich zusammen. Diese Frage war schlimmer als eine nach Anna oder Helen. Vor ein paar Jahren hatte er versucht, all das einmal aufzuschreiben. Er hatte sich dafür sogar in der Eifel an einem See einquartiert, aber nach zwei Tagen hatte er eine Seite beschrieben und gemerkt, dass er diese ganze Geschichte gar nicht hatte verstehen wollen – seine Dummheit, seine Hybris, wie einfach er in eine Falle gestolpert war, die man ihm gestellt hatte. Nicht einmal Helen hatte er alles erzählt.

»Ich habe diesen einen Artikel über die Bilderberger nur überflogen«, sprach Merle weiter, weil er immer schwieg, »aber die Überschrift war krass: ›Bilderberger wollen das Geld verbieten‹. Wie war das gemeint? Geld verbieten? Wie soll so etwas gehen?«

Wortlos stand er auf und ging in die Küche, um sich ein Bier zu holen. Merle brachte er eine Flasche mit, die sie aber nicht anrührte, als er sich wieder zu ihr setzte.

Helen, sagte er in seinen Gedanken, nun ist es wirklich so weit, ich werde der kleinen Merle diese Geschichte erzählen, zumindest einen Teil davon.

»Die Bilderberger gibt es seit Anfang der fünfziger Jahre. Eine Versammlung von wichtigen Männern aus der Wirtschaft und der Politik. Ja, es sind fast alles Männer. Erst in den letzten Jahren wurden auch Frauen eingeladen. Getroffen haben sie sich zum ersten Mal in einem Hotel Bilderberg in den Niederlanden. Deshalb heißen sie so. Der niederländische Prinz hatte sie eingeladen. Informelle Treffen, um die Nachkriegsordnung gegen die Russen zu stabilisieren, darum ging es wohl am Anfang. Dass die Treffen geheim waren, ohne offizielle Einladungen, anders als später in diesem Davoser Wirtschaftsforum, trug den Bilderbergern einen gewissen Ruf ein. Rockefeller und seine reichen Bänker würden versuchen, eine geheime Weltregierung auf die Beine zu stellen. Na egal.« Er setzte die Flasche an und trank sie fast in einem Zug aus.

Merle fixierte ihn. Sie hatte sich ein wenig beruhigt, ihre Augen wirkten in dem matten Licht der einzigen Lampe nicht mehr so gerötet.

»Ich hörte davon, dass die Bilderberger 2005 in Deutschland tagen würden, in einem Luxushotel in Rottach-Egern in Bayern. Wieder ziemlich geheim, nicht einmal der Bürgermeister dieser kleinen Stadt wusste, was sich bei ihm um die Ecke abspielte, obwohl natürlich alles abgesperrt war. Die reichen Bänker um Rockefeller waren da, der Chef der Deutschen Bank, Großindustrielle, sogar der deutsche Bundeskanzler Schröder, er durfte allerdings nur die Gäste in der Lobby begrüßen. Zum Programm war er nicht eingeladen, dafür aber seine Gegenspielerin von der Opposition Angela Merkel, die dann ja wenig später Bundeskanzlerin wurde.«

Merles Blick war unverwandt auf ihn gerichtet; anscheinend fesselte seine Geschichte sie.

»Ich suchte damals nach einer richtig großen Geschichte. Ich hatte für ›Das Magazin‹ ein paar große Reportagen geschrieben, aber seit meinem Scoop mit dem Tagebuch zum 11. September war mein Ruf dabei, zu verblassen. Als ich von der Konferenz der Bilderberger in Deutschland hörte, habe ich sofort alles stehen und liegen lassen und mich auf diese Geschichte gestürzt. Als ich herausbekam, dass auch ein Bankier aus Köln dabei sein würde, Philipp Wartenstein, der hier ein sehr exklusives privates Bankhaus leitet, habe ich gleich ein Interview arrangiert. Er wollte aber nichts sagen, sondern hat mich mit allgemeinen Floskeln abgespeist, das sei ein privates Treffen, nichts Politisches, eher ein großer Grillabend, an dem man mal ungestört plaudern könnte. Ich habe alles versucht, um an die Tagesordnung zu kommen, habe sogar seiner Sekretärin aufgelauert, aber da war nichts zu machen. Als die Konferenz anfing, war ich schon Tage vorher dort, nicht im selben Hotel leider, denn dort war alles ausgebucht.«

Er unterbrach sich. Bisher, fand er, klang seine Geschichte logisch, ohne Fehler. Ja, so würde jeder gute Journalist arbeiten.

»Und weiter?«, fragte Merle, die, als er nun zögerte, ungeduldig wurde.

Er trank den Rest aus seiner Flasche.

»Ich bin um das Tagungshotel gekreist, habe versucht, Personal aufzutun, Kellner, den Portier. Alle waren zu diskret, um etwas auszuplaudern. Dann aber …« Er unterbrach sich kurz. »Dann meldete sich ein Mann bei mir, er rief in meinem Hotel an. Er sei Grieche und einer der Bodyguards von Henry Kissinger. Kissinger, der frühere amerikanische Außenminister, war einer der Initiatoren der Treffen. Ob er mir weiterhelfen könne. Ja, habe ich ihm erklärt. Ich brauche Informationen, worüber gesprochen würde. Über Geld, meinte der Grieche. Klar, sagte ich, weil mir diese Antwort gar nicht gefiel, klar reden sie über Geld. Nein, sagte der Grieche und lachte dabei ins Telefon, sie reden darüber, wie man das Geld abschafft. Am nächsten Tag habe ich mich in der katholische Kirche von Rottach-Egern mit ihm getroffen. Er brachte mir ein Papier mit, das angeblich Rockefeller höchstpersönlich geschrieben habe. Es ging darum, das Bargeld abzuschaffen. Stattdessen sollte jeder mit kleinen Computern bezahlen, die er von seiner Bank bekam.«

»Kein Bargeld mehr«, warf Merle ein. »Also so etwas wie mit einer Kreditkarte bezahlen oder mit seinem Smartphone?«

Faller nahm ihr die zweite Flasche ab, öffnete sie und setzte sie sofort an den Mund. Es war zwei Uhr in der Nacht, sah er mit einem Blick auf sein Smartphone. Broder hatte ihm noch eine Nachricht geschickt.

»Die Konferenz fand 2005 statt. Da gab es noch gar keine Smartphones. In dem Papier stand nichts davon, wie das vonstattengehen sollte, nur, dass die Bänker die Geldmenge auf diese Weise erhöhen und eine stärkere Kontrolle auf die Geldströme ausüben wollten. Ich war von dem Papier total angefixt. Fünfhundert Euro bezahlte ich dem Griechen. Ein Superpreis, dachte ich und vergaß, ihn wirklich genau zu überprüfen. Am nächsten Tag traf ich meinen zweiten Informanten. Ein Glücksfall, dachte ich, ohne zu bemerken, dass ich geradewegs in eine Falle lief.«

Er zögerte wieder. Eigentlich hätte er die Geschichte hier abbrechen sollen. So weit war sie okay; er hatte einen Informanten gehabt, dem er ein wenig zu schnell geglaubt hatte, aber nie hätte er etwas geschrieben, ohne eine zweite Quelle zu haben.

»Eine Frau saß in dem Frühstücksraum meines Hotels. Sie sah müde und übernächtigt aus. Sie sprach mich an. ›Sie sind auch aus Köln, nicht wahr? Ich habe Sie an Ihrem Auto gesehen.‹ Ich lebte damals zwar meistens in Hamburg, hatte aber noch eine Wohnung in Köln, und daher hatte mein Auto ein Kölner Kennzeichen.«

Merle nickte. Jede Erschöpfung und Verzweiflung waren aus ihrem Gesicht wie weggewischt.

»›Was tun Sie hier?‹, fragte ich die Frau. ›Sind Sie auch Reporterin?‹ Sie war nicht mehr ganz jung, Mitte dreißig, nicht zu hübsch, aber durchaus attraktiv. ›Nein.‹ Sie lächelte mich an. Sie hatte strahlend weiße Zähne mit spitzen Eckzähnen. ›Ich bin eigentlich mit meinem Chef drüben auf der Tagung, aber dann … Er wurde ein wenig zudringlich …‹ – ›Sprechen wir von Philipp Wartenstein?‹ Meine Frage war ein Schuss ins Blaue hinein, aber die Frau nickte. ›Ja, woher wissen Sie, dass er hier ist?‹ Diese Frage schmeichelte mir irgendwie. Ich machte einen auf wichtigen Reporter, und gleichzeitig glaubte ich ihr die Rolle der fleißigen, loyalen Sekretärin, die den Mut gefasst hatte, sich gegen die Zudringlichkeiten ihres Chefs zu wehren. Wir frühstückten zusammen, dann gingen wir spazieren, anschließend landeten wir in meinem Zimmer und … Ja …« Als hätte Merle einen Einwand vorgebracht, hob er die

Hände.« »Wir waren auch intim, später am Abend, aber zuerst habe ich sie als Quelle angezapft.«

Er trank die zweite Flasche Bier aus, die er sich aus der Küche holte. Plötzlich stand ihm wieder alles vor Augen – in welche Rolle er sich hineingeredet hatte, er, der rasende Reporter. Natürlich hatte er – Bescheidenheit vorgebend, in Wahrheit sollte ihn diese vorgebliche Bescheidenheit jedoch noch wichtiger erscheinen lassen – auch seine Artikelreihe zum 11. September erwähnt und die Übersetzungen und den Film, den Lena, so nannte sich die Sekretärin, angeblich auch gesehen hatte. Wahrscheinlich hatte sie das sogar, um sich auf ihre Rolle vorzubereiten. Sie war eine Schauspielerin, so viel fand er später heraus, ohne an ihre wahre Identität jemals heranzukommen. »Wenn du deinem Chef richtig eins auswischen willst, besorgst du mir ein Papier, die Tagesordnung, irgendetwas Geheimes über die Tagung.« Sie hatte genickt, spät in der Nacht. »Gut«, hatte sie gesagt, »ich gehe zu Wartenstein zurück, zeige mich reumütig.« Dass sie Fotos von ihm gemacht hatte, wie er schlafend und halb nackt im Bett lag, hatte er nicht mitbekommen. Die hatte man ihm erst viel später gezeigt – mit dem Zusatz: »Falls Sie daran denken sollten, uns Schwierigkeiten zu machen, Herr Faller.«

Zwei Tage später, am Abreisetag der Konferenz, bekam er weiteres Material von Lena, die es dann ablehnte, noch einmal mit ihm zu schlafen. Wahrscheinlich hatte diesen Einsatz ihr Honorar nicht mehr vorgesehen. In der Kladde, die sie ihm – wieder in der katholischen Kirche – zusteckte, befand sich das Papier über die Abschaffung des Bargelds, das er schon kannte, dazu aber weitere Details. Jeder Bankkunde sollte einen kleinen tragbaren Computer bekommen, so eine Art Tamagotchi – als er das Wort erwähnte, musste er es Merle erklären, weil sie zu jung war, um zu wissen, dass es damals ein winziges elektronisches Spielzeug gegeben hatte, das Kinder und Erwachsene mit sich herumtrugen, nur zu dem Zweck, ein virtuelles Küken zu füttern. Mit einem ähnlichen Minicomputer sollte bezahlt werden. Mit ihm konnte man sein Bankguthaben abfragen und den Zahlungsverkehr leisten.

Von Rottach-Egern fuhr er noch am selben Tag nach Hamburg. In der Redaktion des »Magazins« verkündete er voller Hybris: »Jungs, ich habe die Bilderberger geknackt!«

»Diese Geschichte war von vorn bis hinten falsch?«, fragte Merle, nachdem er seinen Bericht beendet hatte. »So wie damals diese Hitler-Tagebücher?«

Er lächelte matt. »Na, so viel Aufsehen wie bei den Hitler-Tagebüchern hat es natürlich nicht gegeben, aber kaum war der Artikel draußen, kamen die ersten Bänker an und meinten, das sei alles purer Unsinn. Es könne gar nicht funktionieren. Außerdem könne man das gar nicht ohne die Zustimmung der FED und der Zentralbanken auf den Weg bringen, die nichts von solchen Plänen wüssten, und so weiter. Von den Bilderbergern kam offiziell gar nichts. Nur Wartenstein hat sich in einem Fernsehinterview zu diesen Gerüchten geäußert. ›Blanker Unsinn ist noch untertrieben‹, hat er gemeint. In der Redaktion wollte man wissen, wer meine Quellen waren. Der angebliche Grieche war verschwunden, er hatte mir eine Adresse in New York genannt, die gar nicht existierte, und die Sekretärin, die Wartenstein nach Rottach-Egern mitgenommen hatte, hatte nie existiert. Es war die Pflicht eines jeden Bilderbergers, ohne großen Tross anzureisen.«

»Verstehe«, sagte Merle mitfühlend und legte ihm eine Hand auf die Schulter. »Du warst erledigt.«

»Von einem Tag auf den anderen. Die Bilderberger hatten mir falsches Material zugespielt und damit meinen Ruf ruiniert. In meiner Redaktion begann man sogar an meinen früheren Reportagen zu zweifeln.«

»Sie haben dich entlassen?«

Faller erhob sich vom Sofa. Er blickte in das dunkle Atelier. Irgendwo hier war noch etwas von Helen, nicht nur ihre Bilder und Statuen, nein, noch etwas anderes, ihre Atemzüge, Spuren ihrer Gedanken, ihrer Ahnungen.

»Nein«, sagte er leise, »sie haben nur nichts mehr von mir genommen, keine Zeile mehr. Ich habe dann selbst gekündigt und bin zurück nach Köln, doch selbst beim Express wollten sie mich nicht.«

»Hast du dich bei Anna gemeldet?«

Er ging weiter in das Atelier hinein, mitten in die Schatten, welche die Statuen warfen.

»Dazu war ich zu stolz«, sagte er, aber vermutlich so leise, dass Merle ihn nicht hören konnte.

12

»Wir sind Seiltänzer«, hatte Helen einmal zu ihm gesagt, nach ihrer dritten gemeinsamen Nacht, »wir wagen uns hoch hinaus und stürzen immer mal wieder ab.« Eine schöne, aber übertriebene Aussage, doch dann erfuhr er, dass Graf sie verklagt hatte, nachdem sie ihn verlassen hatte. Für ihre erste kleine Ausstellung als Malerin hatte er ihr zwei Radierungen überlassen, um zahlungskräftiges Publikum anzulocken; sie hatte diese Radierungen dann auch tatsächlich verkauft neben einem eigenen Bild, Graf behauptete jedoch im Nachhinein, es seien zwei unverkäufliche Leihgaben gewesen, die er ihr nur zur Verfügung gestellt hatte, um ein wenig Publikum anzulocken. Sie verlor den Prozess gegen ihn und hatte plötzlich hundertzwanzigtausend Euro Schulden.

»Wie viele Schulden hast du?«, hatte sie ihn leichthin gefragt.

»Keine«, war seine Antwort gewesen, »ich habe nur plötzlich kein Einkommen mehr.«

»Na, du Glückspilz.« Eine Antwort, die ihm sehr gefallen hatte.

In Hamburg hatte er im teuren Eppendorf gewohnt; in Köln konnte er sich, bevor er zu Helen zog, lediglich eine Wohnung in Kalk leisten, direkt an der Hauptstraße.

Als er aufwachte, meinte er, dass Helen neben ihm lag. Er hatte von ihr geträumt, da war er sich ganz sicher, ohne sich an Details zu erinnern, doch es war Merle, die sich an ihn schmiegte, was ihn peinlich berührte.

Es war schon kurz nach neun Uhr. Ein mattes Licht drang durch das schmale Fenster über seinem Hochbett. Sein Smartphone summte.

Eine helle, sehr wache Frauenstimme sagte ein wenig tadelnd: »Ich wollte schon auflegen, Herr Faller. Das Geld, das Herr Wartenstein Ihnen zugesagt hat, müsste bereits auf Ihrem

Konto eingetroffen sein. Wann können Sie in unser Bankhaus kommen und mit Ihrer Arbeit beginnen?«

Er räusperte sich, damit seine Stimme nicht zu heiser klang. Bis halb vier hatte er zusammen mit Merle im Atelier gesessen, offenbar war sie zu ihm ins Bett gekrochen, nachdem er eingeschlafen war.

»Morgen«, sagte er, »morgen kann ich mit den Arbeiten für die Chronik beginnen. Um zehn Uhr.«

»Das wird Herrn Wartenstein erfreuen«, erwiderte die Sekretärin. »Ich erlaube mir, Ihnen die genaue Adresse noch einmal zuzusenden, falls sie Ihnen entfallen sein sollte.«

Er konnte sich leicht vorstellen, dass die Sekretärin ein wenig spöttisch lächelte.

»Dann wünsche ich Ihnen noch einen schönen Tag, Herr Faller.«

Bevor er etwas erwidern konnte, wurde aufgelegt. Wahrscheinlich würde er nun ständig mit dieser Sekretärin zu tun haben, aber dafür hatte er fünfzehntausend Euro auf seinem klammen Konto – für eine Arbeit, von der er noch gar nicht wusste, ob er sie überhaupt abliefern würde.

Merle räkelte sich neben ihm, ohne die Augen aufzuschlagen. Er konnte ihre Brustwarzen durch ihr gelbes T-Shirt sehen. Hastig erhob er sich, kletterte die Leiter hinunter und ging in die Küche.

Es wurde Zeit für einen Kaffee, Zeit dafür, einen klaren Gedanken zu fassen.

»Ich habe von Anna geträumt«, sagte Merle. Sie lehnte wenig später in der Tür und beobachtete ihn, wie er Kaffee kochte. »Ich werde noch einmal versuchen, ihr Passwort herauszufinden, damit wir ihre E-Mails lesen können.«

Faller nickte. Ich möchte nicht, dass du wie ein Kleinkind in mein Bett kriechst, wollte er sagen, ließ es jedoch, als er ihren verlegenen Blick bemerkte.

»Zieh dich an«, erklärte er streng. »Wir haben heute einiges vor.«

Im nächsten Moment schickte Brasch ihm eine Nachricht. »Beckies Wohnung – ich habe einen Schlüssel. In einer Stunde.« Dann folgte die genaue Adresse an der Neusser Straße.

Brasch hatte sich also gekümmert. Das war ein echter Lichtblick, und vielleicht könnte er auch bei der Polizei etwas erreichen. Merle musste zudem endlich eine Vermisstenanzeige aufgeben.

Als Faller aufschaute, sah er, dass Merle ins Atelier verschwunden war. Er hörte sie telefonieren – ein leises, gezischtes »Nein, Per, ich will nicht, dass du kommst. Ich suche meine Mutter, verdammt«. Plötzlich schluchzte Merle wieder wie ein kleines verängstigtes Kind. Dann folgte lauter: »Ich will deine Hilfe nicht. Bleib, wo du bist.«

Faller wandte sich ab, er wollte nicht unfreiwillig lauschen, obgleich es fast so aussah, als würde Merle es darauf anlegen.

Du musst dich um die Kleine kümmern, sagte Helen, die plötzlich wieder in seinem Kopf war. Sie hängt an dir, jetzt, wo ihre Mutter nicht da ist.

Er drehte sich nach Helen um, als könnte sie tatsächlich hinter ihm stehen. Wie lange würde ihn ihre Stimme noch verfolgen?

Sie ist in mein Bett gekrochen, wie ein Baby, antwortete er in seinem Kopf.

Genau, sagte die stumme Helen, weil sie jetzt Unterstützung und Verständnis braucht. Außerdem hat sie dich auf Spur gebracht. Ist mir ja zuletzt nicht mehr gelungen. Du hast deine Reporterinstinkte wiederentdeckt.

Nicht gelungen – was soll das heißen?, hätte er beinahe mit lauter Stimme erwidert, doch da stand Merle in der Tür, mit immer noch zerzausten Haaren, aber zumindest hatte sie ihren Pullover und ihre Jeans angezogen.

»Sorry«, sagte sie, »musste dringend telefonieren.«

Faller schaute sie nicht an, obschon sie nun ja nicht mehr halb nackt war. »Ich habe gleich einen Termin. Ich kann dich leider nicht begleiten, die Vermisstenanzeige für Anna musst du allein aufgeben, aber das wirst du schon schaffen.«

Merle nickte wortlos, jedoch mit finsterer Miene, registrierte er aus den Augenwinkeln.

Wieder summte sein Smartphone. Münter – der Galerist wurde zu einer echten Nervensäge, aber vielleicht würde Helen, nun, da sie tot war, noch eine berühmte Malerin werden. Faller nahm das Gespräch nicht an, sondern beobachtete, wie Merle ostentativ mit Schmollmund nach ihrer Jacke griff. Sie würde vermutlich einen dieser kleinen Elektroroller nehmen, die er so sehr hasste, um zum Polizeipräsidium zu kommen. Kurz war er versucht, ihr Geld für ein Taxi zu geben, doch da war sie schon aus der Tür.

»Valentin Graf will ein Bild kaufen.« Eine SMS vom nervigen Münter. »Seine Sekretärin hat mich angerufen. Stell dir vor. Wenn es so weitergeht, bist du bald ein reicher Mann.«

Brasch wartete vor einem heruntergekommenen Hochhaus auf der Neusser Straße auf ihn; ganz in Schwarz gekleidet, mit der üblichen schwarzen Lederjacke, seine zu langen Haare hingen ihm im Gesicht, er rauchte und trat die Zigarette aus, als er Faller entdeckte, der Minuten gebraucht hatte, um für seinen kastenförmigen Volvo einen Parkplatz zu finden.

Brasch hob seine Hand, in der er einen Schlüssel hielt. »Voilà«, sagte er, »die Eintrittskarte für Beckies Reich.«

»Wie sind Sie an die Schlüssel gekommen?«, fragte Faller. »Über alte Kontakte zur Polizei?«

Sie gingen auf die Eingangstür zu, die mit Graffiti übersät war. »Nicht von der Polizei. Die haben andere Sorgen. Ein Albaner, dem mehrere Clubs gehören, ist auf dem Ring am helllichten Tag erschossen worden. Damit sind sie voll beschäftigt.«

»Wie sind Sie dann an die Schlüssel gekommen?«

Brasch hatte aufgeschlossen. Im Treppenhaus stank es nach Urin.

»Das ist der Zweitschlüssel. Ich habe ihn von Mieka, Beckies Freundin … Na, sie sind manchmal zusammen, manchmal nicht. Mieka hat auf der anderen Straßenseite eine Praxis. Massage, Klangtherapie, irgend so ein esoterisches Zeug. – Wir sollten uns übrigens duzen.« Er warf Faller einen Blick zu. »Diese Siezerei mag ich nicht.«

»Also gut – woher also kennst du sie?«

Faller hätte sich am liebsten ein Taschentuch vor die Nase gehalten. Ihm behagte der muffige Geruch gar nicht. Obschon es einen Fahrstuhl gab, gingen sie die Treppen hinauf. Aber wahrscheinlich roch es in dem Lift noch heftiger. Er war in Köln geboren, in Ehrenfeld, als sein Vater noch ein kleiner Literaturdozent an der Uni gewesen war, nicht weit von der Straße, in der er jetzt wohnte, doch immer häufiger überkam ihn Heimweh nach dem sauberen, schönen Hamburg, obwohl er dort nur gut vier Jahre gelebt hatte.

Als Faller schon dachte, Brasch werde nicht mehr antworten, kam ein »Ist doch egal, woher ich sie kenne, oder?«.

Tim Beckmann wohnte in der dritten Etage. Erst glaubte Faller, die Wohnung sei leer, stehe gewissermaßen zur Vermietung an, da begriff er, dass Beckie offenbar wenig Wert auf Möbel gelegt hatte. In der Küche, in die sie von einem Flur, in dem das Licht nicht funktionierte, gelangten, gab es genau zwei Stühle, einen Tisch und eine Spüle mit einer Kochplatte daneben. Geschirr, ein paar Tassen und Teller, waren auf eine Holzkiste platziert, in der vor langer Zeit einmal Apfelsinen transportiert worden waren. Unter dem einzigen Fenster, das zum Hof wies, waren alte Zeitungen so gestapelt, dass es wie eine Sitzmöglichkeit aussah.

»Hübsch hier«, meinte Faller.

»Ja, Beckie hatte einen ausgeprägten Hang zur Gemütlichkeit«, erwiderte Brasch. Er steckte sich schon wieder eine Zigarette an.

»Wie gut hast du ihn gekannt?« Faller ging zum Fenster und blickte hinunter. Ein winziger Hof mit Fahrrädern und Mülltonnen.

»Flüchtig«, sagte Brasch. »Seit ich bei der Polizei rausgeflogen bin, habe ich viele Jobs gemacht. Da hat man häufiger
mit Leuten wie Beckie zu tun.«

»Wovon hat Beckie gelebt? Komplett von Stütze?«

Sie verließen die Küche. Neben einem winzigen fensterlosen
Bad gab es noch zwei Räume in der Wohnung.

»Zuletzt war Beckie Pförtner in einer Brauerei, aber er war zu
unzuverlässig. Er hat oft verschlafen, sich krankgemeldet, solche
Sachen. Dann ist er immer noch abends mit seinen Zeitungen
losgezogen. Kann mir aber nicht vorstellen, dass er da viel verdient hat. Außerdem …«, sie schoben die Tür zum Schlafzimmer
auf, in dem lediglich eine Matratze unter einem Fenster lag, »…
ging immer das Gerücht um, er wäre eine Art V-Mann.«

»Über was könnte Beckie berichtet haben?«

Brasch hob die Schultern. »Keine Ahnung. So tief war ich
in diesem Business nie drin, dass ich was mit dem Verfassungsschutz zu tun hatte. Aber ich bin sicher, Beckie hat eine Menge
mitgekriegt.«

Sie gingen in den Nebenraum, anscheinend eine Art Arbeitszimmer. Ein Ledersessel mit Leselampe; beide sahen so teuer
aus, dass sie überhaupt nicht in diese Wohnung passten. Dazu
eine Arbeitsplatte auf zwei Holzböcken, ein Schreibtisch und
ein Bürostuhl, ebenfalls aus Leder.

»Beckies Reich«, sagte Brasch. »Er hat wohl auch selbst
manchmal Artikel geschrieben – für irgendwelche Anarcho-
blättchen. Vielleicht war er deshalb für manche Leute interes-
sant.«

»Aber kein Computer, kein Laptop«, sagte Faller. »Deshalb
ist die Polizei hellhörig geworden?«

»Wohl auch«, erwiderte Brasch. Er ging zu dem einzigen
Schrank hinüber, ein billiges IKEA-Teil, und öffnete ihn. Da
hing erstaunlich viel Kleidung. »Aber Beckie hatte offenbar
Verletzungen, die auffällig waren. Abschürfungen an den
Handgelenken. Da sind die Kollegen aufmerksam geworden.
Mehr weiß ich allerdings auch nicht.«

Warum hängst du dich in diesen Fall so rein?, wollte Faller fragen, als er sich umwandte und innehielt. An der Tür des Schlafzimmers klebten Fotos. Beckie – ein freundlicher Mann mit langen blonden Haaren auf einem Segelboot, Beckie, schon älter, nun mit Zopf, das Foto einer Frau mit rosa gefärbten Haaren in einem weißen T-Shirt – vielleicht war das Mieka. Auch ein Hochzeitsfoto hing da, ein Paar ganz in Weiß, der Mann mit großen Geheimratsecken und einem stummen, abweisenden Gesicht, die Frau, lächelnd, mit blonden hochtoupierten Haaren – Beckies Eltern vermutlich, das Foto mochte fünfzig Jahre alt sein. Dazu drei Postkarten und ein jüngeres Foto, das Faller erstarren ließ.

»Beckie war ein Einzelkind«, sagte Brasch in seine Gedanken hinein. »Geschwister gibt es keine, und die Eltern sind lange tot.«

Auf dem Foto, das ihn erschreckte, war Rike zu sehen, seine Rike, ein wenig älter, aber genauso schön und elfenhaft wie zu der Zeit, als sie sich beim Stadt-Anzeiger kennengelernt hatten. Beckie hatte seinen rechten Arm um ihre Schulter gelegt, er grinste in die Kamera und musste sich ein wenig vorbeugen und in die Knie gehen, denn Rike saß eindeutig in einem Rollstuhl.

13

Was war eigentlich los? Gab es eine Art Fluch, der sich über die Frauen gelegt hatte, mit denen er länger zusammen gewesen war? Helen war tot, Anna verschwunden, und die schöne, kluge Rike saß im Rollstuhl, und er hatte nichts davon erfahren.

»Kennst du diese Frau?«, fragte er Brasch und tippte auf das Foto mit Beckie und Rike.

»Sorry, nein, keine Ahnung, wer das ist«, erwiderte Brasch und sah sich noch einmal das Innere des Schrankes genauer an. Faller nutzte den Moment und riss in einer schnellen Bewegung das Bild, das nur mit einem Reißnagel befestigt war, von der Tür und schob es in seine Jackentasche.

Sie wandten sich zum Gehen. Vermutlich würden sie in der Wohnung nichts mehr finden, was ihnen weiterhalf.

»Wann kann ich diese Mieka sprechen?«, fragte Faller.

Diesmal fuhren sie mit dem Fahrstuhl hinunter, der erstaunlich sauber war und in dem es nach Chemikalien roch, als wäre er eben erst gereinigt worden.

»Wenn Mieka keinen Termin hat, kannst du gleich zu ihr rübergehen«, sagte Brasch. »Ich muss aber zurück in mein Büro. Eine Versicherungssache. Das bringt mir echtes Geld.« Er schaute Faller an. »Keine Angst«, redete er dann weiter, »du musst mich nicht bezahlen. Diese Angelegenheit interessiert mich. Erinnert mich an meine Zeit, als ich noch ein richtiger Polizist war. Ich werde mich auch weiter umhören, ein paar gute Kontakte habe ich noch.«

»Wir brauchen einen Hacker«, sagte Faller. »Damit wir an Annas E-Mail-Account herankommen können. Ihre Tochter kennt das Passwort nicht.«

Sie waren auf der Straße angelangt, als sein Smartphone summte. »Kannst du kommen?«, schrie Merle. »Ich werde verfolgt. Zwei Männer, der eine trägt eine FC-Kappe. Ich …«

Die Verbindung brach ab.

Faller nickte Brasch kurz zu und lief zu seinem Volvo. Dreißig Sekunden später rief Merle wieder an.

»Sorry«, sagte sie atemlos. »Mein Telefon ist mir aus der Hand gefallen. Ich bin in ein Nagelstudio geflohen. Kalker Hauptstraße. Hierhin haben sie sich noch nicht getraut.«

»Alles gut.« Faller bemühte sich, ruhig zu klingen. »Ich hole dich gleich ab.«

Er raste über die Zoobrücke nach Kalk. Wie üblich herrschte hier dichter Verkehr, Fahrräder kreuzten die Straße, ein Krankenwagen zog mit lautem Sirengedröhn vorbei. Das Nagelstudio entdeckte er zum Glück sofort, es lag nur wenige Meter hinter der Post. In einer Seitenstraße parkte er und rannte dann zurück.

Verdammt, Helen, was nur ist mit dir und Anna passiert?, dachte er stumm. Dann fiel ihm ein, dass er vergessen hatte, Brasch nach neuen Informationen über Helens Unfall zu fragen. Wenn die Polizei nichts mehr tat, um den Fahrer zu finden, musste er anfangen, sich umzuhören, zu recherchieren. Und wieso, großer Gott, saß Rike in einem Rollstuhl?

Er lief auf die Hauptstraße. Vor einem Imbiss hockten ältere türkische Männer und rauchten. Neugierig, aber freundlich lächelnd schauten sie ihn an. Beim ersten Blick ins Nagelstudio eine Tür weiter konnte er keine Spur von Merle entdecken. Er spähte auf sein Smartphone. Keine neue Nachricht von ihr. War sie weitergelaufen? Hatte sie sich irgendwo versteckt?

Ein schwarzer, vollkommen verspiegelter Audi rollte die Straße hinauf. Ein Kölner Kennzeichen, das er sich zu merken versuchte. Wurde er jetzt auch schon paranoid, dass er glaubte, man verfolge ihn?

Beim zweiten Blick in den Laden sah er Merle, sie saß an dem hinteren der drei Tische und ließ sich von einer jungen

Vietnamesin die Nägel lackieren. Als sie ihn bemerkte, hob Merle eine Hand und winkte ihm zu.

Er spürte, dass er wütend wurde. Was sollte das alles? Wollte sie ihn zum Narren halten?

Einen Moment später kam Merle auf die Straße. »Tut mir leid«, sagte sie, »aber da waren wirklich zwei Männer hinter mir her.« Sie streckte ihm ihre kirschrot lackierten Nägel hin. »Dachte, das ist eine gute Tarnung, hier reinzulaufen. Kannst du mir Geld leihen? Zwanzig Euro? Gebe ich dir später wieder.«

Er musste noch ein paar Minuten auf sie warten, weil die Maniküre offenbar nicht beendet war. Brasch hatte ihm eine SMS geschickt. »Habe jemanden, der sich mit Computern auskennt.« Der Hacker! Brasch war wirklich mit Geld nicht zu bezahlen.

»Es waren zwei Männer«, sagte Merle, als sie auf die Straße trat. Wechselgeld zu den zwanzig Euro hatte es offenbar nicht gegeben. »Sie haben mich vom Präsidium in Kalk verfolgt. Ich musste ein paar hundert Meter gehen, bevor ich einen Elektroroller fand, aber dann waren sie noch immer hinter mir.« Sie zeigte ihm drei verschwommene Fotos auf ihrem Smartphone. Mit Mühe konnte man zwei Männer erkennen, beide trugen Caps, der eine war ganz in Schwarz gekleidet, der andere trug eine weiße Hose und eine rot-weiße Jacke.

»Damit können wir nichts anfangen«, sagte Faller. »Vielleicht hast du dich auch getäuscht.«

Merle blieb stehen und umfasste seinen rechten Arm. »Ich habe mich nicht getäuscht, verdammt. Kapierst du immer noch nicht, was hier los ist?«

Doch, wollte er sagen, ich kapiere es, obschon es nicht stimmte.

»Ich habe Hunger«, redete Merle weiter. »Hier in der Nähe gibt es ein cooles veganes Lokal. Da können wir uns einen Roller nehmen.«

»Können wir ganz bestimmt nicht«, sagte Faller und ging auf seinen Volvo zu.

Bis zu dem veganen Lokal, das nichts anderes war als eine heruntergekommene ehemalige Eckkneipe, waren es nur etwa hundert Schritte. Er parkte in einer Feuerwehreinfahrt.

»Die Bullen haben die Vermisstenanzeige für Anna aufgenommen«, sagte Merle, nachdem sie sich direkt neben der Tür an einen Tisch gesetzt hatten. »Viel Hoffnungen hat mir der Typ da aber nicht gemacht. Eine einzige Frage hat er mir gestellt. ›Wieso glauben Sie, Ihre Mutter könnte einem Verbrechen zum Opfer gefallen sein? Gibt es Anzeichen dafür?‹« Die letzten Worte hatte sie übertrieben betont, so als hätte ein strenger, jedoch begriffsstutziger Lehrer sie an sie gerichtet.

»Der Polizist hat ja recht«, erwiderte Faller. »Es gibt keine Spuren. Deine Mutter könnte mit einem neuen Lover auch in der Toskana sein oder …«

»Niemals«, unterbrach Merle ihn. »Dieser Brief in meinem Zimmer – dass ich dich anrufen soll …« Sie hob beide Arme in einer hilflosen Geste. »Und wieso ist Anna bei deiner Malerin gewesen?«

Ja, das stimmte, und doch – wo war das Motiv für Annas Verschwinden?

Das vegane Schnitzel, das eine tätowierte Frau mit grünen Haaren brachte, schmeckte erstaunlich gut.

Sie aßen schweigend, dann lehnte Merle sich zurück. »Ich verstehe nicht wirklich, warum Anna sich einmal in dich verliebt hat. Du warst früher anders, nicht wahr? Nicht so stumm und antriebslos. Ach, damals warst du ja ein Star! Was hast du eigentlich die letzten Jahre so gemacht?«

Faller setzte Merle an Helens Atelier ab. Er wollte sie loswerden, ihre Fragerei war ihm lästig. Was hatte er die letzten Jahre gemacht? Nichts, nicht viel jedenfalls – ein paar Firmengeschichten geschrieben, einmal sogar die Lebensgeschichte eines Pfarrers in der Eifel, der glaubte, dass seine Gemeinde sich dafür interessieren würde, was aber wohl nicht der Fall gewesen war. Er hatte mit Helen zusammengelebt, sie hatten über ihre Bilder gesprochen, manchmal war er, um zu wetten, in die Sportsbar auf die Venloer gegangen, gelegentlich auch zum FC oder auf die Pferderennbahn. Und immer wenn Helen nicht mehr weiterwusste, wenn ihre Arbeit ins Stocken geraten war, waren sie in die Eifel gefahren. Bäume umarmen, so hatte Helen das genannt, ich muss Bäume umarmen. Sie hatte einen Baum an der Urft, der mitten auf einem Weg stand und den sie besonders liebte, eine Eiche, von der Helen behauptete, sie müsse mehr als hundert Jahre alt sein.

Bäume umarmen – vielleicht sollte er das auch tun, ohne Helen.

Trauer überkam ihn. So langsam sickerte die Erkenntnis in ihn ein, dass Helen wirklich fort war.

»Helen«, sagte er laut, »was ist mit uns passiert?«

Als würde sie ihm eine Antwort geben, summte sein Smartphone, doch es war wieder Münter. Er drückte den Anruf weg, dann fuhr er in das Parkhaus der Staatsanwaltschaft.

Es war kurz nach fünfzehn Uhr. Wie lange arbeitete eine Staatsanwältin? Aber wenn sie da war, würde er nicht eher gehen, bis er Rike gesprochen hatte, nahm er sich vor.

14

Wie eine Elfe hatte sie ausgesehen, als er Rike das erste Mal begegnet war. Es war in der Redaktion des Stadt-Anzeigers, der kaufmännische Geschäftsführer stellte sie in den Abteilungen vor: eine scheue Frau mit kurzen schwarzen Haaren, die sich bewegte wie eine Tänzerin, als würde sie geradewegs von einer Theaterbühne in ihre Räume hineinschweben. Ihre Augen waren von einem tiefen Braun, ja ihre Augenfarbe war ihm als Erstes aufgefallen. Neben dieser Frau möchte ich einmal morgens aufwachen, hatte er sofort gedacht; fünf Monate hatte er gebraucht, bis er endlich mit ihr ausgehen konnte. Und noch einmal acht Wochen, bis sie dann tatsächlich miteinander geschlafen hatten. Rike war auch die einzige Frau gewesen, bei der er jemals an Heirat gedacht hatte, doch dann war er zu übermütig und nachlässig gewesen, eine seiner echten Charakterschwächen, wie er sich eingestehen musste.

Rike saß in ihrem Rollstuhl vor einem Fenster und rauchte. Sie wandte sich nicht um, als er eintrat. Man hatte ihn nicht vorlassen wollen, doch dann war er energisch geworden, hatte etwas von »Es geht um Leben und Tod« gesagt, und schließlich war der Mann am Empfang zurückgeschreckt, hatte ihm Rikes Zimmernummer genannt und ihm, nachdem er seinen Pass vorgezeigt hatte, die Sicherheitsschleuse geöffnet, durch die er hatte gehen müssen.

»Gibt es etwas?«, fragte Rike mit matter Stimme. Noch immer hatte sie sich nicht umgedreht.

Ihr Zimmer war gerade groß genug, dass sie mit ihrem Rollstuhl hinter einen altmodischen Schreibtisch fahren konnte. Zwei Stühle, die vor dem Schreibtisch postiert waren, eine Ablage für Akten sowie ein mittelgroßer Schrank, das war das ganze Mobiliar.

»Rike«, sagte Faller, »tut mir leid, wenn ich hier …«

Abrupt zuckte sie herum – mit zusammengepresstem Mund und vor Erstaunen geweiteten Augen. Tiefbraun – so waren ihre Augen immer noch. Auch ihre Schönheit war geblieben, nun anders, mit ein paar Lebensspuren um den Mund und die Augen. Trotzdem – jeder, der sie sah, konnte sich augenblicklich in Ulrike Behr verlieben.

»Was tust dir hier, Faller?«, stieß sie hervor, gleichzeitig, als wäre sie erwischt worden, drückte sie ihre Zigarette in einem gläsernen Aschenbecher aus, den sie in der linken Hand hielt.

Ja, warum genau war er gekommen? Wegen des Fotos, weil es nicht sein konnte, dass Rike in einem Rollstuhl saß.

Er machte eine hilflose Geste in Richtung des Rollstuhls. »Was bedeutet das?«

Sie verstand sofort und drehte mit einer geschickten Handbewegung den Rollstuhl herum. Ein leises Quietschen entstand auf dem Linoleumboden.

»Ein Unfall«, sagte sie. »Kroatien, Küstenstraße, vorletzten Sommer. Marcel ist am Steuer eingeschlafen, nur für ein paar Sekunden. Hat leider gereicht ... Der Wagen ist von der Straße abgekommen.«

Er hatte keine Ahnung, wer Marcel war – ihr Mann oder ihr Freund vermutlich.

Warum hast du nicht Bescheid gesagt?, war er versucht zu fragen, aber sie kam ihm zuvor.

»Wir haben uns aus den Augen verloren, Faller.« Sie lächelte matt. Auch ihre strahlend weißen Zähne hatten ihm damals so sehr gefallen, ebenso ihre Lippen, auf denen immer ein sanfter Glanz lag. »Warum bist du jetzt wieder aufgetaucht? Wegen der toten Malerin? Gibt es da etwas Neues?«

Er schloss die Tür hinter sich und trat näher. Am liebsten hätte er sie umarmt, oder nein, besser noch, sie auf den Mund geküsst.

»Du siehst immer noch atemberaubend gut aus«, sagte er leise.

Rike schaute ihn stumm an. Ihre Gesichtszüge erstarrten.

»Es ist nicht leicht«, sagte sie genauso leise, »dieses neue Leben anzunehmen. Ich trainiere viel, aber …« Sie stockte. »Aus diesem verdammten Ding werde ich wohl nie wieder herauskommen.«

Faller zog einen Stuhl heran und setzte sich. Plötzlich war alle Kraft aus ihm gewichen. Warum hatte er nur immer wieder Momente, in denen er dachte, sein Leben wäre anders, glücklicher verlaufen, wenn er an ein paar Wegkreuzungen ein bisschen besser aufgepasst hätte?

»Es tut mir leid.« Er suchte den Augenkontakt. »Ich hoffe …«

Sie schnitt ihm mit einer schnellen Handbewegung das Wort ab. »Nein, du bist hier, weil du von der Staatsanwältin etwas erfahren willst, nicht wahr? Ich habe mich umgehört. Zu der Sache Helen Flohr gibt es keine Erkenntnisse. Fahrlässige Tötung im Straßenverkehr. Es wird ermittelt, doch ohne einen Verdächtigen. Bei Anna Talheim … So hieß die Journalistin doch, nicht wahr?«

Faller nickte. »Merle, ihre Tochter, hat heute leider erst eine Vermisstenanzeige aufgegeben.«

»Sie ist also noch nicht wieder aufgetaucht?«, fragte Rike ganz sachlich, und er konnte sich vorstellen, wie kompetent und nüchtern sie vor Gericht agierte. »Bei ihr gibt es ein offenes Verfahren. Sie ist vor …« Rike beugte sich vor. Nur ein paar Notizen lagen auf ihrem Schreibtisch. Auf einem war ein Datum notiert. »… drei Wochen bei einer Razzia in Ostheim erwischt worden. Da hat man ihre Personalien aufgenommen. Illegales Glücksspiel. Kann es sein, dass sie da recherchiert hat, oder gehört sie vielleicht dieser Szene an?«

Verblüfft atmete er tief durch. »Anna und illegales Glücksspiel – nein, eine Spielerin war sie bestimmt nicht.«

Jemand klopfte, und im nächsten Moment trat ein gut aussehender Mann ein, braun gebrannt, schwarze Haare, die ihm ins Gesicht hingen, ein elegantes weißes Hemd unter einem teuren Jackett.

»*Ma chérie*«, sagte er, »ich war gerade in der Gegend und dachte …« Er brach ab, weil Rike sich räusperte und er im nächsten Moment Faller entdeckte.

»Marcel«, sagte Rike mit tonloser Stimme, »schön, dass du vorbeikommst. Das ist übrigens Robert Faller. Er war früher ein berühmter Journalist und … wir waren mal einige Zeit ein Paar. Ich habe dir davon erzählt.«

Er floh förmlich aus dem Gerichtsgebäude. Nur weg – von Rike, ihrem Rollstuhl und diesem Schönling Marcel, der ihn freundlich angelächelt und ihm einen kräftigen Männerhändedruck verpasst hatte. Immerhin hatte sie ihm ihre private Telefonnummer gegeben und verraten, wo sie jetzt wohnte, in einem Haus am Stadtwald, Lindenthal, eine noble Gegend. »Habe ich von meinem Vater geerbt«, hatte sie hinzugefügt. Ihr Vater war ein bekannter Rechtsanwalt gewesen, erinnerte Faller sich, ein stets kurz angebundener knorriger Mann, dem er nur ein Mal begegnet war und der ihm auf Anhieb seine Antipathie gezeigt hatte.

Er wollte in die Sportsbar an der Venloer fahren, das war sein Zufluchtsort. Irgendein Fußballspiel würde da laufen, wenn er Glück hatte mit seinen Lieblingsmannschaften Eindhoven oder Liverpool. Er würde nur dasitzen, ein Bier trinken und schweigend auf den riesigen Bildschirm starren, der fast eine ganze Wand des Raumes einnahm, und zwischendurch würde er zu einem Terminal gehen und eine Wette platzieren.

So, dachte er, so habe ich mein Leben verbracht. Das wäre die Antwort auf Merles Frage gewesen. Ein Wunder, dass Helen bei ihm geblieben war, dass sie ihn nicht zum Teufel gejagt hatte, aber nein, sie waren beide Gestrandete gewesen und hatten so zusammengefunden, und er hatte es geliebt, wenn Helen und er losgezogen waren und sie mit ihrer Polaroidkamera Aufnahmen gemacht hatte, scheinbar wahllos Dinge fotografiert hatte, die sie später für ihre Bilder hatte verwenden können.

Er fand sogar genau vor Helens Atelier einen Parkplatz,

zehn Meter von der Stelle, wo sie überfahren worden war. Das war auch ein Grund, auszusteigen, ein paar Dinge grundsätzlich zu ändern. Er würde dieses Bild der sterbenden Helen niemals aus seinem Kopf verbannen können.

Als er seine Fahrertür öffnete, klingelte sein Smartphone. Eine unbekannte Nummer. Versuchte es Münter nun von einem anderen Anschluss?

»Spreche ich mit Herrn Faller?«, fragte eine nüchterne tonlose Stimme, die einem Mann oder einer Frau gehören konnte.

»Ja«, erwiderte er, »und wer sind Sie?«

»Sie kennen mich nicht«, sagte die Stimme, »ich kenne Sie aber und möchte Ihnen etwas sagen. Hören Sie auf herumzuschnüffeln. Es ist gefährlich, viel gefährlicher, als Sie denken, für Sie und alle, die Ihnen vielleicht helfen. Es gibt Leute, die keinen Spaß verstehen.«

Dann wurde die Verbindung unterbrochen.

Es gibt Leute, die keinen Spaß verstehen … Worum ging es hier? Sicher nicht um irgendetwas, das mit Spaß zu tun hatte.

Faller blieb mitten auf der schmalen Straße stehen, er schüttelte sein Telefon, als könnte er so herausfinden, wer ihn angerufen hatte. Eine unbekannte Nummer – und die Stimme? Eine Frauenstimme, ja, eher eine nicht mehr ganz junge Frau, die sich da an ihn gewandt hatte.

Er tippte die Worte in sein Smartphone ein. Er wollte genau rekonstruieren, was die Frau gesagt hatte. »Es ist gefährlich, viel gefährlicher, als Sie denken, für Sie und alle, die Ihnen vielleicht helfen.«

War damit Merle gemeint?

Sie beide, Merle und er, hatten möglicherweise also etwas herausgefunden, etwas anderes konnte diese Warnung nicht bedeuten, aber nein, eine richtige Warnung war es nicht gewesen, sondern eher ein freundlich gemeinter Hinweis von jemandem, der ihn kannte.

Merle öffnete ihm die Tür, sie hatte ihn schon erwartet und ihn durch das schmale Küchenfenster beobachtet.

»Was ist los?«, fragte sie schlecht gelaunt. »Warum spielst du mitten auf der Straße mit dem Telefon herum?«

Sie hatte sich geschminkt, ihre Lippen waren nun knallig rot, und um die Augen hatte sie ein dunkles Make-up aufgelegt.

Faller starrte sie an. Aus diesen jungen Frauen würde er niemals schlau werden.

»Ich habe etwas über Anna herausgefunden«, sagte er. »Sie ist kürzlich verhaftet worden – bei einer Razzia wegen unerlaubten Glücksspiels. Kann es sein, dass du deine Mutter gar nicht kennst? Dass sie eine Spielerin ist? Vielleicht hat sie Schulden und ist deshalb verschwunden. Musste abhauen, weil irgendwelche Kredithaie oder Gauner hinter ihr her sind.«

»Gauner!« Merle lachte verächtlich. »Wie lange habe ich dieses Wort nicht mehr gehört. Das kommt wohl nur noch in alten Filmen vor, oder?«

Faller schob sich an ihr vorbei. Offenbar hatte sie sich etwas zu essen gekocht. Eine schmutzige Pfanne stand in der Spüle.

»Anna hat hunderttausend Euro auf der Bank«, sagte sie. »Mindestens. Wenn sie in einem Spielsalon war, dann zur Recherche. Vielleicht ist das eine Spur.«

Faller öffnete den Kühlschrank. Das letzte Bier hatte sie anscheinend auch getrunken. Ein Joghurt und eine Zitrone schauten ihn an. Beides hatte Helen noch gekauft.

»Das war eine Razzia der Polizei«, sagte er. »Wohl in einer Privatwohnung, nicht in einem Spielsalon.«

»Dann müssen wir dahin«, sagte Merle. »Ich habe dir ein veganes Schnitzel gemacht, aber dann dachte ich, so etwas magst du nicht, und habe es …«

»Nein«, unterbrach er sie und nahm seine Jacke wieder, um zu gehen, »ich esse nur richtige Schnitzel, schön mit Pommes und Ketchup. Und ich fände es wirklich freundlich von dir, wenn du weg wärest, wenn ich aus Luccas Bar zurückkomme. Du hast ja noch ein schönes Kinderzimmer in Annas Wohnung.«

15

Er ging an Luccas Bar vorbei, winkte ihm nur kurz zu. Lucca neigte den Kopf und winkte zurück. »Wo ist das schöne Mädchen?«, rief er, doch Faller hob nur die Schulter, als wisse er es nicht.

In der Sportsbar war nicht viel los. Ein paar Männer hockten da, die Stammkundschaft; Mescher, der früher eine große Nummer im Karneval gewesen war, doch jetzt kam er sogar manchmal im Bademantel hierher. »Depressionen«, hatte er einmal gesagt, »ich konnte nicht mehr auf die Bühne und lustig sein.« Er war Ende fünfzig, kaum älter als Faller. Auch Karim mit seiner türkischen Clique war da; meistens nuckelten sie nur an ihrer Wasserpfeife und interessierten sich kaum für die Spiele, die gerade abliefen.

Angelo stand hinter der Theke. Er nickte Faller zu und hob den Zeigefinger.

Faller nickte. Ein Bier, hieß die Geste.

Auf den Bildschirmen lief kein Fußball, sondern ein Pferderennen: Wenn er sich das Licht und das strahlende Wetter ansah, vermutlich aus den USA.

Er ging zur Theke und setzte sich.

»Du warst lange nicht da«, sagte Angelo. Wenn er lächelte, legte sich sein komplettes Gesicht in Falten; er musste fast siebzig sein, hatte vierzig Jahre bei Ford gearbeitet, aber dann war es ihm am Band zu langweilig geworden, und er hatte diese Sportsbar aufgemacht, in der man auf alles wetten konnte, aber ganz leger; er gestattete es auch, dass man nur dasaß, auf einen der Bildschirme starrte und sein Bier trank.

»Mir geht es nicht gut«, sagte Faller und war überrascht über seine Offenheit. Helens Tod hatte er bei Angelo nicht erwähnt, eigentlich hatten sie kaum gesprochen, über den FC, Klopps Job als Trainer bei Liverpool, solche Sachen.

»Ich weiß, dass deine Frau tot ist«, sagte Angelo fast mit-fühlend.

Faller sah erstaunt von seinem Bier auf.

Angelo zog die Augenbrauen zusammen. »Ich habe euch ein paarmal miteinander gesehen. Ich kaufe auch auf dem Markt ein, manchmal …«

Karim und seine Truppe klatschten sich ab. Offenbar inte-ressierten sie sich doch für irgendwelche Pferdewetten.

»Ich muss wissen, wer sie überfahren hat«, sagte Faller, dann kam ihm ein anderer Gedanke. »Vor drei Wochen hat es in Ostheim eine Razzia gegeben – illegales Glücksspiel. Weißt du etwas darüber?«

Angelo drehte sich wortlos um und machte sich einen Es-presso. Faller hatte noch nie gesehen, dass er etwas anderes trank – Espresso oder teures italienisches Mineralwasser.

»Warum fragst du danach?«, fragte Angelo. Er nippte an seinem Espresso und sah Faller über die Tasse hinweg an.

»Ich suche eine Journalistin, sie ist verschwunden, aber bei der Razzia war sie dabei. Die Polizei hat ihre Personalien fest-gestellt.«

Angelo nahm noch einen Schluck. Für einen Moment schloss er genießerisch die Augen, als müsse er dem Ge-schmack nachspüren.

»Es ist besser, wenn man nicht so viel darüber weiß«, sagte er. »Ich bin froh, dass ich nur diese Bar habe, und auch hier gibt es manchmal Stress. Doch diese Hinterzimmer … Kann sein, dass es da um viel mehr als nur um ein bisschen Poker geht. Die Leute sind alle zu gierig, wollen zu viel, viel zu viel. Man muss wissen, wann es genug ist. Das ist die Kunst.« Angelo hatte die Stimme gesenkt.

»Was meinst du damit?«, fragte Faller. Er war fast versucht, wie in den alten Zeiten als Journalist sein Notizbuch hervor-zuholen.

»Nichts meine ich damit«, entgegnete Angelo. »Nur dass da etwas im Gange ist, mit dem ich nichts zu tun haben möchte.

Ich stehe hier und passe auf, dass alles in Ordnung ist. Dieser Laden hier ist meine Insel.«

Zwei weitere Männer kamen herein, die alle nur die »kölschen Fettsäcke« nannten, zwei Brüder, der eine mochte hundertdreißig, der andere hundertfünfzig Kilo auf die Waage bringen.

Angelo begrüßte sie überschwänglich, dann ging er mit ihnen an eines der Terminals, wo sie ihre Wetten eingaben. Auf zwei Bildschirmen lief dann ein Spiel der Premier League – Arsenal gegen Southampton, kein besonders aufregender Kick.

Immerhin kannte Angelo die Adresse, wo die Razzia stattgefunden hatte. Wortlos, mit dem deutlichen Hinweis in den Augen, dass er nichts dazu erklären werde, schob er Faller einen Bierdeckel mit der Adresse hin.

Ostheimer Straße, Nummer 23.

Faller legte einen Geldschein auf den Tresen, dann ging er zu seinem Wagen. Merle jetzt zu begegnen, hätte er gar nicht ertragen.

Die Ostheimer Straße war eine der typischen hässlichen Kölner Vorstadtstraßen, eng, zugeparkt, die meisten Häuser stammten aus den fünfziger oder sechziger Jahren. Doch genau vor der Adresse, die Angelo ihm gegeben hatte, bekam er einen Parkplatz. Es war mittlerweile dunkel geworden, nur in der ersten Etage brannte Licht. Er stieg aus und blickte auf das Türschild. Unten im Haus hatte ein Anwalt seine Kanzlei. Na, das passte ja perfekt. Dr. Ansgar Merzenich, darüber zwei türkische Namen, und ganz oben stand: »T. Loser«. Hatte sich da jemand einen Spaß erlaubt? »Loser« wie »Verlierer« beim Glücksspiel? Oder war das nur Zufall?

Er war versucht zu klingeln, ließ es dann jedoch und setzte sich wieder in seinen Volvo. Anna war hier gewesen, doch was konnte sie hier gesucht haben? Da sie eine gute Reporterin war, musste es mit ihrer Recherche zu tun gehabt haben.

Illegales Glücksspiel? War das eine so große Nummer, dass eine Journalistin durch ihre Recherche ernsthaft in Gefahr geraten konnte? Brasch konnte vielleicht etwas darüber in Erfahrung bringen.

Erst als er wieder hinter dem Steuer saß, bemerkte er die Kamera, die an einer Hauswand hing und auf die Eingangstür gerichtet war. Faller zog sein Smartphone hervor und machte durch die Frontscheibe selbst ein paar Aufnahmen. Morgen musste Merle ihm endlich ein Foto von Anna überlassen, und dann würde er sich in dieser Straße umhören, ob irgendjemand sie hier häufiger gesehen hatte.

Als er den Motor wieder starten wollte, wurde die Tür des Volvos aufgerissen. Ein junger Typ mit einer Basecap starrte ihn an.

»Was machst du hier?«, fragte er barsch. »Bist du von einer Zeitung? Schnüffelst hier herum?«

Faller war so überrascht, dass er erst gar nicht antworten konnte. »Was soll die Frage?«, entgegnete er dann. »Ich habe jemanden besucht.«

»Wen hast du besucht?« Der Mann beugte sich vor, sein Gesicht war unter der Kappe kaum zu erkennen. Faller meinte, Bartstoppeln zu sehen, einen zusammengepressten Mund und dunkle Augen, die ihn anstarrten.

»Das geht Sie nichts an«, sagte er, dann startete er den Volvo und zog die Tür zu.

Der Basecap-Typ blieb noch einen Moment stehen, bevor er den Weg freigab. Er trug schwarze Kleidung, nur seine weißen Schuhe leuchteten in der Dunkelheit. In aller Seelenruhe griff er in seine Tasche und zog ein Smartphone hervor, mit dem er offenkundig ein paar Fotos von Faller und seinem Volvo machte.

Wenn Anna diese Wohnung betreten hatte, dann musste sie über beste Kontakte verfügt haben – oder sie war doch eine heimliche Spielerin.

Er würde ihre Recherche wieder aufnehmen, schwor er

sich. Er würde wieder ein richtiger Journalist werden, so wie früher, bevor der Artikel über die Bilderberger erschienen war.

Als er über die Deutzer Brücke fuhr, rief er Brasch an, der auch sofort abhob.

»Was weißt du über illegale Glücksspiele in Köln?«, fragte er ohne jede Begrüßung.

»Sprichst du von der Razzia in Ostheim?«, fragte Brasch zurück. »Das ist ein Laden für kleine Fische, ein bisschen Poker, viel mehr geht da nicht. Die haben sogar einen Raum mit Spielautomaten, die manipuliert sind, sodass dort jeder abgezockt wird. Da gehen die Spielsüchtigen hin, die sonst überall Hausverbot haben, und lassen sich ausnehmen.«

»Anna ist da gewesen«, sagte Faller mit ein wenig Stolz, weil er etwas ohne Braschs Hilfe herausgefunden hatte.

»Na, dann ist das vielleicht eine Spur«, erwiderte Brasch ohne jede Begeisterung. »Vielleicht ist sie den Albanern zu nahe gekommen. Glaube ich aber nicht.« Er machte eine kurze Pause. »Ich kann nicht lange sprechen«, fuhr er mit leiserer Stimme fort. »Bin hier noch … beschäftigt. Aber ich habe noch etwas für dich, direkt aus dem Polizeipräsidium, und es wird dir wahrscheinlich nicht gefallen.«

»Sag schon.« Faller hatte Mühe, sich auf den dichten Verkehr zu konzentrieren.

»Es hat sich ein Zeuge gemeldet, der den Unfall gesehen hat. Der weiße Kastenwagen hat direkt auf deine Frau zugehalten, sie haben gewissermaßen auf sie gewartet und dann Vollgas gegeben. Aber das ist nicht alles, jemand ist herausgesprungen, allerdings nicht, um ihr zu helfen, sondern um ihre Taschen zu durchsuchen. Der Zeuge meint, sie haben ihr irgendetwas abgenommen, nicht ihr Portemonnaie, sondern etwas, das sie in ihrer Hosentasche hatte.«

»Wer ist dieser Zeuge?«, fragte Faller. Er spürte, wie sein Herz schneller schlug. Warum kamen sie erst jetzt darauf, was da genau mit Helen passiert war?

»Das weiß ich nicht. Eine Anwohnerin vermutlich, den

Namen kriege ich hoffentlich noch raus. Jedenfalls haben die früheren Kollegen da geschlampt. Ich rufe dich wieder an, wenn ich mehr weiß.«

Brasch legte auf.

Eine Welle von Müdigkeit und Trauer spülte über Faller hinweg. Am liebsten hätte er den Wagen mitten auf der Straße abgestellt, um seinen Kopf auf das Lenkrad zu legen und die Augen zu schließen.

»Helen«, sagte er laut, »verdammt, warum musstest du sterben?«

16

Nach den drei Artikeln über die Bilderberger, als sich »Das Magazin« in einem Editorial distanziert hatte und sie einen anderen großen Bericht gebracht hatten, in dem es hieß, die Bilderberger seien so eine Art weltweiter verschwiegener Debattierclub, bekam er mehrere Anrufe, er solle doch einen Artikel darüber schreiben, dass es die Mondlandung nie gegeben habe, oder über Ufo-Sichtungen in Kalifornien oder sogar darüber, dass die Anschläge vom 11. September eine Inszenierung des amerikanischen und israelischen Geheimdienstes gewesen seien. Ich bin am Ende, hatte er damals gedacht, wer solche Angebote bekommt, ist irgendwann falsch abgebogen.

Eine Weile hatte er versucht dagegenzuhalten, doch es war ihm nur gelungen, eine kreuzbrave Reportage über einen Förster in der Eifel unterzubringen, und auch nicht unter seinem richtigen Namen. »Faller, ich kann dich nur verdeckt einsetzen«, hatte ihm Kammann, der Chefredakteur vom Stadt-Anzeiger, damals gesagt. »Wenn ich dich hier in der Redaktion anstelle, macht mein Verleger mir die Hölle heiß. Seriosität geht uns über alles.«

Einzig eine Motorzeitung bot ihm einen Job an, aber was sollte er über Autos schreiben? Gab es Dinge, die ihn weniger interessierten als Autos? Sehr wenige. Sogar einen Job als Schreiber von Trauerreden hatte man ihm damals angeboten, und für einen kleinen Krimiverlag hatte er Korrektur gelesen, mittelmäßige Kriminalromane, die alle irgendwo auf dem Land spielten und in denen die Detektivinnen siebzig Jahre und älter waren.

Er war ganz unten gewesen, ein *has-been*, als er Helen getroffen hatte. Dieser Gedanke, den er einfach nicht verbannen konnte, schmerzte ihn; gleichzeitig trieb er ihn an, nun alles über ihren Tod herauszufinden.

»Ich bin endlich aufgewacht, Helen«, sagte er laut.

Er fand Merle auf dem Sofa im Atelier liegend vor. Sie hatte die Augen geschlossen und lachte laut, als sie ihn ansah, nachdem er sie an der Schulter berührt hatte.

»Robert«, sagte sie, »alles cool bei dir?«

Wieder ein helles, schrilles Lachen; kokett strich sie sich dabei die Haare aus der Stirn.

»Was ist?«, fragte er in einem barschen Tonfall. »Hast du Drogen genommen?«

»Nur zwei Gramm von unseren Pilzen.« Merle sah ihm in die Augen und versuchte sich an einem auffordernden Lächeln. »Brauchte ich einfach. Ich vermisse Anna«, fügte sie hinzu, als sie registrierte, dass er nicht auf ihr Lächeln einging. »Ich habe Angst um sie. Denkst du, ihr ist was Schlimmes passiert?« Sie streckte die Hand nach ihm aus, doch er wich zurück.

Am liebsten hätte er sie aus der Wohnung geworfen. Die Schwierigkeiten, in denen er nun steckte, waren entstanden, nachdem sie aufgetaucht war, dachte er und korrigierte sich sofort. Nein, das stimmte nicht. Er hatte bei Helens Tod in seiner Trauer nicht richtig hingeschaut – das war die Wahrheit.

Faller wandte sich ab und ging in die Küche. Er hatte Hunger, aber zu essen war nichts da. Also steckte er sich eine Zigarette an.

Merle folgte ihm, sie trug eine rote Trainingsjacke, die er bisher nicht an ihr gesehen hatte, und war barfuß. Ach, verdammt, es war Helens Jacke, sie war an Helens Schrank gewesen.

»Zieh das aus!«, sagte er und funkelte sie an. Mühsam beherrschte er sich. »Helens Sachen sind tabu für dich – kapiert? Andernfalls …«

»Was?« Merle postierte sich vor ihm. Ihre gute Stimmung war verflogen. »Was andernfalls?«, wiederholte sie provozierend. »Andernfalls schmeißt du mich raus, ja? Ist dir sowieso alles zu viel. Willst lieber zurück in dein Erdloch. Du bist ein Dachs, weißt du das? Ein alter, bösartiger Dachs. Man denkt, die sind freundlich, sind sie aber nicht.«

»Ist dein Rausch schon vorbei? Die Pilze, die dein Freund und du da züchtet, halten wohl nicht lange vor.«

Faller ging zum Küchenfenster, kippte es auf und rauchte so, wie er es mit Helen getan hatte. Er sah sie auf der Straße liegen, er hörte den Knall, es musste einen fürchterlichen Knall gegeben haben, als sie gegen den Kastenwagen prallte, dann sah er, wie jemand aus dem Wagen sprang, sich über sie beugte, nicht um zu helfen, sondern um ihr etwas abzunehmen – etwas, das kein Geld, keine Kreditkarte, kein Schmuck war. Ein Brief vielleicht? Hatte Anna ihr einen Brief übergeben? Eine Nachricht? Oder Material, das Helen an ihn weitergeben sollte? Ein Stick, dachte er dann, ein Datenstick. Das könnte es gewesen sein. Also war Helen gestorben, weil Anna ihm etwas hatte mitteilen wollen. Aber musste man sie dazu umbringen, um etwas von ihr zu bekommen? Vielleicht war es aber auch ganz anders gewesen. Jemand versuchte Helen etwas zu entreißen, sie floh, rannte auf die Straße, und da gab ein zweiter Mann Gas, der zu dem ersten gehörte.

Er spürte Merles Blick auf sich. »Morgen solltest du wieder nach Hause gehen«, sagte er, ohne sich umzudrehen.

»Ich kann da nicht allein leben.« Merles Stimme war ein heiseres Flüstern. »Ohne Anna kann ich gar nicht mehr leben.«

Der Rausch von den Pilzen schien tatsächlich nicht lange anzuhalten. Er hatte so ein Zeug noch nie genommen, ein-, zweimal Marihuana und einmal in Hamburg auf einer Edelparty Koks, aber mehr Drogenerfahrung hatte er nicht.

Er wollte nicht mit Merle reden, er wollte, dass sie tatsächlich verschwand.

»Laura hat mich angerufen«, sagte Merle mit festerer Stimme. »Ich habe nicht ganz verstanden, was sie wollte.«

»Wer ist Laura?« Er drückte seine Zigarette aus.

»Sie ist eine gute Freundin von Anna. Sie kennt dich. Sie ist Ärztin. Hatte mal mit dir zu tun, hat sie gesagt.«

Laura – kannte er eine Laura? Und dann fiel es ihm ein. Vor ein paar Jahren hatte sich eine Dr. Laura Kilian bei ihm gemeldet. Sie wollte, dass jemand etwas über die Schweine-grippe schrieb, über die Panik, die die Pharmaindustrie erzeugen wollte.

»Woher haben Sie meine Nummer?«, hatte er am Telefon gefragt.

»Eine Freundin hat sie mir gegeben«, hatte sie gesagt, aber den Namen nicht verraten.

»Und was genau wollen Sie von mir?«, hatte er sie weiter gefragt.

Da war sie ihm mit den Bilderbergern gekommen und dass er ein guter Journalist sei, der auch heiße Eisen anpacke.

»Ich packe gar keine Eisen mehr an«, hatte er erwidert und aufgelegt.

Diese Dr. Laura war Annas Freundin?

»Weiß sie vielleicht, wo deine Mutter ist? Gibt es da doch einen Lover, mit dem alles zu tun hat?«

»Blödsinn!« Merle spuckte das Wort aus. »Laura … Ich weiß nicht genau … Ich glaube, sie war nur besorgt, wollte wissen, ob ich was gehört habe …«

»Ruf sie an.« Faller wandte sich nun doch um. »Oder gib mir dein Telefon, dann spreche ich mit ihr.«

Zu seiner Überraschung drückte Merle auf ihrem Smartphone herum und hielt es ihm dann ihn.

Er hörte das Anrufsignal, dann eine leicht genervte Frauenstimme.

»Merle, was gibt es noch?«

Faller musste sich räuspern. »Robert Faller«, sagte er. »Merle ist bei mir. Sie hatte ein paar Probleme, zu verstehen, warum Sie angerufen haben. Deshalb habe ich …«

»Merle soll aufhören, diese Pilze zu rauchen«, sagte Laura Kilian streng. »Ich weiß da Bescheid – und Anna übrigens auch. Ich habe angerufen, weil …« Sie zögerte. »Anna war sehr nervös in letzter Zeit. Sie hat auch zwei Treffen abgesagt. Wir sind sonst einmal in der Woche ins Thermalbad gegangen, Claudius Therme, aber zuletzt …«

»Was zuletzt?«, fragte Faller, weil die Ärztin plötzlich verstummt war.

»Zuletzt war sie anders. Abwesend, paranoid geradezu. ›Glaubst du‹, hat sie mich gefragt, ›dass es neben dem Geheimdienst noch einen anderen Geheimdienst geben kann, einen richtig geheimen Geheimdienst?‹«

»Was soll das bedeuten?«, fragte Faller. »Ein geheimer Geheimdienst?«

»Ich weiß nicht.« Laura Kilian hielt für einen Moment den Atem an. »Ich habe noch eine Wohnung in der Eifel, in Rurberg. Anna hat mich gefragt, ob sie da ein paar Tage bleiben kann. ›Klar‹, habe ich gesagt und ihr den Schlüssel gegeben. Aber da ist sie nicht.« Hastig kam die Ärztin seiner Frage zuvor. »Als Merle mich am letzten Sonntag angerufen hat, bin ich sofort hingefahren. Anna ist aber mal da gewesen, muss aber schon drei oder vier Wochen her sein.«

»Sie wissen also nicht, was Anna da gearbeitet hat?« Faller sah, wie aufmerksam und zugleich entsetzt Merle ihn ansah, er hatte sich aber entschieden, das Gespräch nicht auf den Lautsprecher umzustellen.

»Nein, das weiß ich nicht, aber einmal hat sie eine Andeutung gemacht, dass sie an der Story ihres Lebens schreiben würde.«

»Hat sie etwas von Glücksspiel erwähnt? Von illegalen Pokerrunden?«

»Nein.« Laura Kilian antwortete sehr schnell. »Sie hat bei unserem letzten Telefonat gesagt, dass, wenn ihr Buch erscheint, ein paar Leute nicht mehr ruhig schlafen werden.«

Er setzte sich an den Küchentisch und versuchte, einen Plan zu machen. Was wusste er – was musste er als Nächstes herausfinden? Aber alles lief nur immer wieder auf die gleichen Fragen hinaus. Warum war Helen gestorben? Wo war Anna? Und aus welchem Grund war sie verschwunden? Auf keine der Fragen hatte er auch nur annähernd eine Antwort.

Merle hatte sich wieder auf das Sofa im Atelier verzogen. Sie war eingeschlafen und atmete mit offenem Mund. Er hockte sich auf die Kante und deckte sie mit einer zweiten Decke zu, die er aus einem alten Küchenschrank nahm, in dem Helen ansonsten ihre Malsachen deponiert hatte. Die Erschöpfung war Merle an ihrem schlafenden Gesicht anzulesen. Immerhin hatte sie Helens Trainingsjacke über einen Stuhl gehängt.

»Wir stecken in einem echten Schlamassel«, flüsterte Faller.

Dann summte das Smartphone, das Merle neben dem Sofa abgelegt hatte.

»Warum meldest du dich nicht?«, las er. »Bist du immer noch bei diesem Alten?«

Wahrscheinlich fragte ihr Freund Per nach ihr – und der Alte: Ja, das war wohl er.

17

Donnerstag

Als er erwachte, griff er in einem Impuls nach Helen, und erst mit dem nächsten Gedanken wurde ihm klar, dass das Bett neben ihm kalt und leer war. Verdammt, Helen lag in einem dunklen Grab auf dem Melatenfriedhof.

»Helen«, sagte er laut, »ich brauche einen Hinweis, irgendetwas, damit wir weiterkommen.«

Doch plötzlich war ihre Stimme nicht mehr in seinem Kopf. Niemand antwortete ihm. Helen war stumm geworden. So war sie auch früher manchmal gewesen, wenn sie ganz tief in einer Arbeit steckte, dann durfte er ihr Atelier gar nicht betreten, sondern musste vom Flur aus direkt in die Küche laufen.

Er zog sich an, rauchte eine Zigarette und ging dann auf die Straße hinaus. Merle schlief noch auf dem Sofa im Atelier. Sie hatte sich förmlich in die Decke hineingewickelt, nur ihr blondes Haar lugte hervor.

Es war kurz vor halb neun, also konnte er bei Lucca noch einen Espresso trinken. Um zehn Uhr musste er am Bankhaus Wartenstein sein, wenn es ihm mit seinem Job ernst war. Das Geld war inzwischen auf seinem Konto eingegangen, hatte er online überprüft; er hatte also die Miete überweisen können.

Schon von Weitem sah er, dass an seinem Volvo etwas nicht stimmte. Der Wagen stand schief, wie ein alter rostiger Kahn, der Schlagseite bekommen hatte. Als Faller näher kam, bemerkte er, dass beide Reifen auf der Fahrerseite platt waren. Jemand hatte seine Reifen zerstochen, und sein Wagen war beschädigt, alle anderen in der Straßen standen brav und unversehrt auf dem Parkstreifen.

Als Faller sein Smartphone hervorholte, um den Schaden zu fotografieren, schob sich eine Frau neben ihn.

»Ist das Ihr Wagen? Na, sieht aus, als hätte da einer etwas gegen Sie.«

Faller hob den Kopf. Eine etwa fünfunddreißigjährige gut aussehende Frau stand vor ihm und blickte ihn forschend an. Sie hatte schulterlange blonde Haare und trug einen weißen Mantel, eine Hand hatte sie in der Tasche vergraben, in der anderen, der rechten, hielt sie ihr Smartphone. In seiner Straße hatte er die Frau noch nie gesehen, da war er sich sicher.

»Ja, da hat jemand meine Reifen zerstochen«, sagte er, »aber was geht es Sie an?«

Die Frau lächelte, das hieß, ihr Mund verzog sich, ihre graugrünen Augen blieben ohne Regung. »Eigentlich nichts«, sagte sie ungerührt, »aber vielleicht will Ihnen jemand etwas damit mitteilen, und dann interessiert es mich doch.« Sie zog ihre linke Hand aus der Tasche und hielt ihm eine Dienstmarke hin. »Leonie Hansen, Hauptkommissarin«, sagte sie. »Kripo Köln. Wir interessieren uns für den Aufenthaltsort von Anna Talheim, und wie ich höre, sind Sie ja auch auf der Suche nach ihr.«

»Von wem haben Sie das gehört?«, fragte er verblüfft.

»Merle Talheim hat eine Vermisstenanzeige aufgegeben und dabei auch Ihren Namen genannt«, entgegnete Leonie Hansen. »Haben Sie schon etwas herausgefunden – bis auf die Tatsache, dass jemand Ihre Reifen zerstochen hat?«

Der leicht spöttische Tonfall in der Stimme der Hauptkommissarin gefiel ihm nicht, aber zumindest war man bei der Kripo nun auf den Fall aufmerksam geworden.

»Meine Frau … genauer meine Freundin Helen Flohr ist genau auf dieser Straße von einem Van überfahren worden und gestorben«, sagte er. »Wahrscheinlich hat das auch mit dem Verschwinden von Anna zu tun.«

»Warum glauben Sie das?« Forschend nahm die Kommissarin ihn ins Visier.

»Ich glaube, Anna wollte mich sprechen«, antwortete er, dann dachte er daran, seinen Verdacht zu erwähnen, dass Anna etwas übergeben hatte, doch im nächsten Moment unterließ er es. »Eine Ahnung«, fügte er hinzu. »Nicht mehr.«

»Sie waren einmal Journalist, ein Kollege von Frau Talheim, nicht wahr?« Seine vage Antwort hatte nicht das Interesse der Beamtin geweckt. »Wann hatten Sie zuletzt Kontakt mit ihr?«

»Gar nicht«, sagte er. »Schon Jahre lang nicht mehr.«

»Und trotzdem soll Frau Talheim zu Ihnen gekommen sein, um mit Ihnen zu sprechen? Aber ...« Sie blickte wieder auf den Volvo mit Schlagseite. »... das glauben offenbar noch andere Leute.«

Faller schwieg. Diese Polizistin war ihm unsympathisch, ihr arroganter Tonfall, ihre zur Schau getragene Überlegenheit.

»Merle Talheim ist bei Ihnen, nicht wahr? Passen Sie gut auf das Mädchen auf, und wenn Ihnen etwas auffällt und Sie etwas herausfinden, rufen Sie mich bitte sofort an, ja?« Sie hielt ihm eine Visitenkarte hin, die er nach einigem Zögern entgegennahm.

»Warum suchen Sie Anna?«, fragte er. »Nur weil es diese Anzeige gibt? Oder weil Anna etwas entdeckt haben könnte, das Sie auch interessiert? Geht es um Glücksspiel in Köln?«

»Herr Faller.« Wieder ein kühles, überlegenes Lächeln. »Wir möchten, dass Frau Talheim gesund und wohlbehalten zu ihrer Tochter zurückkehrt. Das ist unser Hauptinteresse.«

Mit einem Nicken verabschiedete Leonie Hansen sich und ging die Straße hinunter. Sie trug schneeweiße Sneakers und wirkte so gar nicht wie eine gewöhnliche Polizistin. Faller betrachtete die Visitenkarte. »Kriminalinspektion ST – Polizeilicher Staatsschutz«, las er da. Warum sollte sich der Staatsschutz für Annas Verschwinden interessieren?

Zwei Stunden, erklärte man ihm beim Reifendienst, würde es dauern, bis man jemanden herausschicken könne. Mit einem Kaffee stellte er sich an das Küchenfenster und blickte auf die

Straße hinaus. Sein Wagen stand fast genau an der Stelle, an der Helen überfahren worden war. Als er kurz die Augen schloss, meinte er, einen Knall zu vernehmen, als würde jemand von einem Auto umgerissen werden.

»Was ist los?«, fragte Merle mit verschlafener Stimme hinter ihm.

Faller wandte sich um und deutete dann auf die Straße hinaus. »Jemand hat mir die Reifen zerstochen«, sagte er matt.

Merle verzog das Gesicht. »Warum?«, fragte sie. »Warum tut jemand so etwas?« Sie nahm ihm den Kaffeebecher aus der Hand und trank einen Schluck.

»Jemand will uns ärgern«, erwiderte Faller. »Oder ihn stört, dass wir nach Anna suchen.«

»Ich habe von ihr geträumt.« Merle reichte ihm den Becher zurück. Er meinte zu sehen, dass sie zitterte. »Dass sie irgendwo sitzt und auf uns wartet. Nun ist sie seit über einer Woche verschwunden.«

Dass die Polizei nun auch nach Anna suchte, sagte Faller ihr nicht. Er würde mit Brasch darüber sprechen müssen, was es bedeutete, dass diese Polizistin vom Staatsschutz vor seiner Tür aufgetaucht war.

Als er sich den nächsten Kaffee machte, vibrierte sein Smartphone.

»Herr Faller«, meldete sich eine freundliche Frauenstimme. »Herr Wartenstein lässt ausrichten, dass Sie heute in der Bank erwartet werden. Die erste Rate für die Chronik sollten Sie ja bereits erhalten haben.«

Er brauchte einen Moment, um zu sortieren, dass Wartensteins eifrige Sekretärin ihn anrief.

»Ich komme etwas später«, erwiderte er. »Mein Wagen … mein alter Volvo springt nicht an.«

»Kein Problem.« Die Sekretärin, die Meinert hieß, wie ihm wieder einfiel, schien notorisch gute Laune zu haben. »Herr Wartenstein bietet ohnehin an, dass sein Fahrer Sie abholt. Er wird in etwa fünfzehn Minuten bei Ihnen sein.«

Bevor er etwas erwidern konnte, hatte die Sekretärin aufgelegt.

Exakt fünfzehn Minuten später fuhr eine schwarze Mercedes-Limousine vor. Ein etwa vierzigjähriger Mann stieg aus, der zwar keine Uniform trug, wie Faller beinahe erwartet hatte, aber in einem schwarzen Jackett über einem weißen Hemd und in einer schwarzen Hose recht elegant aussah.

»Du hast jetzt echt einen Chauffeur«, sagte Merle. Er hatte ihr die Schlüssel für den Volvo gegeben und sie gebeten, den Reifendienst zu instruieren.

»Es ist ein Job«, sagte Faller, »aber gut bezahlt. In spätestens zwei Stunden bin ich zurück.«

Der Chauffeur hielt ihm die hintere Tür auf. Er lächelte. Aus der Nähe sah er eher wie ein Model denn wie ein Fahrer aus: schwarze, akkurat geschnittene Haare und ein Teint, der auf gelegentliche Besuche in einem Sonnenstudio hindeutete.

»Ich bin Felix«, sagte der Chauffeur. »Das heißt ›der Glückliche‹.«

»Nun«, entgegnete Faller, während er hinten einstieg, »sind Sie auch glücklich?«

Felix neigte leicht den Kopf. »Meistens«, sagte er. »Meistens bin ich glücklich. Sie nicht?«

Nein, war Faller versucht zu sagen, nein, das bin ich meistens nicht. Und zurzeit habe ich gar keinen Grund dazu.

Den grauen Kastenwagen, der auf der Venloer Straße stand, sah er erst, als Felix schon abgebogen war.

»Halten Sie an! Sofort!«

Faller öffnete die Tür, bevor der Mercedes abrupt zum Stehen gekommen war. Fünfzig Meter entfernt parkte ein Kastenwagen in einer Einfahrt. Faller lief mitten auf die Straße, er musste zwei Radfahrer und einen Kleinbus passieren lassen, dann hatte er den Kastenwagen fast erreicht. Ein Mann mit einer Kappe saß hinter dem Steuer, der plötzlich den Kopf hochriss und ihn im Seitenspiegel musterte. Im nächsten Moment wurde der Motor gestartet. Als Faller nach der Tür griff, um sie zu öffnen, scherte der Van bereits aus. Faller sprang zurück, er musste den Türgriff loslassen und geriet ins Stolpern. Der Kastenwagen jagte an ihm vorbei und raste die Straße hinauf. Taumelnd zog Faller sein Smartphone hervor. Hinter ihm hupte ein Auto, jemand rief etwas. Fünfzig Meter vor ihm bog der Wagen in eine Seitenstraße ab. Er machte ein Foto, dann noch eines. Eine Sekunde später war der Wagen bereits verschwunden.

»Sind Sie lebensmüde?«, rief ein Mann hinter ihm, der aus einem Pick-up ausgestiegen war. »Ich hätte Sie fast überfahren.«

Faller winkte ab. Auch der Chauffeur war aus seinem Mercedes ausgestiegen. Mit eingeschalteter Warnblinkanlage stand er auf dem Fahrradweg.

»So schnell ist bei mir noch nie jemand abgesprungen«, sagte er mit einem Lächeln.

Faller spürte, dass ihm der Schweiß ausgebrochen war. Sein Herz bebte, und als er sich die beiden Fotos ansehen wollte, wäre ihm beinahe das Smartphone aus der Hand gefallen. Diesmal stieg er auf der Beifahrerseite ein.

»Ich wollte wissen, wer da hinter dem Steuer sitzt«, sagte er mit Blick auf den Chauffeur und so, als wäre das eine ausreichende Erklärung.

Felix nickte ihm zu und fädelte sich vorsichtig in den Verkehr Richtung Stadtzentrum ein. »Das war fast wie eine Filmszene«, meinte er. »Dachte schon, Sie würden sich an die Tür klammern, um mitzufahren.«

Mit zittrigen Händen rief Faller die beiden Fotos auf. Die Bilder waren verwackelt, der Kastenwagen war zwar recht gut zu erkennen, nicht jedoch das Nummernschild.

»Verdammt«, murmelte er. Wenn das tatsächlich dieselben Leute waren, die Helen umgebracht und seine Reifen zerstochen hatten, dann hatten sie sich ihm auf dem Silbertablett serviert – und er hatte nicht rechtzeitig zugegriffen.

Felix warf ihm einen Seitenblick zu. »Wenn Sie ein Foto

gemacht haben, um das Kennzeichen festzuhalten, dann habe ich etwas für Sie.« Er hielt ihm einen weißen Abrisszettel hin, auf dem ein Kölner Kennzeichen notiert war. »Ich hatte einen guten Blick auf das Fahrzeug – und Zahlen kann ich mir besonders gut merken.«

18

Er hatte ein Kennzeichen – keine Kölner, sondern eine DN-Nummer, also ein Wagen aus Düren. Wieso sollte ihn jemand aus Düren verfolgen? Aber vielleicht bildete er sich das auch nur ein.

Felix lächelte ihn an, während er sich die Nummer in seinem Smartphone notierte und sie dann an Brasch weiterschickte.

»Judith hat gemeint, dass Sie ein merkwürdiger Mensch sind«, sagte er.

Faller blickte auf. »Judith – wer ist Judith?«

»Judith Meinert, die Sekretärin vom Chef – sie hat mich doch angerufen. Judith kennt sich mit Menschen aus. Sie hat … Den Job hat sie mir besorgt.« Felix sagte das in einem Tonfall, als würde er eine Nachfrage erwarten, doch bevor Faller etwas sagen konnte, summte sein Smartphone.

Eine SMS. »Wann kann Graf ein Bild kaufen?«, fragte Münter ohne jede Anrede.

»Der Chef ist auch in der Bank«, sagte der Chauffeur weiter. »Er wird Sie bestimmt gleich aufsuchen.«

Faller nickte, dann erst begriff er. Wartenstein kontrollierte ihn offenbar, der große Banker hatte anscheinend nichts Besseres zu tun, als nachzuschauen, ob sein kleiner Schreiber tatsächlich begann, an dieser Chronik zu arbeiten.

Das Bankhaus Wartenstein war ein großer, mächtiger Bau, der mitten in der Stadt lag, etwa einen Steinwurf vom Bahnhof entfernt.

Sie fuhren durch eine schmale Einfahrt und gelangten in einen Innenhof, in dem ein paar Autos parkten – alles Limousinen der Oberklasse, auch zwei Teslas standen da sowie ein Oldtimer.

»Ich führe Sie sofort in den Archivraum, den man für Sie

eingerichtet hat«, sagte Felix, nachdem er den Motor abgeschaltet hatte.

Faller blickte durch eine Glaswand in eine Art Großraumbüro. »Ist das die Bank?«, fragte er. »Sitzen da Ihre Kundenberater?«

»Kundenberater?« Der Chauffeur schnaufte belustigt. »Da unten sitzen unsere Trader – die Aktienhändler. Das Bankhaus Wartenstein ist keine Bank, in die man einfach so hineinmarschieren kann. Sie müssen sich anmelden, dann erwartet Sie ein Consultant zu einem Termin, aber dazu müssen Sie eine Million auf dem Konto haben, mindestens. Wir sind hier nicht bei der Sparkasse«, schob er mit einem nachsichtigen Lächeln nach.

Sie stiegen aus. Faller erinnerte sich, dass er sich bei den Recherchen zu den Bilderbergern die Bilanzsumme der Wartenstein-Bank angesehen hatte; ja, fiel ihm ein, es war von Privatkunden die Rede, auch von Offshore-Geschäften, die über die Bank abgewickelt wurden, aber er hatte sich die Bank nie genauer angesehen.

Felix gab einen Code ein, dann öffnete sich eine gläserne Tür, und sie standen in einer Art Schleuse. Nach einem zweiten Code glitt auch diese Tür geräuschlos auf.

»Panzerglas«, sagte Felix. »Wir haben hier extreme Sicherheitsbedingungen, aber eine Bank überfällt heute ohnehin niemand mehr.«

Ein Mann, der ebenso wie der Chauffeur ein schwarzes Jackett und ein weißes Hemd trug, jedoch wesentlich älter war, kam ihnen entgegen.

»Hinz«, sagte Felix, »das ist Robert Faller, der Journalist. Er kommt jetzt häufiger in den Archivraum, weil er an einem Buch über die Bank schreibt.«

Hinz, der anscheinend eine Art Hausmeister war, nickte. »Ich weiß«, entgegnete er. »Hat die Meinert mir schon gesagt. Hier.« Er hielt ein Plastikschild hoch. »Ein Ausweis, dass Sie hier zu Gast sind. Damit kommen Sie hinten durch die erste

Schleuse, dann holt Sie immer jemand ab und bringt Sie in den Archivraum.«

Das ist ja hier sicherer als Fort Knox, wollte Faller erwidern, aber dann fiel ihm ein, dass so ein Scherz vermutlich unangebracht war – und vielleicht wussten die beiden auch gar nichts mit diesem Begriff anzufangen. In Fort Knox lagerten wohl immer noch die größten Goldvorräte der USA.

Sie gingen zu dritt eine Treppe hinunter, dann einen Gang entlang, der von Aktenschränken gesäumt wurde. Schließlich öffnete Hinz eine Tür zu einem mittelgroßen fensterlosen Raum, in dem sich ein langer Tisch mit drei Stühlen befand.

»Voilà«, sagte er. »Hier ist Ihr Reich.« Er deutete auf den Tisch, auf dem einige Aktenordner sowie ein paar Bücher und ein Notizblock mit drei teuren Füllfederhaltern lagen. »Die Papiere da hat Judith Meinert für Sie angefordert. Wenn Sie etwas brauchen, rufen Sie mich einfach an.« Nun wies er auf ein Telefon, das neben der Tür an der Wand hing. »Es klingelt oben in meiner Loge, und ich komme dann und bringe Ihnen, was Sie brauchen. Kann aber ein paar Momente dauern.«

»Hier soll ich tatsächlich arbeiten?« Faller spürte einen faden Geschmack auf der Zunge. Dieser Raum hätte sich auch irgendwo in einer sich modern gebenden Justizvollzugsanstalt befinden können.

»So will es der Chef«, erwiderte Felix. Er schickte seinen Worten ein freundliches Nicken hinterher. »Dann werden wir Sie jetzt mal allein lassen. Bis demnächst.« Er tippte sich an die Stirn und verschwand zusammen mit dem Hausmeister.

Sobald die beiden die Tür hinter sich geschlossen hatten, holte Faller sein Smartphone hervor. Kein Netz – er hatte es erwartet.

Lustlos nahm er eines der Bücher zur Hand, die vor ihm auf dem Tisch lagen. »Dem Bankhaus Wartenstein zum hundertsten Jahr des Bestehens«. Also hatte es bereits eine Chronik gegeben. Auf dem Bucheinband war das Gebäude zu sehen, auf der Treppe zum Haupteingang standen drei Männer, von denen einer unschwer als der junge Wartenstein auszumachen war, die beiden anderen waren deutlich älter, einer trug einen gezwirbelten Bart, als entstamme er noch dem 19. Jahrhundert. Da präsentierten sich drei Generationen der Bankiersfamilie, begriff Faller. Er klappte das Buch auf und schlug es schnell wieder zu.

Es konnte nicht sein, dass er hier festhing, ohne Netz, ohne jede Verbindung zur Welt außerhalb dieses Gebäudes. Er hatte mit dem Autokennzeichen vielleicht seine erste Spur. Er musste wissen, wie Helen wirklich ums Leben gekommen und was mit Anna geschehen war.

»Verdammt, Helen«, sagte er laut und schlug mit der Hand auf den Tisch, »was mache ich hier? Für lumpige fünfzehntausend Euro sitze ich hier und soll irgendeine Lobhudelei zusammenschreiben.«

Das hast du doch die ganze Zeit gemacht, sagte die Helen, die wieder in seinem Kopf war. All die Jahre, die wir zusammen waren.

Es war nicht wirklich ihre Stimme, die er hörte, dachte er dann. Es war seine eigene Stimme, die sich als ihre verkleidete.

Ja, er hatte seine letzten Jahre mit diesen Auftragsarbeiten vertan. Helen hatte es ihm wieder und wieder vorgehalten. Schreibe was anderes – schreibe ein Buch, eine Reportage, die du dann unter einem anderen Namen anbietest. Du bist ein brillanter Schreiber, vergeude nicht dein Talent.

Aber vielleicht hatte er es vergeuden wollen. Die Scheißkerle in den Redaktionen wollen nichts von mir. Einmal hatte er Helen sogar angeschrien, was bei ihnen so gut wie nie vorgekommen war.

Aber dann war Helen sanft geworden. Tut mir leid, hatte sie gesagt, ich habe bei Graf auch mein Talent vergeudet, vielleicht werde ich deshalb manchmal so wütend.

Ja, hatte er da gesagt, vielleicht sollte ich ein Buch über Graf und seine Lieblingsschülerin schreiben.

Eine gute Idee. Helen hatte ihn geküsst. Und er wird dich bis ins Fegefeuer hinein verfolgen.

Faller nahm wieder sein Smartphone hervor. Tatsächlich kein Netz. Er nahm den Block und schraubte einen der Füllfederhalter auf. Mit so einem Utensil hatte der Verleger des Stadt-Anzeigers früher Verträge unterzeichnet, erinnerte er sich. Er hatte es ein paarmal selbst erleben dürfen.

Er musste sein Vorgehen planen – Brasch wegen der Kennzeichen anrufen; das war das Wichtigste. Außerdem hatten sie immer noch keinen Zugang zu Annas Mailaccount. Da wollte sich der Hacker kümmern, den Brasch kannte. Und dann die Polizistin – auch da war eine Recherche fällig. Und was war mit der Freundin von diesem Beckie?

Faller war im Begriff, sich die erste Notiz zu machen, als die Tür geöffnet wurde.

Philipp Wartenstein stand im Türrahmen – auf einen Gehstock gestützt, gleichwohl groß und mächtig wirkend. Ein echter Patriarch – der Pate von Köln in seinem Reich.

»Herr Faller«, sagte er mit dröhnender Stimme, mehr als eine Spur zu laut. »Ich bin froh, dass Sie sich an die Arbeit gemacht haben, wollte Sie aber höchstpersönlich begrüßen und in der Bank willkommen heißen.« Sein Blick wanderte über den noch leeren Notizblock und die unangerührten Aktenordner. »Ich hätte mir niemanden vorstellen können, der geeigneter ist, unsere Chronik zu schreiben.«

»Vielen Dank für Ihr Vertrauen«, hörte Faller sich sagen. Er klang wie ein Praktikant, fand er selbst. »Aber hier unten, in so einem Raum …« Er breitete die Arme aus und sprach deutlich lauter und selbstbewusster. »… da werde ich nicht arbeiten können. Es ist hier wie in einem Gefängnis und … Ich habe nicht einmal einen Internetzugang.«

Wartenstein machte zwei Schritte in den Raum hinein und unterbrach ihn mit einer scharfen Geste, indem er seinen Gehstock hart auf den Betonboden setzte.

»Diese Chronik erlaubt keinen Aufschub, und wir haben

gewisse Sicherheitsauflagen zu erfüllen. Wissen Sie, wie es ist, eine Bank zu führen, Herr Faller?« Es war eine rhetorische Frage, denn Wartenstein sprach gleich weiter. »Wir haben Verantwortung, seit fast hundertfünfzig Jahren. Meine Familie hat nicht immer alles richtig gemacht, gleich zu Beginn unserer Geschichte. Nun, mein Urururgroßvater hatte einen Kompagnon, der jüdischer Herkunft war. Er hat ihn nicht immer gut behandelt, das werden Sie ja eingehend recherchieren, und auch in den dunklen dreißiger Jahren hat meine Familie Fehler gemacht, aber ein Bankhaus muss sich vor allem vor seinen Kunden rechtfertigen, und für unsere Kunden haben wir immer alles getan. Das kann ich Ihnen versichern.« Wartenstein war eine Röte ins Gesicht gestiegen, als hätte Faller ihm einen schweren Vorwurf gemacht, den er nun mit aller Kraft ausräumen wollte.

»Ich bin sicher, dass Ihr Bankhaus immer den Nutzen seiner Kunden gesehen hat«, entgegnete er mit wenig Überzeugungskraft.

Wartenstein funkelte ihn an, in seinen wasserblauen Augen war zu lesen, wie viel Energie immer noch in ihm steckte. »Sie haben damals über die Bilderberger geschrieben, Herr Faller. Der Bericht hat Ihnen das Genick gebrochen, Sie haben überhaupt nicht verstanden, worum es bei den Bilderbergern geht, sondern haben sich eine unappetitliche, verleumderische Verschwörungsgeschichte zusammengereimt – haben etwas von geheimen Mächten, Weltregierung geraunt, und eine Frage, die entscheidende, haben Sie sich gar nicht gestellt: Ist es nicht gut, dass es die Bilderberger gibt, dass Menschen, die eine große Verantwortung tragen, sich die Zeit nehmen, um miteinander zu reden, Ideen auszutauschen? Am Anfang, in den fünfziger Jahren, ging es darum, Gesprächskanäle in den Osten zu finden, damit nicht jemand auf den roten Knopf drückt und eine Atomrakete auf den Weg schickt, und heute …« Wartenstein stöhnte auf. »Heute gibt es so viel mehr Gefahren, Cyberkriminalität, Terroranschläge, die Gefahr von Pandemien …

Es ist gut, wenn wir miteinander sprechen. Das Bankhaus Wartenstein hat sich immer der Verantwortung gestellt. Das müssen Sie wissen, wenn Sie unsere Geschichte aufschreiben.«

Faller nickte, auch wenn es ihn reizte zu widersprechen. Er hatte das Konzept der Bilderberger durchaus verstanden; da redeten mächtige Männer über das Schicksal der Welt und schlossen diese Welt aus, um die sie sich angeblich so sorgten, indem sie nichts über ihre Gespräche verlautbaren ließen, obschon sogar einflussreiche Verleger und Journalisten in ihrer Runde saßen.

»Ich werde Sie über meine Arbeit auf dem Laufenden halten«, sagte er, »aber hier kann ich nicht arbeiten, auf keinen Fall.«

»Vielleicht kann Hinz Ihnen oben einen Raum zuweisen, oder wir richten Ihnen wenigstens einen Internetzugang ein«, entgegnete Wartenstein, dann drehte er sich überraschend gewandt um und verließ den Raum.

Faller sah, wie die Tür ins Schloss fiel. Er erwartete beinahe, dass ein Schlüssel herumgedreht wurde und Wartenstein ihn einsperrte, doch als er die Klinke herunterdrückte, sprang die Tür sofort auf. Der Gang war leer. Wartenstein war schon verschwunden, und von Hinz war nichts zu sehen.

Plötzlich dachte er an Anna – wo war sie? Hatte man sie irgendwo eingesperrt? Hockte sie vielleicht auch in einem Keller? Oder hatte sie sich ein Versteck gesucht? War sie vor jemandem davongelaufen und wagte nicht einmal, ihre Tochter zu kontaktieren?

Er ging zurück in den Raum. Hier würde er keine Minute länger bleiben. Er steckte die Chronik zum hundertsten Bestehen der Wartenstein-Bank ein und dazu noch einen der Füllfederhalter.

Als er wieder auf den Gang hinausging, kam ihm nicht Hinz, sondern Felix, der Chauffeur, entgegen.

»Es gibt einen Notfall«, rief er ihm zu. »Ich muss in meine Wohnung zurück. Könnten Sie mich fahren?«

19

»Ich gebe Ihnen einen Tipp«, sagte Felix, als er ihn mit einem sonnigen Lächeln an der Venloer Straße absetzte. »Sie sollten Herrn Wartenstein nicht verärgern. Er ist zwar schon zweiundachtzig Jahre alt, aber sein Kopf funktioniert besser als meiner oder Ihrer, und er hat Einfluss – wenn er will, kriegt er innerhalb von zwei Stunden jeden auf der Welt ans Telefon, den er sprechen will. Na, beim Papst könnte es eine Stunde länger dauern.«

Faller stieg hastig aus. Er hatte das Gefühl, dass sein Smartphone glühte – mindestens zehnmal hatte jemand versucht, ihn anzurufen, oder eine SMS war eingegangen. Im Beisein des Chauffeurs hatte er sich jedoch nicht getraut, sein iPhone hervorzuziehen.

»Danke für den Tipp«, sagte er zu Felix, als er schon auf der Straße stand. »Werde ich mir merken.«

Schon aus der Ferne sah er, dass sein alter Volvo wieder aufrecht stand. Hatte sich wenigstens der Reifendienst als zuverlässig erwiesen. Von Merle war nichts mehr zu sehen. Ein riesiger dunkelgrüner Bugatti parkte vor seinem Haus, sodass kein Fahrzeug, sondern allenfalls ein Motorrad vorbeikommen konnte. Das Kennzeichen sprach Bände: K-G-001.

Valentin Graf, der Malerfürst, stieg langsam aus, als Faller sich näherte. Hinter ihm kletterte Münter aus dem Fond der Limousine.

»Viel länger hätten wir nicht mehr gewartet«, stieß der Galerist unwirsch hervor, gerade so, als wären sie verabredet gewesen. »Ich habe dir heute Morgen eine Nachricht geschrieben.«

Faller registrierte, dass Münter ihn zum ersten Mal duzte, jedenfalls hatte er es zuvor nicht bemerkt.

»Ich hatte zu tun«, entgegnete er genauso unfreundlich.

»Ich möchte wirklich ein Bild kaufen«, sagte Valentin Graf schon beinahe versöhnlich. »Es ist mir eine Herzensangelegenheit.«

Faller holte seinen Schlüssel hervor, um die Tür zum Atelier aufzuschließen. Der Widerwille gegenüber Graf, der Helen mit seinem Hass verfolgt hatte, schnürte ihm beinahe die Kehle zu.

»Wir dachten an das Bild ›Sonnenkuppe‹, sagte Münter, plötzlich beflissen. »Die Arbeit, bei der Helen Sand aus dem Rhein verarbeitet hat«, fügte er hinzu, als müsse er Faller auf die Sprünge helfen.

»Ich habe diese Technik schon in den neunziger Jahren verwendet.« Valentin Graf war wieder in die Pose des Malerfürsten verfallen. Er hatte einen Gehstock dabei, auf den er sich stützte, der aber gleichzeitig dazu diente, immer und überall sein Erscheinen anzukündigen.

Faller öffnete die Tür zum Atelier. »Ich werde keines der Bilder von Helen verkaufen«, sagte er, während Münter sich bereits an ihm vorbeischob und sich eifrig umsah.

»Keine Sorge«, erklärte der Galerist, während er die Gruppe der hölzernen Kinder hinter sich ließ und auf die Staffelei mit Helens letztem Bild zusteuerte. »Mit Helens Bruder habe ich schon verhandelt. Er ist mit vierzig Prozent einverstanden. Ich lasse gleich einen Vertrag aufsetzen.«

Faller sah Graf an, der auf der Türschwelle stehen geblieben war. Er war noch nie in diesem Atelier gewesen, seines war wesentlich größer. Einmal hatte Faller es sich heimlich angesehen, es hatte einen Tag lang gelauert, um einen Blick auf das Anwesen zu erhaschen. Graf wohnte hinter hohen Mauern, seine Heimlichtuerei war ihm als Zeichen seiner Genialität ausgelegt worden. Durch ein riesiges Tor konnte man leicht seine überdimensionalen Gemälde hinaustransportieren.

Ein paar Momente lang versuchte Faller, das Atelier mit Grafs Augen zu sehen. Hier war eine nicht sonderlich erfolgreiche Malerin am Werk gewesen. Fünf Bilder an der Wand, einige lehnten zum Trocknen im hinteren Bereich an Holzständern, dazu die Staffelei mit der aktuellen Arbeit, ein schmaler Tisch mit Malutensilien und einem CD-Player, ein alter ausrangierter Küchenschrank, dann das Sofa, auf dem nun Merle schlief, daneben drei Stühle, auf denen ihre Kleider lagen, und das Klavier in der Ecke.

»Ich weiß bis heute nicht, warum Helen mich verlassen hat«, flüsterte Graf und wirkte wie der alte, über siebzigjährige Mann, der er in Wahrheit ja auch war.

»Helen ist mit Absicht überfahren worden«, sagte Faller. »Es ist alles ganz anders, als es ausgesehen hat. Jemand hat sie getötet.« Seine Worte sollten Graf schockieren und aus dem Atelier treiben, aber eigentlich schockierten sie ihn selbst, kaum dass er sie ausgesprochen hatte.

Graf schaute ihn an. Er war viel kleiner als Faller, höchstens einen Meter siebzig, aber seine Augen wirkten wach und viel jünger als der Rest seines Körpers. »Wie kommen Sie darauf?«

»Ich habe recherchiert«, erwiderte Faller.

»Faller war früher Journalist.« Münter ging zu Graf zurück, als müsse er ihn unterstützen.

Der Malerkönig winkte müde ab. »Ich weiß«, erklärte er matt. Dann visierte er Faller mit seinen grauen Augen. »Ich sage dir was, Robert.« Das »dir« und den Namen »Robert« betonte er. »Helen war nicht mehr glücklich mit dir. Drei Tage vor ihrem Tod hat sie mich angerufen. Sie hat mir angeboten, dass wir uns treffen, dass wir unseren Streit begraben, und sie wollte, dass ich ihr ein Bild abkaufe – für sehr viel Geld. ›Sonnenkuppe – mein Lieblingsbild für hunderttausend Euro.‹ Ja, das hat sie gesagt. Vielleicht hat sie ihren Tod vorhergesehen, oder sie wollte weglaufen, weglaufen vor ihrem Tod.«

Das kann nicht sein, flüsterte Faller stumm. Helen war wie immer gewesen – so war es ihm jedenfalls vorgekommen, aber nein, wirklich wusste er es nicht. Und Helen war sensibel, empfindsam, wie viele Künstler, aber wieso hätte sie Todesahnungen haben sollen? Was redete Graf da?

Faller spürte erneut, wie sein Smartphone vibrierte. Brasch – vermutlich hatte er etwas herausgefunden. Oder Merle – wo war sie überhaupt?

»Ich glaube nicht, dass Helen ihren Tod geahnt hat«, sagte Faller laut und mit so großer Entschiedenheit, wie er aufbringen konnte, »und ich werde gewiss keines ihrer Bilder aus der Hand geben. Wenn Sie mir helfen wollen, dann helfen Sie mir, ihren Mörder zu finden.«

Graf verzog das Gesicht. Er hatte einen Kinnbart, der sich unvermittelt hässlich verformte. »Du hast sie unglücklich gemacht, Faller«, sagte er.

Faller ballte unwillkürlich die Hände zu Fäusten. Heiße Wut schoss ihm plötzlich durch die Adern. Er machte einen Schritt auf Graf zu, der offenbar so bedrohlich wirkte, dass Münter hastig zwischen sie trat.

Doch im nächsten Moment stürzte Merle herein. Die Eingangstür war offenbar nicht ins Schloss gefallen. Die Haare hingen ihr wirr im Gesicht, ihr rechtes Hosenbein war voller Blut.

»Scheiße!«, schrie sie und stürmte auf Faller zu, um sich in seinen Armen regelrecht zu versenken. »Ich bin überfallen worden – direkt vor Annas Wohnung.«

20

Tee kochen, langsam und bewusst, wie Helen es oft getan hatte. Faller versuchte jedenfalls, Ruhe auszustrahlen. Merles panische Rückkehr hatte immerhin Graf und Münter vertrieben, aber sie hatte sich mehr und mehr in einen Angsttaumel hineingesteigert. Sie umarmte ihn, heulte, riss sich wieder los und klammerte sich dann erneut an ihn. Es dauerte zwanzig Minuten, bis er ein halbwegs vernünftiges Wort aus ihr herausbekommen konnte.

»Als diese beiden Typen vom Reifendienst weg waren, habe ich mir auf der Venloer einen E-Roller gegriffen und bin in unsere Wohnung gefahren – zu Anna«, fügte sie hinzu, als würde Faller nicht kapieren, was sie genau meinte. »Ich dachte, ich finde da noch etwas, oder vielleicht war Anna wieder da. War doch nur auf Urlaub, wie du es gesagt hast.«

Sie schniefte und nippte dann an dem Tee. »Yogi Tea«, hatte auf dem Etikett gestanden.

Faller hatte Merle auf das Sofa im Atelier verfrachtet.

»Und – hast du bei Anna etwas gefunden?«, fragte er sanft.

Wieder vibrierte sein Smartphone – nun mussten fast zwanzig Nachrichten eingegangen sein. Auch Broder hatte zweimal versucht, ihn zu erreichen.

Merle schüttelte den Kopf. »Wenn Anna tot ist, bringe ich mich um«, flüsterte sie, aber als hätten ihre Worte sie wieder aufgeschreckt, fuhr sie hoch. »Und dann, als ich wieder runterging, standen diese beiden Kerle da – ganz in Schwarz, mit Kapuzen über dem Gesicht. Der eine hat mich gepackt, und der andere …«

Sie schniefte wieder, hob dann den Kopf, um zu lauschen, als würde sie vermuten, dass jemand vor der Tür stand, aber Faller war ganz sicher, dass die Tür nun geschlossen war, nachdem er Graf und Münter hinausbegleitet hatte.

»Und der andere?«, fragte er vorsichtig nach, weil Merle nicht weitersprach.

»Ich hätte ihm in die Eier treten müssen.« In ihren rot verweinten Augen loderte Wut, die jedoch gleich wieder erlosch. »Aber ich hatte Angst ... Der andere ... er hat mich an der Schulter gepackt und mir meine Kette abgerissen.« Merle deutete an ihren Hals, als müsste sie Faller klarmachen, wo sie die Kette getragen hatte.

Ja, er erinnerte sich – sie hatte eine goldene Kette mit einem Anhänger getragen, mit ihrem Sternzeichen vermutlich.

»Meine Kette mit dem Einhorn«, fuhr sie fort. »Anna hat sie mir geschenkt, als ich vierzehn wurde. Wir hatten uns gestritten, weil ich die Pille haben wollte und Anna dagegen war ... Ach, verdammt ...« Sie betastete ihren Hals, als müsste sie der Leere dort nachspüren.

Eine Kette mit einem goldenen Einhorn also: So genau hatte Faller nicht darauf geachtet.

»Und was dann?«, fragte er nach ein paar Momenten weiter.

Merle schaute ihn an. »Dann sind die beiden abgehauen, die Straße runter, Richtung Militärring, wahrscheinlich stand da irgendwo ihr Auto.«

»Sie sind einfach abgehauen?« Faller trank von seinem Tee, den er sich aus Solidarität gleich mit eingeschenkt hatte. Tee war nichts für ihn, registrierte er beiläufig. Wie hatte Helen nur ständig Tee trinken können? »Haben die beiden etwas gesagt? Kannst du dir denken, was sie wollten?«

»Sie wollten meine Kette«, erwiderte Merle. Nun endlich hatte sie sich ein wenig beruhigt. »So sah es aus.«

»Aber wieso? Was kann an dieser Kette so wertvoll sein?«

Als es an der Tür klingelte, zuckte Merle zusammen. »Mach nicht auf«, flüsterte sie.

Faller lächelte sie an. »He, es ist noch helllichter Tag. Da wird kein Überfallkommando auf der Matte stehen.«

Durch die Metalltür konnte man nicht erkennen, wer da

vor dem Haus stand. So viel Sicherheit war Helen nie wichtig gewesen. Früher war ihr Atelier eine alte Schlosserwerkstatt mit einer kleinen angeschlossenen Wohnung gewesen.

Brasch stand da, in seiner typischen Kluft, schwarze Hose, Lederjacke, die zu langen Haare verdeckten sein Gesicht halb.

»Ist dein Telefon kaputt, oder was?«, raunzte er.

Faller öffnete die Tür und machte eine einladende Geste.

»Sorry, es ist gerade viel los.«

Brasch drängte sich an ihm vorbei. »Ich dachte, ich soll dir helfen. Oder willst du jetzt allein Verbrecher jagen?«

Diese Bemerkung sollte offenbar witzig sein.

Brasch hing voraus, als würde er sich hier auskennen, dabei war er noch nie hier gewesen. Doch als er Merle zusammengekauert auf dem Sofa entdeckte, blieb er abrupt stehen.

»Ist die Kleine krank?«, fragte er.

Faller rückte ihm neben dem Sofa einen Stuhl zurecht. »Merle ist vor Annas Haus von zwei Männern überfallen worden. Man hat ihr die Kette vom Hals gerissen – eine Kette mit einem goldenen Einhorn.«

Merle nickte dazu.

Brasch stellte sich kurz vor. Es war das erste Mal, dass die beiden sich begegneten.

»Ich weiß, wer du bist.« Merle versuchte nun, tough zu wirken. »Du bist der Privatdetektiv, der Bulle, der bei der Polizei rausgeflogen ist.«

Brasch bedachte Faller mit einem langen Blick. »Na, hast du gleich meinen ganzen Lebenslauf ausgeplaudert.«

Faller zuckte mit den Achseln. Eigentlich hatte er Brasch nur kurz erwähnt – meinte er jedenfalls.

»Die beiden Männer sind abgezogen, als sie deine Kette hatten?«, fragte Brasch, nun ganz in der Rolle eines Ermittlers.

»Sag ich doch.« Merle hielt sich die Teetasse so vor das Gesicht, dass nur ihre forschenden Augen zu erkennen waren.

»Wir rätseln, was das soll.« Faller setzte sich neben Merle und hoffte, dass sie sich nicht wieder an ihn schmiegte.

»Ich finde, das ist ein gutes Zeichen«, sagte Brasch. Sein Blick schweifte durch das Atelier, an den hölzernen, kopflosen Kindern blieb er hängen und verharrte dort für Momente. »Meine Vermutung.« Er schaute Merle wieder an. »Die Kerle haben deine Mutter in ihrer Gewalt, oder sie wissen zumindest, wo sie ist.« Er machte eine Kunstpause, wie ein Schauspieler, der Spannung erzeugen wollte. »Und sie brauchten etwas von dir, um es deiner Mutter zu zeigen, um ihr vorzuführen, wir haben deine Tochter oder kommen jedenfalls zu jeder Tages- und Nachtzeit an sie heran.«

»Warum sollten sie das tun?« Merle setzte sich aufrecht hin.

»Weil deine Mutter etwas hat, das sie nicht hergeben will – aber wenn sie denkt, die Männer haben dich, dann tut sie es vielleicht.«

»Anna ist seit einer Woche verschwunden«, warf Faller ein. »Wenn es stimmt, was du vermutest, warum tun sie es erst jetzt?«

»Ein Wahrsager bin ich nicht, nur ein ehemaliger Bulle, der bei der Polizei rausgeflogen ist.« Brasch lächelte matt. »Vielleicht wussten sie nicht, dass Merle überhaupt existiert, oder es gab noch keine Gelegenheit dazu.«

Faller nahm sein Smartphone und den Zettel hervor, den Felix der Glückliche ihm gegeben hatte. »Vielleicht hat sich der Wind heute gedreht, und wir haben eine erste Spur. Zwei Typen haben auf der Venloer Straße genau an der Einmün- dung zu meiner Straße in einem Van gehockt. Als ich auf sie zugelaufen bin, sind sie losgefahren. Sah fast wie eine Flucht aus.«

»Eine Dürener Nummer – wahrscheinlich ein Mietwagen.« Brasch blickte nachdenklich auf den Zettel. »Da lässt sich be- stimmt etwas herausfinden, und ich habe auch etwas für euch. Wird euch aber nicht gefallen.«

Brasch steckte sich eine Zigarette an. Das war vermutlich die erste Zigarette seit Jahren, die in diesem Raum geraucht wurde.

Sinnend sah er dem Rauch nach, den er durch die Nase ausstieß. »Ich bin wirklich bei der Polizei rausgeflogen«, sagte er mit Blick auf Merle, die angstvoll erwartete, was er über Anna herausgefunden hatte. »Habe Beweismaterial manipuliert, um jemanden, der es wirklich verdient hatte, einzubuchten. Ist etliche Jahre her, aber die kennen mich im Präsidium immer noch. Ich war der beste Polizist von Köln. Ehrlich.« Er nahm einen tiefen Zug und ließ seinen Blick erneut durch das Atelier gleiten, bis seine Augen an Helens Werk »Sonnenkuppe« hängen blieben.

Faller fiel auf, dass er sich aus dem Bild nie etwas gemacht hatte, aber nun, nachdem Graf es erwähnt hatte, registrierte er, was für eine besondere Tiefe und Ausstrahlung es hatte.

»Die besten Leute kriegen oft Ärger«, fuhr Brasch fort, nun wieder Merle im Blick. »Das ist Faller ja auch so gegangen. Er war einer der besten Journalisten, vielleicht auch der beste. Aber den Besten verzeiht niemand etwas, ganz im Gegenteil, alle warten darauf, dass sie einem was am Zeug flicken können. Die Welt ist voller Arschlöcher. Musst du dir merken.«

»Das weiß ich längst«, warf Merle trotzig ein.

»Doch …« Brasch ging nicht auf ihre Bemerkung ein, sondern nahm den nächsten Zug aus seiner Zigarette. »Eigentlich geht es mir jetzt besser. Ich bin nur ein unbedeutender, schlecht bezahlter Privatdetektiv, aber keiner kann mir mehr befehlen, was ich zu tun und zu lassen habe. Und wenn ich mich einmal betrinken will, dann mache ich das, und wenn …«

»Willst du uns hier wirklich deine Lebensgeschichte erzählen?« Faller wurde ungeduldig. Außerdem hatte er die Visitenkarte der Polizistin noch nicht hervorgeholt, die förmlich in seiner Tasche glühte.

»Vielleicht will ich das«, sagte Brasch und lächelte wieder. Seine braunen Augen funkelten auf. »Ich habe nicht oft so ein schönes Publikum.«

»Was ist mit Anna?«, stieß Merle hervor. »Was genau hast du rausgefunden?«

Brasch stöhnte übertrieben. Er stand auf, ging zu dem Schrank mit den Malutensilien hinüber und nahm eine Tasse, die dort stand, um die Asche seiner Zigarette abzustreifen. »Also – zuerst. Mein Computerfreak hat sich Annas E-Mails angeschaut, aber da ist nichts – *nada*. Sie hat kaum Mails verschickt, ein paar Freundinnen, ein paar Newsletter, nichts von Bedeutung. Sie muss demnach für ihren Job noch eine andere Adresse haben, die wir offenbar nicht kennen, oder?« Er kehrte zu seinem Stuhl zurück und setzte sich wieder.

Merle zuckte mit den Schultern, schwieg jedoch.

»Und dann die Razzia. Anna ist zwar verhaftet worden, aber sie hat sich auf dem Präsidium klammheimlich aus dem Staub gemacht. Bei zwölf Leuten sind an dem Tag die Personalien festgestellt worden. Anna war die einzige Frau. Doch sie hat nicht einmal ihren richtigen Namen genannt. Sie hat sich als Martha Krausen ausgegeben.«

»So hieß meine Großmutter, bevor sie geheiratet hat«, warf Merle ein. »So hat Anna auch manchmal Artikel unterschrieben. Sie fand das witzig.«

Brasch nickte. »Erst durch die Fotos, die vor Ort gemacht wurden, hat man ihre wahre Identität herausgefunden, aber da war Anna schon weg.«

»Wann war das genau?«, fragte Faller.

»Am 25. September.«

»Also zwei Wochen vor ihrem Verschwinden.«

Brasch nickte. »Es gibt aber etwas, das die Polizei noch mehr beschäftigt. Einer der Albaner, die bei der Razzia vorübergehend festgenommen und noch in der Nacht auf freien Fuß gesetzt worden sind, ist dann eine Woche später erschossen worden.«

Für einen Moment trat Stille ein.

»Anna hat es irgendwie geschafft, in diese Szene der Glücksspieler hineinzukommen«, sagte Faller dann. »Offenbar war das die große Geschichte, an der sie gearbeitet hat.«

»Vielleicht. Aber ich glaube, an der ganzen Sache hängt viel mehr als so eine geheime Pokerbude. Deshalb ist das Präsidium in heller Aufregung.«

Faller griff in seine hintere Hosentasche und zog die Visitenkarte hervor, die Leonie Hansen ihm am Morgen gegeben hatte. »Ja«, sagte er. »Es interessieren sich jetzt auch andere Stellen für Anna.«

Brasch betrachtete die Visitenkarte, ohne sie in die Hand zu nehmen. »Staatsschutz«, murmelte er. »Verdammt, ich hatte den richtigen Riecher. Anna hat irgendwo für mächtig viel Wirbel gesorgt.«

»Aber wo ist sie?« Merle war aufgesprungen und riss Faller die Visitenkarte aus der Hand.

21

»Wir kriegen diese Albaner dran«, sagte Brasch. Dann stürmte er förmlich hinaus, ohne zu erklären, wohin er so eilig wollte.

Faller holte sein Smartphone hervor. Münter hatte ihm drei Nachrichten geschickt; eine war von Wartensteins Sekretärin. Offenbar war es nicht gut angekommen, dass er so schnell das Verlies im Bankengebäude verlassen hatte. Broder hatte sich auch gemeldet und gefragt, wie es ihm gehe.

»Ich muss zu Martha«, sagte Merle.

Faller wusste einen Moment nicht, von wem sie sprach. Ach ja, Martha war Annas Mutter.

»Sie ist zwar dement, aber wahrscheinlich spürt sie doch, dass etwas nicht stimmt. Willst du nicht mitkommen?« Sie brachte einen Dackelblick zustande, mit dem sie ihn aufforderte.

»Gut«, sagte er und dachte an seinen eigenen Vater, den er zuletzt bei Helens Trauerfeier gesehen hatte und der in seinem Haus in Marienburg hockte und seine Bücher sortierte oder alte Vorlesungen durchging – Herbert Faller, ehemaliger Literaturprofessor, der kaum noch einen Schritt machen konnte, der aber immer noch druckreif sprach und dessen Ansprüche sein einziger Sohn Robert niemals erfüllt hatte.

Merle sprang auf und drückte ihm einen Kuss auf die Wange. »Ich mag dich irgendwie«, sagte sie.

Annas Mutter wohnte in einem Altenheim direkt am Rhein, das sich großspurig »Seniorenresidenz« nannte. Der Volvo schnurrte auf neuen Reifen die Rheinuferstraße hinunter. Auch Harald Winterfeld, der Chefredakteur vom Stadt-Anzeiger, hatte Faller eine Nachricht hinterlassen. Besorgt erkundigte er sich, ob Anna sich schon gemeldet hatte. Obwohl er Erkundigungen eingezogen habe, wisse er nicht, woran sie zuletzt gearbeitet habe. In der Redaktion jedenfalls sei keiner darüber unterrichtet.

»Woher hat Winterfeld, der Idiot, deine Nummer?«, fragte Merle. Misstrauisch, als argwöhnte sie, er habe hinter ihrem Rücken irgendetwas mit Winterfeld ausgekungelt, schaute sie ihn an.

»Keine Ahnung. Von mir jedenfalls nicht«, entgegnete Faller, aber er war sich nicht sicher, ob er dem Stadt-Anzeiger nicht doch irgendwann in den letzten Jahren eine Story angeboten hatte.

»Was ist mit diesen Albanern, von denen der Detektiv geredet hat?«, fragte Merle weiter. »Was sind das für Leute?«

»Ich weiß nichts über Albanien«, meinte Faller wahrheitsgemäß. Das Land war bisher auf seiner Landkarte nicht aufgetaucht. »Ein kleines Land irgendwo auf dem Balkan.«

»Es liegt zwischen Montenegro und Griechenland.« Merle hatte ihr Smartphone hervorgeholt und vermutlich einen Wikipedia-Eintrag aufgerufen. »Und da werden Drogen angebaut. Könnte es auch um Drogen gehen?«

Faller schaute sie an. »Es könnte um alles gehen«, sagte er. »Aber ich glaube nicht, dass man das bei Wikipedia findet.«

»Anna raucht gerne, aber sie würde nie Drogen nehmen. Sie hat nicht einmal unsere Pilze probiert.«

Es war kurz nach sechzehn Uhr, als sie hinter dem Altenheim parkten.

»Martha ist sehr nett, aber ziemlich durch den Wind.« Merle hakte sich tatsächlich bei ihm ein, als sie auf den Eingang zuliefen. Niemand, der ihnen gefolgt war, stellte Faller mit einem Seitenblick fest, jedenfalls konnte er nichts Auffälliges entdecken.

Martha Talheim wohnte in einem Zimmer im Erdgeschoss mit Blick auf den Fluss. Sie saß in ihrem Einzelzimmer an einem Tisch und war dabei, Handtücher zu falten, als sie eintraten. Sie blickte erst auf, nachdem Merle ihr einen Arm um die Schultern gelegt hatte.

»Schätzelchen«, sagte Martha und lächelte, »bist du da?«
Aber in ihren Augen, die hinter einer dicken Hornbrille lagen,
war kein Funken Erkennen zu lesen.

»Ich bin da«, sagte Merle zärtlich. »Dein Enkelkind … Ich
wollte nach dir sehen, weil Anna ja nicht kommen kann.«

Martha drehte den Kopf, als müsste sie einem fernen Geräusch nachspüren.

»Anna?«, fragte sie dann, und ihr Lächeln vertiefte sich. Sie
war einiges über achtzig, doch sie war äußerlich eine stolze,
aufrecht sitzende Frau mit grauen halblangen Haaren.

»Anna ist deine Tochter«, sagte Merle in einem betont ruhigen Tonfall, »und ich bin Merle, deine Enkelin. Wann ist
denn Anna zuletzt hier gewesen?«

»Anna?«, flüsterte Martha fragend, und als wäre diese Frage
eine Seifenblase, die durch den Raum schwebte, irrte ihr Blick
umher.

Faller begann sich unwohl zu fühlen. Von Martha würden
sie gewiss nichts erfahren; er war hier der Fremde, ein Stören-
fried. Er nickte Merle zu und verließ dann das Zimmer, um
auf dem Gang zu warten.

Er sah sich weitere Nachrichten auf seinem Smartphone an.
Wartensteins Sekretärin hatte eine SMS geschickt. »Wann kommen Sie morgen zu Bank?« Er beschloss, nicht zu antworten.

Ein alter Mann schlurfte mit einem Rollator an ihm vorbei,
er hielt kurz inne und musterte ihn. Für einen Moment hatte
Faller das Gefühl, sein Vater stände vor ihm – plötzlich uralt
und zerbrechlich geworden.

Der Mann nickte, als würde er Faller bei irgendetwas zu-
stimmen, und schob sich mit seinem Rollator weiter.

Eine Pflegerin kam mit einem Tablett auf ihn zu. »Hat Frau
Talheim Besuch? Ist Anna da?«, fragte sie. Ihr Akzent verriet,
dass sie aus Polen oder Rumänien stammte.

»Merle ist bei ihr, die Enkelin«, erwiderte Faller.

»Und Anna?« Die Frau baute sich vor ihm auf. »Anna sagt
sonst immer ab, wenn sie nicht kommen kann.«

»Anna ist verhindert«, erklärte er vage.

Die Pflegerin sah ihn an, als würde sie ihm nicht glauben.

»Beim letzten Besuch hat sie etwas liegen lassen – Unterlagen. Ich habe sie mit ins Stationszimmer genommen, denn wenn Martha sie in die Finger bekommen hätte, hätte sie jedes Blatt entweder fein säuberlich zerrissen oder so oft gefaltet, bis es nicht mehr geht.«

»Könnten wir die Unterlagen sehen?« Faller versuchte beiläufig zu klingen. »Ich bin ein Freund von Anna und …«

»Ich gebe sie Ihnen«, unterbrach die Pflegerin ihn. »Ist auch besser, wenn sie nicht länger bei uns im Stationszimmer liegen.«

Sie wandte sich ab und kehrte nach wenigen Sekunden mit einem Bündel Papieren zurück.

»Einen schönen Gruß an Anna.« Die Pflegerin hielt ihm die Papiere hin, ihre Fingernägel waren hellgrün gefärbt. »Martha leidet, wenn sie nicht kommt. Man kann es ihr anmerken, wenn man sie kennt.«

»Ich richte es Anna aus.« Faller hatte seinen Blick auf die Papiere gerichtet – DIN-A4-Blätter, gewiss mehr als zwanzig Stück, mit nichts als Zahlenkolonnen. Er registrierte nur noch aus den Augenwinkeln, dass die Pflegerin sich entfernte.

Was hatte Anna mit diesen Unterlagen zu schaffen gehabt? Er meinte, eine Ordnung zu erkennen. Eine Datumsleiste – ja, das war sicher. Und die anderen Zahlenkolonnen? Das ließ sich nicht genau sagen. Kontonummern, erkannte er dann, es handelte sich um Kontonummern und einzelne Geldbeträge. Was er in der Hand hielt, waren Unterlagen über Banküberweisungen, jedoch war nicht zu sehen, um welche Bank oder um welche Kontoinhaber es sich handelte.

Aus Marthas Zimmer hörte er Merles laute Stimme, dann wurde die Tür geöffnet. Merle kam heraus. Tränen schimmerten auf ihren Wangen.

»Sorry«, sagte sie, »aber wenn ich Martha so sehe, muss ich immer weinen. Sie war so schlau, sie war Musiklehrerin, genau wie mein Großvater, der vor zehn Jahren gestorben ist, Musik und Kunst, und nun ... Sie sitzt da und faltet den ganzen Tag Handtücher. Natürlich weiß sie nichts über Anna.«

»Anna hat bei ihrem letzten Besuch etwas liegen lassen.« Faller hielt die Papiere in die Höhe. »Kontoauszüge – so sieht es jedenfalls aus.«

Merle griff nach dem letzten Blatt und zog es heraus. »Da steht eine Nummer«, sagte sie und drehte das Papier so herum, dass auch Faller es sehen konnte. »Sieht aus wie eine Handynummer.«

Die Nummer begann mit »0177« – eindeutig ein mobiler Anschluss.

Faller ließ sich von Merle die Nummer diktieren, die er dann in sein Smartphone eintippte. Er spürte, wie sein Herz einen harten Beat schlug. Er war aufgeregt, seine Hände zitterten beinahe.

Als er die Nummer eingegeben hatte, lauschte er angestrengt. Hob jemand ab? Hatte er gleich einen Albaner am Apparat? Oder vielleicht ein Reisebüro oder ganz harmlos eine Reinigung?

Eine Männerstimme meldete sich. »Hi, hier ist Beckie, ich kann oder ich will zurzeit nicht sprechen.«

22

»Dass Anna mit diesem Beckie Kontakt hatte, wussten wir doch schon«, sagte Merle.

»Aber nun haben wir diese merkwürdigen, namenlosen Kontoauszüge. Außerdem hat Anna ihn von ihrem Smartphone auf einer anderen Nummer angerufen. Beckie hatte anscheinend mehrere Telefone.«

Ängstlich schaute Merle sich um, während sie zu Fallers Volvo gingen. Beobachter oder Verfolger waren allerdings nirgendwo zu sehen.

Ihre Laune war wieder kräftig abgestürzt. Sie lehnte ihren Kopf an die Seitenscheibe und hatte die Augen geschlossen, als Faller losfuhr.

»Macht es dich nicht verrückt, dass deine Freundin tot ist?«, sagte sie leise. »Ich glaube, Anna ist auch tot. Ich habe nur noch Martha – eine demente Großmutter, die mich nicht mehr erkennt.«

Du hast mich, hätte er beinahe erwidert, aber dann sagte er: »Wir finden Anna. Brasch hat recht mit dem, was er über die Männer gesagt hat, die dir deine Kette geraubt haben. Glaube mir, wir kommen Stück für Stück voran. Und vielleicht hat Anna ja absichtlich die Unterlagen liegen lassen … Sie wusste bestimmt, dass du hierherkommen würdest. Hier hat diese Papiere bestimmt niemand vermutet.«

Merle verzog den Mund, öffnete jedoch ihre Augen nicht. »Kann sein«, sagte sie und fuhr dann lebhafter fort: »Soll ich Per anrufen? Meinst du, dass er uns helfen kann? Er ist ziemlich klug.« Während Faller noch nach einer diplomatischen Antwort suchte, beantwortete sie ihre Frage selbst. »Nein, ich will nicht, dass Per kommt. Er hat seine Ticks. Wahrscheinlich würde er erst mal ein paar Pilze einwerfen, um sich in Stimmung zu bringen.«

Faller rollte die Neusser Straße hinauf. Die Praxis von Beckies Freundin lag dessen Wohnung genau gegenüber.

»Michaela Brunner, Heilpraktikerin und Homöopathin«, las er an einem Messingschild an der Tür. Also war Mieka, wie Brasch sie genannt hatte, offenbar nur ihr Kosename.

Es war mittlerweile fast achtzehn Uhr und bereits dunkel geworden. Doch schon nach dem ersten Klingeln wurde ihnen geöffnet.

Die Frau, die an der Tür stand, war klein und sportlich und hatte kurze feuerrote Haare. Sie mochte Anfang vierzig sein, jedenfalls um einiges jünger als Beckie.

»Kommen Sie zu einem Termin?«, fragte sie müde.

»Ich komme wegen Beckie«, sagte Faller, »Brasch, ein Privatdetektiv, hat mir …« Er brach ab.

Michaela Brunner starrte ihn an. »Tim ist tot«, entgegnete sie leise. »Selbstmord – jedenfalls glaubt das die Polizei.«

»Aber Sie glauben das nicht, oder? Und ich glaube das auch nicht.« Mit wenigen Worten versuchte Faller zu erklären, was mit Anna geschehen war.

Merle sekundierte ihm. »Meine Mutter – sie ist irgendeiner Sache auf die Spur.«

Endlich winkte Michaela Brunner sie herein. Ihre Praxis war hell erleuchtet, fast als würde man in eine Lichtschleuse hineingeraten. In einer Art Warteraum standen vier weiße Stühle um einen Wasserspender gruppiert. Linker Hand sah man einen Behandlungsstuhl, der auch bei einem Zahnarzt hätte stehen können.

»Gehen wir ins Büro«, sagte sie. »Heute kommt niemand mehr. Ich mache Schönheitsbehandlungen – aber ohne schädliche Chemie.«

In ihrem Büro war es deutlich dunkler, nur eine Schreibtischlampe und der Bildschirm eines Computers spendeten Licht.

Sie deutete auf zwei ebenfalls weiße Stühle vor dem Tisch, bevor sie sich selbst setzte.

»Tim war ein Arschloch«, sagte sie, »aber ich habe ihn geliebt. Er war so … spontan und klug, und er hat gelogen, dass sich die Balken biegen. Wir haben gar nicht zusammengepasst, aber vielleicht war das unser Geheimrezept.«

Einen Moment lang schwieg Michaela Brunner und blickte sinnend in den Raum.

Faller suchte nach seiner ersten Frage. Wieso glaubte die Polizei an Selbstmord? Womit hatte Beckie sein Geld verdient? Und was hatte er mit Rike zu tun?

Michaela Brunner machte plötzlich eine vage Geste, als müsste sie etwas verscheuchen, das ihren Blick gekreuzt hatte. »Ich war mal verheiratet – fünfzehn lange Jahre. Richard war ein Kontrollfreak, hat mich permanent überwacht. Ich durfte auch nicht richtig arbeiten, stundenweise bei einem Allgemeinmediziner, aber dann hatte ich irgendwann genug und bin ausgezogen. Tim wäre so etwas nicht passiert. Er war ein Freigeist.«

»Wie ist er genau ums Leben gekommen?«, fragte Faller abrupt und erschrak dann gleich selbst, dass er so eine schroffe, harte Frage stellte.

»Ich weiß nicht. Die Polizei sagt mir nichts. Er ist ertrunken, im Rhein. Er war auch krank. Lungenkrebs vom Rauchen, aber das hatten wir eigentlich im Griff.« Es klingelte an der Tür. Michaela Brunner beugte sich über ihren Computer und rief offenbar ein Bild auf. Es läutete dann nur noch einmal, ohne dass sie reagierte.

»Ich weiß, dass Tim merkwürdige Geschäfte gemacht hat. Er lief durch Kneipen, verkaufte seine Zeitungen und kroch dann gegen Morgen zu mir ins Bett. Er war sehr zärtlich, und er schlief immer bis zwölf Uhr mittags, und dann …« Sie zuckte mit den Achseln. »Mieka, du musst nicht alles wissen‹, hat er mir immer gesagt. ›Ich bin ein bunter Vogel und fliege irgendwohin, und manchmal verirre ich mich auch.‹«

»Er hatte Abschürfungen an den Handgelenken, habe ich gehört. Und sein Laptop war nicht mehr da und … Vielleicht hat er sich bei Leuten unbeliebt gemacht …« Faller sah, wie Beckies Freundin plötzlich die Augen zusammenkniff.

»Kann sein.« Zwei große Tränen liefen ihr über die Wange. »Ich habe der Polizei nicht alles gesagt. Kann ich dir vertrauen?«

Was für eine Frage?, dachte Faller. Wem konnte man schon noch vertrauen? Manchmal kam es ihm vor, als könnte er sich selbst nicht vertrauen.

»Klar«, beeilte sich Merle einzuwerfen. »Wir sind Freunde. Uns können Sie vertrauen.«

Michaela Brunner strich sich durch ihr feuerrotes Haar und zerzauste es in einer nervösen Geste. »Die Polizei hat mich angerufen, als sie Tim gefunden hatten. Er hat nicht lange im Wasser gelegen. Sie haben meine Visitenkarte in seinem Portemonnaie gefunden, die war noch lesbar und … Na, egal … Ich bin in seine Wohnung rüber. Ich habe das Geld geholt und die Pistole …«

»Beckie hatte eine Pistole?« Faller war so erstaunt, dass er Michaela Brunner unterbrach – etwas, das er als Reporter niemals getan hätte.

»Er hatte sie sich vor zwei Wochen besorgt. Nur aus Spaß, hat er gemeint, aber das stimmte natürlich nicht.«

»Und das Geld?«, fragte Faller weiter.

»Zehntausend Euro, hat er gemeint, für gute Informationen. Und demnächst würde er noch mehr bekommen, viel mehr.«

»Hat er gesagt, wofür?«

»Für ein Buch, hat er gesagt. Er würde mit jemandem ein Buch schreiben, aber natürlich habe ich es ihm nicht geglaubt.« Michaela Brunner senkte den Blick. Immer mehr Tränen liefen ihre Wangen hinunter. »Ich habe gedacht, es wäre alles wieder nur Unsinn. Tim hat viel Unsinn erzählt. Er wollte eine eigene Zeitung im Internet aufmachen, er wollte wieder in einer Band spielen, solche Sachen …«

»Und davon haben Sie nichts der Polizei gesagt?« Faller sah Beckies Freundin in die Augen. Vielleicht war sie ebenfalls eine Lügnerin? Aber nein, warum sollte sie Geschichten über Beckie erfinden?

»Tim mochte die Polizei nicht«, erwiderte sie, als wäre das eine Erklärung.

»Wo ist die Pistole jetzt?«, fragte Faller.

Michaela Brunner lächelte matt, dann beugte sie sich zur Seite, öffnete eine Schublade an ihrem Schreibtisch und holte eine schwarze Schachtel hervor.

»Hier«, sagte sie. »Sieht nagelneu aus. Mit dieser Waffe hat noch jemand einen Schuss abgegeben.«

Faller zog die Schachtel langsam zu sich heran, dann öffnete er sie. Da lag eine schwarze Pistole – eine Heckler & Koch, ein glänzendes schwarzes Ungetüm. »Also hat Beckie sich bedroht gefühlt«, sagte er leise.

»Vielleicht«, sagte Michaela Brunner, »oder er hat die Pistole für jemanden besorgt. Das kann ich mir bei Tim viel eher vorstellen.«

»Wie viele Telefone hatte Ihr Freund? Und hat er vielleicht sogar ein Tagebuch geführt?« Faller legte den Deckel wieder auf die Schachtel.

Michaela Brunner nahm sie entgegen und schob sie zurück in die Schublade. »Keine Ahnung, wie viele Telefone er hatte – vielleicht ein Dutzend –, und ein Tagebuch hat er nicht geführt, aber er hat sich Notizen in einem seiner Telefone gemacht, da hatte er auch so eine Art Kalender.«

»Wo könnten diese Telefone sein?«, fragte Faller.

»In meiner Wohnung liegen noch zwei«, sagte Michaela Brunner. »Ich wohne hier oben in der Dachwohnung. Wartet einen Moment, ich hole die Apparate.«

23

Zwei ältere iPhones – das war die Ausbeute, die Michaela Brunner ihnen in die Hand drückte, ohne allerdings den Zugangscode zu kennen.

»Geben Sie mir bitte Bescheid, wenn Sie etwas herausgefunden haben«, sagte sie, als Faller und Merle sich verabschiedeten. »Ich schlafe kaum noch, seit Tim tot ist. Ich dachte, ich kann damit leben, nicht zu wissen, wie er genau ums Leben gekommen ist, aber ich kann es nicht, ganz und gar nicht.«

Zu seiner Überraschung umarmte Michaela Brunner ihn an der Tür. »Viel Glück«, hauchte sie ihm so leise ins Ohr, dass Merle sie nicht verstand. »Und pass auf dich auf, ja?«

Im Volvo wog Merle die beiden Smartphones in der Hand. »Was machen wir nun?«, fragte sie.

»Brasch wird noch mehr Arbeit für seinen Hacker bekommen.«

Faller fuhr die Neusser Straße hinunter. Er fühlte sich müde und ausgelaugt. Die Dinge schienen sich immer mehr zu verkomplizieren; sie kamen zwar in ihren Recherchen voran, doch es war, als würden sich weitere Fragen auftürmen.

»Kann man Brasch eigentlich trauen?«, fragte Merle, während sie an einem Smartphone herumfingerte. »Ist es nicht seltsam, dass er dir so viel helfen will?«

»Vielleicht ist er einfach nur neugierig – oder freundlich«, entgegnete Faller. Dabei hatte er sich Merles Frage insgeheim auch schon gestellt. Helen, sprach er stumm in sich hinein, was hättest du von Brasch gehalten? Wärest du auch misstrauisch gewesen?

Faller, sagte Helen in seinem Kopf, du musst selbst herausfinden, was alles passiert ist. Sind gute Journalisten nicht so etwas Ähnliches wie Polizisten und jagen Dingen hinterher?

Er blickte in den Rückspiegel und bemerkte, dass er lächelte. Endlich war Helen wieder in seinem Kopf und sprach mit ihm.

Doch dann fiel ihm ein, dass er Beckies Freundin nicht nach Rike gefragt hatte. Ein Fehler, wie er sich eingestand. Wie viele Fehler hatte er in den letzten Tagen schon begangen? Es war schon ein großer Fehler gewesen, Helens Tod einfach so hinzunehmen.

Hör auf, sagte er sich dann. Du bist auf dem richtigen Weg – du bist wieder Journalist, jemand, der den Kopf in den Wind hält und wie ein Spürhund Witterung aufnimmt.

Es war kurz vor acht, als er in seine Straße einbog; er musste zweimal hin- und herfahren, bis er einen Parkplatz fand.

»Hoffentlich hat es nicht schon wieder jemand auf deine Reifen abgesehen«, sagte Merle beinahe mitfühlend. Fast die ganze Zeit hatte sie geschwiegen und in ihr Smartphone gestarrt.

»Ich kann dich auch zu eurer Wohnung bringen«, entgegnete er unfreundlich.

»Bloß nicht.« Merle seufzte. »Ich würde da kein Auge zubekommen.«

Faller schaltete den Motor ab. »Ich muss noch einen Kaffee bei Lucca trinken. Ist doch okay, wenn du schon einmal vorausgehst, oder?«

Merle schaute ihn stumm und irgendwie flehend an.

»Also gut«, sagte er. »Gucken wir erst, ob in der Wohnung und im Atelier alles in Ordnung ist.«

Die Wohnung und das Atelier waren leer, niemand war hier gewesen. Merle setzte sich in die Küche und holte sofort wieder ihr Smartphone hervor.

»Wenn etwas ist, rufst du mich an, und ich bin in drei Minuten hier«, sagte Faller, um sie zu beruhigen.

Merle nickte stumm. Als er schon an der Tür war, hörte er, wie sie mit jemandem sprach, vermutlich mit Per, ihrem seltsamen Freund.

Luccas Bar war noch geöffnet; manchmal schloss Lucca

schon um sieben ab, je nach Laune. Faller setzte sich auf den Hocker am ersten Stehtisch. Er blickte auf die Venloer Straße hinaus. Es war dunkel und kalt geworden, ein ungemütlicher Oktoberabend.

»Was treibst du, Faller?«, fragte Lucca, während er ihm ein Glas Rotwein hinstellte.

Ja, was trieb er? Ich suche ein Phantom, war er versucht zu sagen, doch plötzlich fiel ein Schatten auf ihn; der Schatten war blond, ziemlich ansehnlich, trug einen langen weißen Mantel und arbeitete für den Staatsschutz.

»Verfolgen Sie mich?«, fragte Faller unfreundlicher als beabsichtigt.

Leonie Hansen hob abwehrend die Hände. »So würde ich das nicht nennen, Herr Faller, aber ich kann auch nicht behaupten, dass ich zufällig vorbeigekommen bin.« Sie blickte auf sein Glas. »Was trinken Sie – einen Primitivo? Dann nehme ich auch ein Glas.«

Lucca war neben Faller stehen geblieben und wieselte hinter seine Bar.

Leonie Hansen schob sich mit einem Nicken auf den Hocker vor ihm. »Keine Angst, ich halte Sie nicht lange auf, aber ich dachte, wir tauschen uns aus. Was haben Sie herausgefunden? Was habe ich für Neuigkeiten?«

»Sie wollen ein Geschäft mit mir eingehen – Informationen gegen Informationen?«

Die Polizistin lächelte. Wenn Faller sie sonst wo getroffen hätte, hätte er sie vermutlich für eine Schauspielerin oder eine Sängerin gehalten, zumindest für jemanden, der mit etwas Künstlerischem zu tun hatte. Niemals hätte er gedacht, eine Polizistin vor sich zu haben.

»So könnte man es sagen. Wir sind jedenfalls sehr daran interessiert, herauszufinden, was mit Anna Talheim passiert ist.«

»Und was haben Sie für Neuigkeiten?«, fragte Faller.

Lucca brachte das zweite Glas Rotwein. Seine Neugier war ihm am Gesicht abzulesen.

Leonie Hansen dankte ihm mit einem Augenaufschlag und zückte dann gleich ihr Portemonnaie, um zu bezahlen. »Ich lade den Herrn ein«, sagte sie zu Lucca und hielt ihm einen Zwanzig-Euro-Schein hin.

Lucca neigte leicht den Kopf. »Die beiden Gläser gehen aufs Haus. Ausnahmsweise«, fügte er hinzu, als Faller die Stirn runzelte.

»*Gracias.*« Leonie Hansen steckte ihren Geldschein wieder ein. Sie wandte sich Faller zu. Ihre graugrünen Augen funkelten ihn an. »Also gut«, sagte sie, plötzlich sehr förmlich. »Machen wir keine Spielchen daraus. Wir glauben, dass Anna Talheim uns wertvolle Informationen geben könnte – über drei albanische Brüder, die in Köln und anderswo illegale Glücksspiele organisieren, möglicherweise werden in diesen Hinterzimmern aber auch Drogen verschoben. Die Brüder heißen Osmani. Wir haben zwar eine Razzia in Köln-Ostheim durchführen können, dabei ist allerdings leider nicht viel herausgekommen. Jedenfalls nichts, um die Brüder richtig festzunageln. Außerdem war nur einer der Brüder überhaupt dabei.«

»Aber Anna wurde an dem Abend auch festgenommen.«

»Ganz genau.« Leonie Hansen kniff die Augen zusammen. »Unglücklicherweise haben wir sie nicht richtig befragen können. Es entstand bei den Festnahmen ein gewisses Durcheinander, und da ...« Sie hob die Schultern.

»Das war zwei Wochen vor Annas Verschwinden«, sagte Faller. »Und was haben Sie nun noch für Neuigkeiten?«

Leonie Hansen trank einen Schluck Wein. »Exzellent«, sagte sie und wandte sich zu Lucca um, der sich stocksteif, aber höchst aufmerksam hinter seiner Bar postiert hatte. Er zog lächelnd die Augenbrauen hoch. »Eigentlich müssten Sie mir nun etwas von Ihren Neuigkeiten mitteilen.« Leonie Hansen fixierte Faller wieder. »Aber ich verrate Ihnen noch etwas. Wir haben Anna Talheims Wagen gefunden. Er parkte unter der Zoobrücke vor der Claudius Therme. Zu finden war in dem Auto nichts, was auf ihren Verbleib hindeutet. Alles sehr sauber, keine Zeitungen, keine Notizen, kein Laptop. Und besonders auffällig: Wir haben nicht einmal richtige Fingerabdrücke am Lenkrad gefunden.«

»Als hätte jemand den Wagen durchsucht und dann ordentlich alles sauber gemacht«, sagte Faller. Er nippte gleichfalls an seinem Wein.

Als ein mittelalter Mann mit einer viel jüngeren Begleiterin die Bar betreten wollte, winkte Lucca ihm zu und rief: »Sorry, ich schließe gleich.«

»Ganz genau«, sagte Leonie Hansen. »Als hätte jemand gründlich sauber gemacht.«

»Und wo kann Anna sein?«, fragte Faller. »Glauben Sie, diese Albaner stecken hinter ihrem Verschwinden? Weil Anna etwas über ihre Geschäfte herausgefunden hat?«

»Vielleicht.« Leonie Hansen nahm ihr Glas und schaute ihn an. Der rote Wein warf einen Schatten auf ihr Gesicht. »Aber jetzt sind Sie dran. Was haben Sie heute herausgefunden?«

Faller zögerte einen Moment. Was konnte er erwähnen? Nichts von Beckie und dessen Pistole auf jeden Fall. »Merle ist vor dem Haus ihrer Mutter überfallen worden. Zwei Männer haben ihr die Halskette abgerissen und sind dann abgehauen. Mehr wollten sie offenbar nicht. Sie hat die Männer nicht erkannt, aber es könnten diese albanischen Brüder gewesen sein.«

»Zwei Männer«, wiederholte Leonie Hansen nachdenklich. »Und sie wollten nur die Kette?«

Faller nickte.

»Also lebt Anna Talheim noch«, sprach Leonie Hansen weiter. »Die Albaner haben sie und wollen sie unter Druck setzen, indem sie so tun, als hätten sie nun auch ihre Tochter entführt.«

Faller nickte erneut.

Sie schwiegen beide. Zu seiner Überraschung holte Leonie Hansen eine Schachtel Zigaretten hervor und steckte sich eine an, ohne Faller auch eine anzubieten oder Lucca um Erlaubnis zu bitten.

»Warum laden Sie diese Albaner nicht vor?«, fragte Faller. »Oder durchsuchen ihre Wohnungen?«

Leonie Hansen inhalierte und schloss kurz die Augen. »So einfach ist das nicht«, sagte sie dann. »Wir haben die Staatsanwaltschaft nur für diese eine Razzia auf unsere Seite bekommen, aber das Ergebnis war dürftig, und so genau sind wir leider nicht im Bilde, welche Immobilien diese ehrenwerte albanische Familie genau besitzt.«

Faller spürte, wie sein Smartphone vibrierte. Sofort dachte er an Merle, die sich panisch meldete, doch es war Brasch, der ihn anrief. Er nahm das Gespräch nicht an.

»Wir schauen uns auch den Unfall mit Ihrer Freundin noch einmal an«, sagte Leonie Hansen. Sie glitt graziös von ihrem Hocker und trank gleichzeitig den letzten Schluck Wein. »Es wäre aber schön, wenn Sie demnächst mehr Informationen für mich hätten.« Sie stellte das Glas auf den Stehtisch, dann schob sich ihre rechte Hand in ihre rechte Manteltasche. »So sehen übrigens unsere albanischen Freunde aus«, sagte sie. »Falls es Sie interessiert.« Sie legte drei Schwarz-Weiß-Fotos auf den Tisch und wandte sich um. »Der Wein war sehr gut«, rief sie Lucca zu, »nur leider eine Spur zu kalt.«

24

Drei Männer mit kurzen schwarzen Haaren schauten ihn von den Fotos an. Sie mochten um die dreißig sein. Dass sie Brüder waren, konnte man erahnen, einer hatte einen dichten Bart, die beiden anderen wirkten nachlässig rasiert. Ihr Blick war dunkel und herausfordernd. Waren das Polizeifotos? Nein, wohl nicht. Die drei trugen kurzärmelige T-Shirts; ihre massigen Oberarme waren zu erkennen. Der Hintergrund war verwischt, vielleicht eine graue Hauswand. Wahrscheinlich hatte man die Fotos aus einiger Entfernung aufgenommen und dann vergrößert.

Einer dieser Männer hatte Helen auf dem Gewissen. Als Journalist hatte er sich früher immer vor solchen schnellen Urteilen hüten wollen, aber plötzlich war er sich ganz sicher. So sahen echte Schurken aus – Männer, denen alles egal war, wenn sie nur auf dem schnellsten Weg zu Reichtum und Macht gelangten.

»Kann ich noch etwas tun?« Lucca stand plötzlich neben Faller und schaute ihm über die Schultern.

Faller zeigte ihm die Fotos. »Hast du einen der Männer schon einmal gesehen?«, fragte er.

Lucca hob die Schultern. »Die sehen wie Boxer aus«, sagte er. »Sind das Boxer?«

»Wohl nicht.« Faller steckte die Fotos ein und trat auf die Straße.

Es war kalt geworden, und ein unangenehmer Wind war aufgekommen. Warum hatte die Polizistin das getan?, fragte er sich. Sie hatte ihm diese Männer wie auf einem Silbertablett serviert – oder nein, sie hatte ihn herausgefordert, sich um diese Männer zu kümmern, sie vielleicht anzulocken.

In der Sportsbar ein paar hundert Meter weiter war nicht viel los. Ein paar Türken lümmelten in der Couchecke, die so unter zwei hängenden Bildschirmen stand, dass man kaum mitbekam, was da ablief. Ein Fußballspiel, Premier League, meinte Faller zu erkennen. Manchester United gegen irgendwen. Liverpool, sein Lieblingsverein, war es jedenfalls nicht. Der Ton war abgeschaltet. Mescher, der alte Karnevalist, saß in einem Sessel und schien zu schlafen, jedenfalls hatte er die Augen geschlossen, und in einer Ecke saß ein blonder Junge und blickte auf ein Tablet, das vor ihm lag.

Angelo telefonierte mit seinem Handy, hörte aber auf zu sprechen, als Faller sich näherte.

»Was ist los?«, sagte er fast vorwurfsvoll und schob ihm eine Dose Bier hin. »Du wettest gar nicht mehr. Arbeitest du an etwas?«

Faller nahm das Bier und öffnete es. Wie hieß dieser Spruch? Bier auf Wein – das lass sein?

»Ich forsche nach, wie meine Freundin ums Leben gekommen ist«, sagte er. Dann zog er die Fotos der drei albanischen Brüder hervor. »Kennst du die?«

Angelo beugte sich ein wenig vor, aber so vorsichtig, als hätte Faller ihm keine drei Schwarz-Weiß-Fotografien, sondern eine Bombe auf die Theke gelegt. »Das sind die Osmanis oder die Rocket Brothers«, sagte er. »So nannten sie sich vor ein paar Jahren. Sie waren Boxer, haben in Kalk geboxt, aber dann haben sie eine andere Ausfahrt genommen. Mit denen solltest du dich nicht einlassen.«

Boxer? Hatte Lucca also recht gehabt – oder hatte er sie auch gekannt?

»Wo findet man sie?« Faller trank das Bier aus. Vielleicht sollte er sich mal wieder betrinken, dachte er. In der zweiten Nacht nach Helens Tod hatte er es versucht, aber nicht einmal dazu hatte er die Kraft gehabt.

»Es ist nicht ratsam, sie zu finden«, erwiderte Angelo. »Und ich glaube, sie wohnen gar nicht mehr in Köln, jedenfalls nicht in Kalk.«

»Sie kommen eigentlich aus Albanien?«, fragte Faller.

Angelo verzog für einen Moment das Gesicht und grinste dann matt. »Für euch Deutsche sind sie Albaner, aber sind sie in Köln geboren. Nur die Eltern stammen aus Albanien.«

»Der eine Bruder war bei der Razzia in Ostheim dabei.«

Eine Gruppe junger Männer kam herein und gesellte sich lautstark zu den Türken auf dem Sofa. Sie umarmten sich und klatschten sich ab.

»Hör zu.« Angelo wurde plötzlich sehr ernst. »Der Klügste von diesen drei ist neulich getötet worden – erschossen vor seinem Club am Ring.« Er tippte mit dem Zeigefinger auf den bärtigen Mann. »Ich an deiner Stelle würde diese Fotos sofort wieder einstecken und sie niemals mehr hervorholen, wenn du nicht mächtig Ärger bekommen willst.«

»Der eine ist tot? Er ist der Mann, der neulich erschossen worden ist?« Brasch hatte davon schon gesprochen, aber warum hatte die Polizistin nichts davon gesagt? Sie musste es doch wissen.

Angelo nickte. Sein Blick glitt durch den Raum, er sah aus, als hätte er Schmerzen.

»Pack die Fotos wieder ein«, sagte er leise.

»Wo kann ich die beiden anderen finden?«, fragte Faller.

»Gar nicht«, war Angelos Antwort. »Aber sie werden dich finden, wenn du nicht aufpasst.«

Mafia, dachte Faller, er musste sich offenbar mit der albanischen Mafia einlassen, wenn er Helens Tod aufklären und rächen wollte. Vermutlich sollte er sich auch eine Pistole besorgen, wie Beckie es getan hatte.

Es war noch kälter geworden, fast null Grad. Er zog die Schultern hoch, als er in seine Straße einbog. Merkwürdigerweise war ihm, als würde ihm jemand folgen, als wäre ein Augenpaar auf seinen Rücken gerichtet. Er musste mehr über diese Osmanis herausfinden.

Helen, damit werde ich die Nacht verbringen, schwor er sich stumm.

Als er die Tür zum Atelier aufsperrte, hörte er Merle reden. Er lauschte. Ihre Stimme klang aufgeregt, beflissen.

»Ich weiß nicht, ob Faller klar ist, worum es geht. Manchmal denke ich, er kapiert nichts. Er ist vor ein paar Jahren eingeschlafen und will nicht wieder aufwachen.«

»Er war damals der beste Journalist«, sagte jemand. Brasch! Matthias Brasch war bei Merle. »Seine Reportagen lasen sich wie kleine Romane. Er war unglaublich gut.«

»Das war damals«, stieß Merle hervor. »Ich habe auch im Netz über ihn recherchiert und ... kurz habe ich gedacht, er könnte sogar mein Vater sein. Meine Mutter und Faller ...« Sie lachte verlegen auf.

Faller stieß die Tür auf, die den Vorraum vom Atelier trennte. Sofort verstummte Merle und starrte ihn an. Sie lächelte honigsüß.

»Der Detektiv ist da.« Sie flötete ihren Satz beinahe.

Faller warf Brasch einen dunklen Blick zu. »Wie schön!«, sagte er tonlos.

Brasch, der auf einem Stuhl vor dem Sofa hockte, auf dem Merle sich fläzte, straffte sich. »Es gibt Neuigkeiten«, sagte er. »Über den Van ...«

Faller ging durch das halbdunkle Atelier in die Küche. Er hätte bei Angelo in der Sportsbar bleiben müssen, sagte er sich, so wie früher vor dem Bildschirm hocken, sich ein Fußballspiel anschauen und ein paar Wetten platzieren. Er hatte immer weit mehr Geld verloren als gewonnen, aber das war nicht wichtig gewesen. Man konnte sich selbst abschalten, konnte seine Gedanken vertreiben und sich ganz auf die Wetten konzentrieren. Genau darum war es gegangen.

»Merle hat mir vor den Telefonen erzählt.« Brasch war ihm in die Küche gefolgt. Hier war die Abwesenheit Helens genauso deutlich zu spüren wie im Atelier. Niemand kochte hier mehr, die typischen Gerüche von Curry, Ingwer und anderen Gewürzen, die Helen geliebt hatte, zogen nicht mehr durch die Wohnung.

»Ich kann sie an meinen Hacker weitergeben«, redete Brasch beflissen weiter.

Faller setzte sich an den Küchentisch. Nun wäre gleich die Zeit für die gemeinsame Abendzigarette mit Helen gekommen. »Was ist mit dem Van?«, fragte er. »Hast du etwas zu dem Kennzeichen herausgefunden?«

Brasch zog einen Stuhl heran und hockte sich neben ihn. Merle ließ sich nicht blicken, aber Faller war sicher, dass sie vom Sofa aufgestanden war, um zu lauschen.

»Es gibt nichts zu diesem Kennzeichen. Es ist so, als würde es nicht existieren«, sagte er.

Faller schaute Brasch forschend an. »Wie kann das sein?«

»Ich weiß nicht. Eigentlich geht das nicht. Mein Informant bei der Polizei hat auch keine Erklärung dafür.«

Faller beschrieb kurz, was er in der Sportsbar herausgefunden hatte. »Könnten die Albaner einfach mit einem falschen Kennzeichen durch die Gegend fahren?«

Brasch hob die Achseln. »Wir wissen es nicht.«

»Aber ich weiß etwas.« Kurz berichtete Faller von seiner Begegnung mit Leonie Hansen, dann zog er die Fotos aus der Tasche und legte sie wie Spielkarten auf den Tisch.

Brasch beugte sich vor, er stöhnte auf. Anscheinend kannte er zumindest einen der drei Albaner.

»Tarik, hier«, sagte er und tippte auf das Foto des toten Albaners, »er hatte schon vor ein paar Jahren, als ich noch bei der Kripo war, Ärger am Hals. In seinem Club am Ring ist es zu einem Tötungsdelikt gekommen – jedenfalls wurde auf der Toilette ein Mann erstochen, der Drogen dabeihatte. Für drei Monate wurde der Club geschlossen. Tarik hat Mano, einen Konkurrenten, der gerade in Deutz einen Club aufgemacht hatte, in Verdacht gehabt. Später ist Manos Laden dann abgebrannt. Angeblich wegen eines Kurzschlusses.«

»Wer hat Tarik umgebracht?«, fragte Faller.

Brasch löste seinen Blick von den Fotos. »Ich müsste versuchen, bei meinem alten Freund Jan Schiller etwas herauszufinden. Er leitet die Ermittlungen, aber ich glaube, er ist in dem Fall bisher noch nicht groß weitergekommen.«

»Geht es hier um die Mafia? Glücksspiel, Drogen?« Faller hätte sich gern eine Zigarette angesteckt. Oder er müsste etwas trinken, kein Bier oder Wein, etwas Härteres.

»Möglich«, erwiderte Brasch. »Als ich noch dabei war, hatten Tarik und seine Brüder eine Abbruchhalle in Mülheim, ganz in der Nähe des Hafens. Da haben damals wohl schon illegale Spielrunden stattgefunden. Vielleicht auch Hundekämpfe. So genau haben wir es nicht ermitteln können.«

Merle lehnte nun doch in der Tür. »Könnten sie Anna nicht dort gefangen halten?«, fragte sie.

Brasch schaute sie stumm an. Eine paar Sekunden sagte er nichts, aber der Zweifel war ihm anzumerken. »Wir könnten nachschauen«, sagte er. »Ich habe heute Abend nichts mehr vor.«

»Doch«, widersprach Faller. »Du hast noch etwas – Beckies Telefone … Wir müssen herausfinden, ob wir da etwas finden.«

»Mein Kontakt hat eine kleine Werkstatt in Leverkusen – von da sind es keine fünfzehn Minuten nach Mülheim. Machen wir also eine kleine Nachtfahrt.« Brasch erhob sich.

Faller wollte protestieren. Es war absurd zu glauben, die Albaner würden Anna in einer Abbruchhalle festhalten, die ihnen vor ein paar Jahren einmal gehört hatte und von der die Polizei bestimmt wusste. Doch hatte er eine andere Idee?

Merle war schon aufgesprungen, um ihre Jacke anzuziehen.

»Wir tun es für die Kleine«, sagte Brasch mit einem mitfühlenden Blick zur Tür. »Es geht um ihre Mutter. Dafür können wir diesen kleinen Umweg machen.«

Sie fuhren schweigend in Fallers altem Volvo. Merle daddelte hinten auf der Rückbank an ihrem Smartphone herum. Brasch starrte geradeaus, die beiden Telefone, die Beckie gehört hatten, hielt er in der Hand, als wären es zwei Eierhandgranaten.

»Warum tust du das alles?«, fragte Faller, überrascht von sich selbst. »Du hast doch bestimmt anderes zu tun.«

»Nein«, erwiderte Brasch. »Habe ich nicht. Jedenfalls nichts Wichtiges. So wie du plötzlich wieder ein Journalist geworden bist, ganz wach und aktiv, habe ich das Gefühl, wieder ein Polizist zu sein.« Er lächelte. Es war eine Seltenheit, dass Brasch lächelte. Für Sekunden sah er wie ein attraktiver mittelalter Mann aus. »Ich hatte bis vor drei Monaten eine Freundin. Sie war Musikerin, Violine, gerade geschieden, aber dann wollte sie nicht mehr, einfach so.« Er schnippte mit den Fingern.

»Verstehe«, sagte Faller. Plötzlich überfiel ihn das Bedürfnis, über Helen zu sprechen. »Ich habe nie wirklich gesehen, was für eine großartige Malerin Helen war. Erst als Graf in der Tür stand und ein Bild kaufen wollte, habe ich es kapiert. ›Sonnenkuppe‹ zeigt eine Landschaft, die ganz im Licht aufgeht – das Land wird zum Licht und umgekehrt. Sie hat Sand aus dem Rhein in das Bild eingearbeitet, sodass es aussieht, als würde sich einem diese Landschaft aus Licht entgegenstrecken. Ein Meisterwerk.«

»Ich habe einmal irgendwo gelesen, dass Graf zwar einer der wichtigsten lebenden Maler ist, aber eigentlich ein Scheißkerl«, sagte Brasch. Dann bedeutete er Faller, anzuhalten. »Warte hier. Ich bin gleich wieder da.«

Er sprang aus dem Volvo und lief in eine dunkle Straße hinein. Ganz offenbar wollte er nicht, dass sie mitbekamen, wo der Hacker genau seine Werkstatt hatte.

»Meinst du, Anna lebt noch?«, fragte Merle aus der Dunkelheit hinter Faller.

»Ja«, sagte er. »Das glaube ich wirklich.«

»Wenn wir sie finden, wird sie dich lieben«, sagte Merle. »Sie hat nie von dir gesprochen, aber als ich mich jetzt in ihren Sachen umgeschaut habe, habe ich ein Foto von dir entdeckt. Ihr beide Arm in Arm an der Freiheitsstatue. Ihr habt euch ziemlich verliebt angeschaut.«

»Das war am 10. September 2001«, sagte Faller. Er erinnerte

sich selbst an den Tag. In der Nacht hatten sie einen sehr teuren kalifornischen Wein getrunken, und er hatte wie ein schüchterner Gymnasiast Anna gestanden, dass er manchmal Gedichte schrieb und von einem großen Roman träumte. »Das tun doch alle Journalisten«, hatte sie gesagt, »jedenfalls alle Männer.«

Am nächsten Tag war die Welt buchstäblich zusammengestürzt.

Unvermittelt riss Brasch die Tür auf. »Okay«, sagte er, »*let's go*. Sie schaut sich das an. Heute Nacht noch.«

»Dein Hacker ist eine Frau?« Faller startete den Wagen.

»Eine Sie oder ein Er.« Brasch grinste. »Es ist mein Geheimnis. Ihr werdet es nicht herausfinden.«

Leverkusen gehörte zu diesen Nicht-Orten, fand Faller. Es war keine richtige Stadt, sondern eine Industrieanlage mit einem Fußballstadion und ein paar Häusern, und das Einzige, was wirklich leuchtete, war das Bayer-Kreuz.

Brasch dirigierte ihn hinaus, in Richtung Köln.

Kurz nachdem sie den Wiener Platz passiert hatten und von der Hauptstraße Richtung Rhein abgebogen waren, hielten sie an. »Den Rest zu den Abbruchhallen gehen wir zu Fuß«, sagte Brasch.

Es war bitterkalt. Licht drang nur von ein paar Straßenlaternen und einem Musikclub herüber, in dem anscheinend einiges los war. Zwei, drei Autos schlichen vorbei. Hier galt eine strikte Geschwindigkeitsbegrenzung, an fast jeder Ecke standen Blitzer.

»Früher wurden hier Motoren hergestellt«, sagte Brasch zu Merle, die in seinem Windschatten ging. »Ist aber schon über zwanzig Jahre her. Motoren und Lacke. Eine Lackfabrik gab es hier auch. Ein Stück weiter ist der Mülheimer Hafen. Wobei ›Hafen‹ ein großes Wort ist. Viele Schiffe liegen da nicht.«

Plötzlich bog Brasch ab, und sie schienen in einem dunklen Nichts zu stehen. Hier fiel kein Licht hin, Kies knirschte unter ihren Füßen. Die Gebäude, große, in Backstein errichtete Hallen, waren mehr zu erahnen als wirklich zu sehen.

Merle schob sich neben Faller und hakte sich bei ihm ein.

»Eine der Hallen hat Tarik gehört.« Brasch lief voraus. Einmal zog er sein Smartphone hervor und leuchtete vor sich den Weg aus. Ein alter offener Container wurde aus der Finsternis gerissen, daneben lag eine aufgeschlitzte Matratze. Doch mehr konnte Faller nicht erkennen. Nach drei Sekunden schaltete Brasch seine winzige Lampe wieder an.

Sie schlichen weiter in die Dunkelheit hinein. Keine der Hallen war erleuchtet, in den meisten waren die großen, hoch liegenden Fensterscheiben zerbrochen.

Dann standen sie auf einmal vor einer Stahltür. »Hier war es«, sagte Brasch. Erleichterung schwang in seiner Stimme mit, dass er die richtige Halle wiedererkannt hatte.

Erneut leuchtete er.

An der Tür baumelte ein Vorhängeschloss, das aber erkennbar lange nicht mehr geöffnet worden war.

»Falscher Alarm«, sagte Brasch.

Im nächsten Moment hörten sie es. Ein surrendes Geräusch, das langsam lauter wurde.

»Verdammt, weg hier!«, zischte Brasch.

Er zog Merle mit sich in die Richtung, aus der sie gekommen waren. Faller begriff nicht. Was hatte dieses surrende Geräusch zu bedeuten? Wieso witterte Brasch da eine Gefahr?

»Faller, verdammt!« Braschs Stimme hatte eindeutig einen warnenden Unterton.

Das Surren wurde noch ein wenig lauter, dann schien es förmlich in der Luft zu stehen.

Faller hörte, wie sich Schritte entfernten. Brasch und Merle schienen nun durch die Dunkelheit zu hasten. Er selbst riss den Kopf in die Höhe, dann sah er etwas über ihm blinken. Ein rotes Licht schwebte da und sandte ein ruhiges An-aus-Signal.

Endlich begriff er. Eine Drohne hatte ihn ins Visier genommen.

25

Als sie den Volvo erreicht hatten, waren sie alle außer Atem. Musik wummerte von dem Club herüber, aber Menschen waren nicht zu sehen. Auch die Drohne konnte Faller nirgendwo ausmachen. Jedenfalls war sie ihnen nicht gefolgt. Auch Brasch hatte sich, nachdem sie auf der Hauptstraße angelangt waren, immer wieder nach ihr umgesehen.

»Ich brauche ein Bier«, sagte Brasch. »So schlecht in Form war ich lange nicht mehr.« Er stützte sich am Volvo ab, während Faller einstieg und von innen die Beifahrertür öffnete.

Merle kletterte hinten auf die Rückbank, und Brasch schob sich auf seinen Sitz. Er starrte Faller an, als würde er auf eine Erklärung warten, die ihm unbedingt zustand.

»Wo kam die Drohne plötzlich her?« Brasch beugte sich vor und suchte erneut den Himmel ab. Ein heller Lichtschein schwebte in der Luft, der jedoch von der anderen Rheinseite kam, von der Gegend am Dom, die hell erleuchtet war. »So eine Drohne steuert man aus relativer Nähe, besonders bei Nacht.«

»Du meinst, es hat uns jemand aufgelauert?«, fragte Faller. Ihm hatte der Lauf durch die Dunkelheit auch zugesetzt.

Brasch nickte. Dann öffnete er abrupt die Beifahrertür und sprang wieder hinaus.

»Mir ist kalt«, nörgelte Merle von hinten. »Warum fahren wir nicht endlich los?«

Faller beobachtete, wie Brasch um den Volvo herumlief, die Lampe an seinem Smartphone leuchtete auf.

»Was tut der Detektiv da? Ist was an dieser Schrottkarre kaputt?« Merle klang noch unleidiger.

»Nichts ist kaputt«, sagte Faller.

Brasch war einmal um den Wagen herumgegangen. Plötzlich stieß er einen Fluch aus und schlug hart gegen den hinteren Kotflügel.

»Sieh dir das an, Faller!«

Faller stieg aus. Als die Drohne herangeschwebt war, hatte er zunächst nicht kapiert, worum es ging, nun verstand er sofort.

Brasch hatte sich hinten am Heck des Volvos hingekniet und leuchtete unter die Stoßstange.

»Das ist es«, sagte er, und in seinen Zorn mischte sich eine Spur Triumph, dass er etwas entdeckt hatte. »Du hast einen Sender an deiner Karre, Faller. Nicht gerade Hightech, aber es funktioniert.«

Faller ging in die Hocke und erspähte im Lichtstrahl des Smartphones einen winzigen Metallkasten, der hinter der Stoßstange befestigt war.

»Magnetisch«, erklärte Brasch, »hält natürlich an einem Monstrum wie deiner Rostkarre.«

Faller machte Anstalten, das Kästchen abzureißen, doch Brasch umfasste seinen ausgestreckten Arm.

»Nicht«, sagte er, »dann wissen sie ja, dass wir sie enttarnt haben und dass sie aufgeflogen sind.«

Faller nickte und zog den Arm zurück. »Okay«, sagte er, »aber wer sind sie?«

Brasch lächelte und erhob sich langsam. »Wenn wir das herausfinden, sind wir ein ganzes Stück weiter. Und vielleicht müssen wir uns einmal diese Polizistin genauer anschauen, die dich verfolgt.«

Brasch verdrückte sich, kaum dass sie zurück im Atelier waren. »Ich muss schlafen«, sagte er. »Wenn sich mein Hacker meldet, schicke ich dir eine SMS.«

Faller nickte. Er war ebenfalls erschöpft. Der Gedanke, Merle eine weitere Nacht bei sich zu haben, behagte ihm gar nicht, aber um nichts in der Welt würde sie allein in Annas Wohnung zurückgehen.

Er würde ihr vorschlagen, dass sie ihren Freund anrief und herholte, überlegte er sich.

Doch kaum hatte er die Tür zum Atelier aufgeschlossen, war Merle verschwunden.

Faller setzte sich in die Küche und steckte sich eine Zigarette an. Nun kam wieder der Moment, um mit Helen zu sprechen. Ganz so, als wäre sie noch da und würde ihm zuhören und vielleicht sogar antworten, aber seitdem er wusste, dass ihr Tod völlig anders verlaufen war, als er gedacht hatte, war dieses Gespräch ins Stocken geraten.

»Was genau hat Anna hier gewollt?«, sagte Faller vor sich hin. »Habt ihr miteinander geredet?«

Aber Helen antwortete ihm nicht. Stattdessen hörte er ein lautes Schluchzen aus dem Bad, das ein paar Sekunden später in einen Schrei überging.

»Ich halte das nicht mehr aus!«, brüllte Merle.

Faller hörte, wie etwas zu Boden fiel, dann schrie Merle noch einmal.

Er sprang auf, unentschlossen, ob er eingreifen sollte, aber wenn sie begann, sein Bad zu zerlegen, konnte er schlecht tatenlos zusehen.

Als er an der Tür zum Bad war, vernahm er ein lautes Wimmern. Er klopfte behutsam an.

Keine Redaktion. Das Wimmern wurde nicht lauter oder leiser.

»Merle?« Faller spürte seine Hilflosigkeit, die ihn gleichzeitig ärgerte. »Merle, was ist?«

»Ich halte das nicht aus!«, zischte Merle. »Was ist mit Anna?«

Langsam drückte er die Klinke herab. Die Tür war nicht verschlossen. Kalt war es im Bad. Das fiel ihm als Erstes auf. Merle kauerte am Boden. Wie ein kleines Kind hielt sie sich die Hände vor das Gesicht.

»Ich will, dass Anna zurückkommt, dass es endlich aufhört.«

»Ja«, sagte er, ein bedeutungsleeres »Ja«, das lediglich seine Hilflosigkeit ausdrückte. »Ich verstehe dich«, schob er müde nach. »Wir werden morgen wissen, was Beckie auf seinem Handy geschrieben hat, und dann ...«

»Und dann?«, zischte Merle, ohne die Hände vom Gesicht zu nehmen. »Was dann?«

Faller sagte nichts. Er sah, dass auf dem Smartphone, das neben Merle auf dem Boden lag, eine Nachricht eingegangen war. Kurz leuchteten die Wörter auf – das letzte davon meinte er lesen zu können. Es hieß »Anna«.

»Dir hat jemand geschrieben«, sagte er. »Vielleicht ist es wichtig.«

Merle hatte auch registriert, dass eine SMS eingegangen war. Sie nahm eine Hand herunter, senkte den Kopf und tastete nach ihrem Telefon. Mit rot verweinten Augen las sie den Text. Dann stöhnte sie auf und hielt ihm das Display hin. »Hier schreibt jemand: ›Liebes Möhrchen, sucht nicht länger nach mir. Es geht mir gut. Wird sich alles klären. In Liebe – Anna‹.«

»›Möhrchen‹«, sagte Faller. »Was bedeutet das?«

Sie gingen in die Küche hinüber. Merle setzte sich auf einen Stuhl. Das Licht der Lampe, die über dem Tisch hing, fiel auf ihr bleiches Gesicht. Die Tränen waren getrocknet, hatten aber ihr Augen-Make-up verwischt. Sie starrte wieder auf das Display.

»Das heißt, dass diese Nachricht wirklich von Anna kommt. Als kleines Kind hatte ich rötliche Haare, fast so wie Anna, deshalb hat sie mich ›Möhrchen‹ genannt, und manchmal tut sie das heute noch.«

»Aber warum dann das alles – Helens Tod, der Überfall auf dich, der Sender an meinem Wagen?« Faller hatte eine Flasche Bier geöffnet und trank.

»Vielleicht hat man sie gezwungen«, sagte Merle.

Faller setzte die Flasche ab. »Dann hätte Anna nicht ›Möhrchen‹ geschrieben. Diesen Kosenamen kann niemand wissen.«

»Aber wir müssen weitersuchen, nicht wahr?«

Faller nickte. »Du solltest ihr auch etwas schreiben«, sagte er. »Etwas, das sie nicht in Schwierigkeiten bringt.«

Merle furchte die Stirn. »Ich will wissen, ob sie gesund ist und wann sie wiederkommt.«

»Ja, dann schreib ihr das.« Er beobachtete, wie Merle mit angestrengter Miene auf ihrem Smartphone tippte.

»Ich unterschreibe aber nicht mit ›Möhrchen‹.« Sie lächelte zaghaft. »Dieser Name hat mir schon als kleines Kind nicht gefallen.«

Ein leises Rauschen verkündete, dass sie die Nachricht abgeschickt hatte.

Dann begannen sie zu warten. Vielleicht würde Anna gleich antworten, doch es geschah nichts.

Fünf Minuten, zehn Minuten lang – nichts. Keine Antwort. Fehlanzeige.

Merle fielen die Augen zu. Dann, nach zwanzig Minuten, stand sie wortlos auf und taumelte ohne ihr Smartphone ins Atelier hinüber. Faller hörte, wie sie sich auf das Sofa legte.

Er starrte auf das Display. Wo, verdammt, war Anna? Und warum hatte sie nach über einer Woche endlich eine Nachricht abgesetzt?

Wut stieg in ihm auf, aber es war eine matte, kraftlose Wut. Nach vierzig Minuten gab er es auf. Er ging ins Atelier. Merle hatte sich unter zwei Decken gehüllt und schlief. Den Mund ein wenig geöffnet, atmete sie langsam ein und aus. Wie eine Zwölfjährige sah sie aus. Man konnte Annas Züge in ihrem Gesicht erkennen. Er legte das Smartphone auf dem Stuhl neben ihr ab. Dann löschte er das Licht.

Als er wenig später selbst in seinem Hochbett lag, spürte er, während er in den Schlaf glitt, dass er auf Helen wartete, darauf, dass sie sich neben ihn schob, ihre Hand auf seine Brust legte und ihn ganz zart streichelte, wie sie es oft getan hatte.

26

Freitag

Faller erwachte, weil sein Smartphone vibrierte. Eine SMS war eingegangen. Draußen war es bereits hell; es fiel zwar nicht sehr viel Licht auf sein Hochbett, aber als er den Kopf hob, waren die Konturen im Zimmer klar zu sehen. Es war fast neun Uhr.

»Wann darf Felix Sie heute abholen?«, hatte Wartensteins Sekretärin ihm geschrieben.

Welcher Wochentag war heute?

Er kroch aus dem Bett, schwankend, als hätte er zu viel getrunken. Kaffee, er brauchte Kaffee.

Merle schlief noch auf dem Sofa im Atelier.

Es war Freitag, fiel ihm ein. Deshalb fragte die Sekretärin nach.

»Ich bin krank – eine schlimme Erkältung. Ich melde mich am Montag«, tippte er hastig ein, nachdem er sich einen Kaffee gekocht und sich angezogen hatte.

Am besten wäre es, wenn er den Auftrag zurückgab.

Aber dann bist du wieder pleite, sagte Helen in seinem Kopf.

Ja, er nickte. Die Stimme der Vernunft gehörte wie immer ihr.

»Also muss ich wohl eines deiner Bilder an Graf verkaufen«, sagte er laut vor sich hin.

»Redest du mit dir selbst?« Merle lehnte in der Tür. Sie war schon angezogen. Ihr zerzaustes Haar hing ihr ins Gesicht. »Ist es nun so weit gekommen?«

»Ja«, sagte er unwirsch, »manchmal rede ich mit Toten, aber mit dir kann ich auch reden, wenn es sein muss. Willst du nicht wieder zu Anna ziehen?« Er begriff, kaum dass er die Worte ausgesprochen hatte, dass sie falsch und verletzend waren.

»Vielleicht«, erwiderte Merle, »sollte ich wirklich abhauen. So gut verstehen wir uns ja nicht.«

»Schon gut.« Als Versöhnungsangebot hielt er ihr eine Tasse mit Kaffee hin.

»Ich brauche Sojamilch«, sagte sie. »Ohne Sojamilch schmeckt mir der Kaffee nicht.« Sie kam näher und nahm die Tasse an. Dann zückte sie ihr Smartphone. »Anna hat mir nicht geantwortet. Vielleicht war es doch ein Fake.«

»Nein«, erklärte Faller entschieden. »Anna hat dir eine Nachricht gesandt, sie lebt, sie will dich aus irgendeinem Grund beruhigen. Deshalb hat sie ›Möhrchen‹ geschrieben. Niemand, der nur ihr Handy benutzt, hätte dieses Wort gebraucht.«

Merle nickte, dann sackte sie auf einen Stuhl.

Faller hoffte, dass sie nicht wieder in Tränen ausbrechen würde.

»Vielleicht sollten wir die Nachricht an die Polizei weitergeben«, sagte er.

Wieder ging eine SMS bei ihm ein. »Sollen wir Ihnen einen guten Arzt empfehlen? Felix wird Sie dann in die Praxis fahren«, schrieb Wartensteins Sekretärin. Sie war wirklich hartnäckig.

Er beschloss, nicht darauf zu antworten. Er würde diese blödsinnige Firmengeschichte für Wartenstein nicht schreiben, aber das Geld würde er vorerst auch nicht zurückzahlen, bevor er nicht ein paar Bilder verkauft hatte. Vielleicht war das die Lösung.

Als es an der Tür klingelte, war er für einen Moment überzeugt, dass Felix, der Chauffeur, schon vor der Tür stand. Wartenstein und seiner Sekretärin war alles zuzutrauen.

»Wir machen nicht auf!«, sagte er, doch Merle war schon zum Küchenfenster geeilt und blickte hinaus.

»Der Detektiv«, sagte sie ohne Begeisterung. »Er steht vor der Tür.«

Man konnte Brasch ansehen, dass es nicht seine Zeit war, dass er keinesfalls zu den Frühaufstehern gehörte. Ein dunkler

Bartschatten lag über seinem Gesicht, seine Augen wirkten müde, als hätte er die Nacht durchgemacht. Er begrüßte Faller nur mit einem Nicken, nahm sich wortlos eine Tasse Kaffee und setzte sich.

»Es geht los«, sagte er dann. »Wir kommen weiter. Mein Hacker hat sich gemeldet. Ich bin gestern Nacht noch bei ihm vorbeigefahren. Er wollte mir am Telefon nichts sagen und mir auch nichts mailen. Auf Beckies Handys war nicht viel drauf, aber was Louisa gefunden hat …« Er brach ab und wischte sich über das Gesicht.

»Dein Hacker ist also wirklich eine Frau?«, fragte Faller.

»Vergiss meinen Hacker«, sagte Brasch. »Es geht um etwas anderes. Auf dem einen Handy waren ein paar Nachrichten, die Beckie mit jemandem über Telegram ausgetauscht hat, der sich Pippilotta nennt.«

»Das ist Anna«, warf Merle ein. »Unter dem Namen hat sie mir einmal zu meinem zehnten Geburtstag ein Kinderbuch geschrieben.«

»Ja«, sagte Brasch, »das habe ich auch gleich gedacht, dass es sich um Anna handelt. Ich habe die Nachrichten ausgedruckt.« Er holte ein DIN-A4-Blatt aus seiner unvermeidlichen Lederjacke hervor und begann vorzulesen: »»Was sind die Unterlagen wert? – Zehntausend. – Das ist lächerlich!!! – Ich könnte ein Porträt über dich schreiben. Der ach so harmlose Zeitungsverkäufer als Schattenmann. – Willst du mir drohen? Das haben schon andere versucht. – Ich bitte dich um einen Gefallen. Du kriegst das Geld, wenn ich meinen Buchvertrag habe. Es geht mir nicht mehr um diese Onlinespiele, sondern um die Bank und diese Millionengeschäfte. – Ich sehe, was ich machen kann. Mein Informant hat von diesen Geschäften nichts gewusst, er will nur, dass die Bank sich nicht mit den Albanern einlässt. Bei der anderen Sache ist es viel komplizierter. – Gib mir, was du hast. Ich warte an der üblichen Stelle auf dich.‹« Brasch blickte auf. »Das stammt vom 27. September. Mehr war auf dem Handy nicht drauf.«

»Um was geht es? Kapiert ihr das?«, fragte Merle. Ihre Stimme klang schrill vor Aufregung.

»Klar ist, dass Beckie Annas Informant war. Aber es geht nicht mehr um Glücksspiel, sondern um eine Bank. Welche Bank?«

Brasch hob die Schultern. »Auf dem zweiten Handy gab es nur eine Nachricht, die Beckie verschickt hat – an jemanden, der sich Cardigan nennt.« Er holte ein zweites Blatt hervor. »›Danke für die Kontoauszüge. Damit können wir etwas anfangen. Pass auf, dass die Albaner nichts mitkriegen. Aber was ist mit der anderen Sache? Hast du da auch was? Wir brauchen nur zwei, drei Depotnachrichten.‹« Er verstummte. »Mehr war auf dem zweiten Handy nicht drauf. Beckie muss immer wieder neue Wegwerfhandys benutzt haben.«

»Vielleicht weiß diese Mieka mehr«, sagte Faller, dann fiel ihm ein, dass Brasch noch nichts von Annas Nachricht wusste. »Anna lebt übrigens. Sie hat Merle eine Nachricht geschickt.«

Nach einer kurzen Aufforderung las Merle die Nachricht vor.

Brasch schwieg. »Ich komme da nicht mehr mit«, sagte er dann. »Versteckt Anna sich? Oder was soll das?«

»Faller will, dass wir die Nachricht an die Polizei weitergeben.« Merle klang vorwurfsvoll.

Brasch warf Faller einen düsteren Blick zu. »Du kannst es ja dieser Polizistin stecken, die dir hinterherläuft. Dann werden wir sehen, was passiert.«

Für ein paar Momente schwiegen sie.

»Ich möchte mehr über diese Albaner in Erfahrung bringen«, sagte Faller dann. »Und wir müssen herausfinden, von welcher Bank da die Rede ist. Vielleicht weiß Beckies Freundin mehr.«

»Kannst du Auto fahren?« Brasch blickte Merle an. »Ach nein, du bist noch zu jung, was?« Sein Blick glitt zu Faller. »Wir müssen jemanden finden, der mit deinem Volvo eine

Spazierfahrt unternimmt. Mal schauen, wen wir damit richtig wütend machen.«

Sie hatten einen Plan gemacht, nein, keinen wirklichen Plan, aber zumindest etwas, das einem Plan nahekam. Brasch wollte zu Beckies Freundin fahren und sich dann in dessen Wohnung umsehen; vielleicht konnte er noch weitere Handys finden oder irgendetwas, das ihnen verriet, von welchen Geschäften die Rede war.

Faller ging zu Lucca in die Bar; er hatte einen starken Espresso bitter nötig. Merle war zu seinem Glück mit Brasch gefahren; für eine Weile war er sie los. Ihre Stimmungsschwankungen gingen ihm auf die Nerven, auch wenn er sich selbst sagte, dass er mehr Verständnis für ihre Lage haben sollte. Doch Anna lebte offensichtlich. Eigentlich hätte ihr diese begründete Hoffnung Auftrieb geben müssen.

Lucca brachte ihm unaufgefordert einen Espresso. »Du siehst schlecht aus, Faller«, sagte er. »Hast du Ärger mit diesem Mädchen, mit dem du neulich hier warst? Ist sie nicht zu jung für dich?«

Faller nahm dankbar einen ersten Schluck. Für einen Moment war er versucht, Lucca einzuweihen. Dass Helen vermutlich ermordet worden war – wegen einer Geschichte, die sie immer weniger verstanden.

»Nein, mit dem Mädchen hat das nichts zu tun«, sagte er schließlich. »Alles in Ordnung, ich schlafe schlecht. Mache mir Vorwürfe, dass ich nicht gut genug auf Helen aufgepasst habe.«

Lucca nickte ihm freundlich zu. Er verzog sich nicht wie sonst an seinen Platz hinter der Bar. »Sie ist doch überfahren worden«, sagte er. »Was hättest du da tun sollen?«

Faller sagte nichts darauf. Er musste das Thema wechseln. Eigentlich war er nur aus einem Grund zu Lucca gekommen. »Ich brauche jemanden, der eine kleine Botenfahrt für mich übernimmt. Weißt du jemanden?«

Misstrauisch schaute Lucca ihn an. »Was für eine Botenfahrt?«

»Ich möchte eines der Bilder von Helen schätzen lassen. Ich habe das Gefühl, dass ihr Galerist nicht ehrlich zu mir ist.« Faller hatte sich mit Braschs Hilfe eine Geschichte zurechtgelegt. In Frankfurt gab es eine Galerie, in der Helen einmal ausgestellt hatte. Der Besitzerin, einer Kunsthistorikerin mit Namen Dr. Hildegund Schade, hatte er eine E-Mail geschickt, ob sie sich eines von Helens neueren Bildern ansehen würde, um dessen Wert zu bestimmen. »Ich habe leider selbst keine Zeit. Zweihundert Euro würde ich dafür zahlen – einmal Frankfurt und zurück, mit meinem Volvo.«

Lucca wog den Kopf hin und her, als würde er überlegen, den Job selbst zu übernehmen. »Vielleicht weiß ich jemanden. Wann soll die Tour starten?«

»Ist leider eilig. Müsste noch heute sein.« Faller bemühte sich, beiläufig zu klingen.

»Faller.« Lucca lächelte spöttisch. »Du überraschst mich immer wieder. Schafft dein Wagen es überhaupt noch bis Frankfurt und zurück?«

Faller nippte an seinem Espresso. »Der Volvo läuft wie eine Eins. Kennst du jemanden, der Zeit hat?«

Lucca nickte. »Ich habe eine Cousine – Loretta. Sie ist zwanzig und liegt nur auf der faulen Haut. In zwanzig Minuten ist sie hier, falls sie ihr Handy nicht abgeschaltet hat.«

Loretta brauchte genau einundzwanzig Minuten; ein dickliches Mädchen von neunzehn Jahren in engen Leggings, in denen sie eigentlich fürchterlich frieren musste. Sie begann sofort zu handeln. Für dreihundert Euro würde sie es machen, plus Spesen.

»Was heißt Spesen?«, fragte Faller, als sie schon auf dem Weg zu seinem Volvo waren. Er hatte also keine gute Verhandlungsposition.

»Ein Mittagessen und alle Getränke während der Fahrt.« Loretta grinste ihn pausbäckig an.

»Fünfzig Euro«, sagte Faller. »Mehr darf es nicht kosten.«
Er holte das Bild, das sie bereits in eine Decke eingehüllt hatten – es hieß »Brücke« und zeigte die Südbrücke aus einer besonderen Perspektive. Helen hatte dazu ein paar Polaroids verwendet, die sie ganz früh an einem Morgen im Juni gemacht hatte.

Bevor Loretta abfuhr, vergewisserte er sich, dass der Sender noch am Platz war.

Mit einem lauten Hupen fuhr Loretta los.

Niemand war auf der Straße. Kein weißer Van, kein anderes Auto.

Nur Wartensteins Sekretärin ließ nicht locker, und Münter hatte auch eine Nachricht geschickt. »Würde gerne vorbeikommen, um ein paar Bilder zu katalogisieren. Grüße«, schrieb er. »PS: Graf hat noch mehr Geld geboten!!!«

Helen, dein Galerist schreibt Nachrichten mit drei Ausrufungszeichen, flüsterte Faller stumm hin sich hinein, aber eines deiner Bilder wird er niemals bekommen.

27

Brasch und Merle meldeten sich nicht, was er als ein gutes Zeichen empfand. Merle für eine Weile nicht um sich zu haben war allein eine Wohltat.

Zum Glück stand Angelo in seiner Sportsbar schon hinter dem Tresen. Er lächelte, als Faller sich näherte.

»Kommst du doch öfter wieder vorbei. Kaffee?« Angelo nickte ihm auffordernd zu.

Nur die üblichen Stammgäste fläzten sich unter den Bildschirmen auf den Sofas. Wieder ein Pferderennen, dazu ein Spiel aus der türkischen Liga, zeitversetzt. Mescher in einem blauen Anzug mit einem Hut lief von einem Terminal zum anderen. Anscheinend hatte er zuletzt ein paarmal gewonnen, sodass er wieder Geld hatte, um zu wetten.

Faller nahm den Kaffee dankend an. Dann beugte er sich vor. »Ich muss einen von den Albanern treffen«, sagte er leise und schon beinahe verschwörerisch. Als Angelo nicht reagierte, fügte er hinzu: »Kannst du das arrangieren?«

Angelo blickte in den Raum, starrte auf einen der großen Flachbildschirme, als gäbe es da wirklich etwas Spektakuläres zu sehen.

»Du solltest das lassen, Faller«, sagte er dann langsam und sehr betont. »Führt zu nichts.«

»Doch«, entgegnete Faller, »es führt zu etwas. Helen ist ermordet worden, jemand hat sie über den Haufen gefahren, weil sie etwas hatte, was er haben wollte.«

Angelo wandte seinen Blick wieder ihm zu und lächelte matt, so wie ein Lehrer einen Schüler ansah, den er so gut wie aufgegeben hatte. »Weißt du, warum meine Familie damals aus Sizilien gekommen ist? Weil man hier in Ruhe und Frieden leben kann. Dafür nimmt man sogar das schlechte Wetter in Kauf. Ich will in Ruhe und Frieden leben.«

»Ich brauche nur eine Adresse oder eine Telefonnummer.« Faller blieb beharrlich, so war er früher als Reporter auch gewesen.

In dem Spiel der türkischen Liga war ein Tor gefallen, und jemand klatschte deswegen tatsächlich. Mescher hatte sich endlich hingesetzt und blickte auf den Bildschirm, auf dem immer noch Pferde eine Bahn entlangjagten.

»Ich kann dir keine Adresse geben«, sagte Angelo ernst. »Die beiden Osmanis sind praktisch von der Bildfläche verschwunden, seit ihr Bruder Tarik erschossen wurde. Niemand weiß, wo sie sind, aber vielleicht gibt es bald einen großen Knall, und sie sind wieder da. Dann wirst du es auch merken, bestimmt.« Er wandte sich zur Maschine, um sich selbst einen Kaffee einzuschenken.

Faller konnte im Spiegel hinter der Bar Angelos Gesicht sehen, das wie vor Schmerzen angespannt war.

Als er sich wieder umdrehte, sagte Angelo: »Vielleicht solltest du einfach nur um deine Frau trauern, mehr nicht. Könnte zu gefährlich sein.«

Faller ließ seinen Kaffee stehen und ging. Warum wollte Angelo ihm nicht helfen? Und diese Andeutungen und Warnungen nervten ihn.

Nun hatte Brasch ihm doch eine Nachricht geschrieben. »Sind immer noch bei Beckie. Haben ein paar interessante Dinge gefunden, aber keine heiße Spur.«

Keine heiße Spur – Brasch gerierte sich immer noch wie ein Polizist.

Für einen Moment stand Faller wie verloren auf der Venloer Straße. Früher hatte er um diese Zeit ein wenig gearbeitet, wenn er einen Auftrag hatte, oder er hatte Helen beim Malen zugesehen, oder sie waren durch die Gegend gefahren, und Helen hatte Fotos gemacht, die sie hinterher in einer langen Reihe im Atelier aufgehängt hatte.

Als er vor dem Atelier stand und den Schlüssel ins Schloss steckte, sprang ihn wie aus dem Nichts ein Schatten an.

»Sei still!«, zischte ihm jemand ins Ohr, der ihm gleichzeitig den Lauf einer Pistole schmerzhaft unter das Kinn schob. Zwei braune Augen unter einer schwarzen Kappe musterten ihn.

Das war einer der albanischen Brüder, zweifellos.

Faller versuchte zu nicken, worauf sich der Pistolenlauf noch härter unter sein Kinn drückte.

»Du hörst auf, uns nachzustellen, kapiert?«, flüsterte der Albaner.

Als die Tür aufsprang, stieß er Faller in den Vorraum vor dem Atelier.

»Wir haben genug Ärger, wir brauchen nicht auch noch einen Idioten wie dich …« Der Druck der Pistole ließ ein wenig nach.

Wenn der Typ nun abdrückte, würde sein Gehirn wegfliegen. Diese Idee sorgte dafür, dass Fallers Herz für einen Moment aussetzte. Doch dann fasste er sich schnell wieder.

»Wo ist Anna?«, brachte er heiser hervor.

Der Albaner lachte hohl auf. »Sie hat auch nur Ärger gemacht, aber das kriegen wir hin.« Dann, als er hätte er sich eine unüberlegte Bemerkung erlaubt, erhöhte er den Druck der Pistole wieder. »Du hältst dich aus allem raus, okay? Du verstehst sowieso nicht, worauf du dich eingelassen hast.«

Dann versetzte er Faller einen so heftigen Stoß, dass er ins Taumeln geriet und gegen die Glaswand fiel, die Helens Atelier von dem Vorraum trennte.

Als er sich aufrichtete, knallte die Tür, und der Albaner war verschwunden. Faller griff in seine Tasche und zog die Fotos hervor, die Leonie Hansen ihm gegeben hatte. Ohne jeden Zweifel – einer der Osmanis hatte soeben versucht, ihn einzuschüchtern.

Aber was hatte das zu bedeuten?

Halt dich aus allem raus!

Und Anna war dem Osmani-Bruder ganz eindeutig ein Begriff gewesen.

Faller öffnete die Tür zum Atelier. Der Geruch von Farbe

schwebte ihm entgegen, den er in den letzten Tagen nicht bemerkt hatte, so als wäre Helen vor einem Moment noch an der Arbeit gewesen.

Er setzte sich auf dem Stuhl neben das Sofa und betrachtete den Raum – die Staffelei, die genau unter dem Oberlichtfenster stand, den langen Tisch mit den Malutensilien, den alten Küchenschrank. Sein Blick blieb an dem Bild »Sonnenkuppe« hängen. Licht war das Geheimnis jeden Malers, ein Gespür für Farben und Licht. Helen hatte es gehabt – und Valentin Graf hatte es auch, deshalb war er wahrscheinlich einer der erfolgreichsten Maler der Welt geworden.

Und er selbst, dachte Faller, musste auch das Licht finden, Licht, um diese Sache zu durchdringen, in die er da geraten war und die Helen getötet hatte.

Das war ein plumper Angriff dieses Osmani-Bruders gewesen. Der Albaner musste ihm aufgelauert haben, also war er es vermutlich nicht gewesen, der den Sender an seinen Volvo geklemmt hatte.

Doch wer war es dann?

Im nächsten Moment regte sich sein Smartphone.

»Die Bullen haben mich auf der Autobahn angehalten«, schrie Loretta aufgeregt in ihren Apparat hinein. »Sie wollen wissen, wessen Auto ich fahre. Kannst du eben mit ihnen reden und ihnen erklären, dass alles in Ordnung ist?«

28

Er war eingeschlafen, mitten am Tag, auf dem Stuhl im Atelier. Irgendein Traum war ihm auch durch das Gehirn geflirrt. Helen kam darin vor, aber sie hinkte, als hätte sie ein steifes Bein, und ein Hund, der um sie herumsprang, gehörte auch zu diesem Traum, doch dann vernahm er ein scharfes, schrilles Geräusch.

Der Unfall, dachte er, und sein Kopf ruckte schmerzhaft in die Höhe.

Doch es war das Läuten der Tür.

Dann hörte er auch Braschs Stimme. »Faller, mach auf!«

Nein, dachte er, ich mache nicht auf. Ich will mit alledem nichts mehr zu tun haben, aber da war er schon auf dem Weg zur Vordertür.

Merle kaute an einem Döner. »Vegan«, murmelte sie mit vollem Mund, als hätte er sie das gefragt.

Brasch drückte sich gleich an ihm vorbei. »Lausig kalt in dieser Stadt«, raunte er, offensichtlich schlecht gelaunt.

Sie gingen in die Küche, setzten sich.

Erst jetzt sah Faller, dass Brasch eine Tüte dabeihatte. Den Inhalt kippte er auf den Tisch.

»Ich bin sicher, dass sich vor uns schon andere bei Beckie umgesehen haben. Trotzdem haben wir ein paar interessante Sachen gefunden.«

Das Erste, was Faller sah, waren kleine Bildchen, wie er sie aus seiner Kindheit kannte, da waren es Heiligenbildchen gewesen, die man in der Grundschule im Religionsunterricht bekommen hatte; nur zeigten diese Bildchen keine Heiligen, sondern pralle, barbusige Frauen. Es waren schlechte Fotos, irgendwie trostlos, wie die Frauen einen Kussmund machten und versuchten, lasziv auszusehen.

»Was soll das?«, fragte er und sah Brasch an.

Brasch lächelte. »Wissen wir auch nicht genau, aber man muss die Bilder umdrehen. Ich glaube, das ist Kyrillisch. Ja, bin mir fast sicher, und die Nummern sind Kontonummern, jede Wette. Pornoseiten – da kann man sich die Damen in ihrer vollen Blüte runterladen.«

»Großartig.« Faller seufzte. »War Beckie ein Pornojunkie?«

»Wohl nicht«, sagte Brasch lakonisch. »Wir haben noch mehr Schätze.«

Da war ein ganzes Bündel Rechnungen mit recht hohen Beträgen. Excelsior, Hyatt, gehobene Restaurants in Köln.

»War wohl ein richtiger Spesenritter, der gute Beckie«, meinte Brasch. »Vielleicht muss ein Spitzel wie andere eine Steuererklärung machen.«

Auch ein Büchlein lag da, eher eine billige Broschüre über Verschlüsselungen im Internet.

»Selbst Beckie musste sich fortbilden«, kommentierte Brasch weiter.

Eine Rechnung für einen Yogakurs. Ein altes Taschenbuch, »Der Spion, der aus der Kälte kam«. Drei Eintrittskarten für den Zoo. Dazu ein Foto, das im Zoo aufgenommen worden war. Faller spürte, wie sich sein Magen zusammenzog. Beckie war mit Rike im Zoo gewesen. Er hatte ihren Rollstuhl geschoben, irgendwann im Sommer, ein blauer Himmel und der Kopf eines Kamels waren im Hintergrund zu erkennen.

Ich muss sie sehen, Rike sehen. Dieser Gedanke überfiel ihn regelrecht. Es konnte nicht sein, dass sie für ewig in einem Rollstuhl sitzen musste. Und er wusste immer noch nicht, in welcher Verbindung sie zu Beckie stand.

»Was ist?« Merle hatte ihn auch nicht aus den Augen gelassen. »Gefällt dir die Frau?«

Faller blickte auf. Er kniff die Augen zusammen. Halt den Mund, hätte er am liebsten geschrien. Du verstehst von nichts etwas, du bist nur ein dummes, verwöhntes Mädchen.

Das Nächste, was er entdeckte, war ein Kontoauszug, zumindest so etwas Ähnliches. Eine englische Bank. »Jersey Islands«, las er.

»Da werden wir bestimmt fündig. Jersey ist eine Art Steuerparadies, nicht gerade die Caymans, aber so kurz davor.« Brasch klang nun sehr zufrieden.

»Du meinst, Beckie hat da ein Konto?«

Brasch antwortete nicht, und Faller ging weiter die Fundstücke durch.

Ein Foto von Mieke war auch dabei, sie war nackt und räkelte sich auf einem Fell.

»Ja«, sagte Brasch, »wir haben auch Persönliches mitgenommen. Hat Beckies Freundin nicht mitgekriegt. Sie ist wieder in ihre Praxis rüber.«

Als Nächstes waren zwei Tickets für die Seilbahn dran. Datum vom 12. September.

»Da kann man ungestört reden«, sagte Brasch, der sah, wie Faller die Tickets wieder ablegte.

Eine Karte von Albanien und ein Reiseführer über dieses Land hatten sich auch in der Tüte befunden.

Faller blickte auf. »Diesmal kein Kommentar?«, sagte er zu Brasch. Sollte er nun von dem Albaner sprechen, der ihm eine Pistole unter das Kinn gehalten hatte? Aber dann hätte Merle vielleicht wieder einen Angstflash bekommen. Besser, er wartete, bis er einmal mit Brasch allein war.

Brasch hob die Schultern. Dann schwebte seine rechte Hand über dem Tisch, und er zupfte aus der Tasche ein Plastikschildchen hervor, auf dem Beckies Konterfei zu sehen war. Ein Dienstausweis. Faller las den Namen »Tim Beckmann« und sah dann das Logo. »Wartenstein-Bank«.

»Beckie ist da vor ein paar Monaten Pförtner gewesen … am Hintereingang«, sagte Brasch. Nun schwang Triumph in seiner Stimme.

Wartenstein … die Kontoauszüge! Die Bank des Paten, deren glorreiche Geschichte er zu Papier bringen sollte?

Im nächsten Moment klingelte sein Smartphone.

Frau Meinert, Wartensteins Sekretärin, meldete sich wie auf ein Stichwort hin. »Herr Wartenstein wünscht Sie zu sprechen«, erklärte sie in einem eisigen Tonfall.

Faller hielt Beckies Dienstausweis, der vor sechs Monaten abgelaufen war, in der Hand, als Wartensteins dröhnender Bass erklang.

»Herr Faller«, erklärte der Bankier, »ich bin ein wenig ungehalten. Offensichtlich nehmen Sie Ihre Aufgabe nicht ernst. Wie ich von meiner Sekretärin erfahren habe, sind Sie wieder nicht in der Bank aufgetaucht. Oder ist es Ihnen möglich, ohne jede Recherche unsere Chronik zu schreiben, gewissermaßen intuitiv?«

»Ich bitte um Entschuldigung.« Faller bemühte sich, demütig und reuevoll zu wirken. »Ich war ein wenig unpässlich, eine leichte Erkältung, wie ich Ihrer Sekretärin schon erklärt habe, aber wenn es möglich ist, werde ich gleich noch zur Bank fahren und mit der Arbeit beginnen.«

29

Es war vierzehn Uhr siebzehn, als er die Bank betrat. Felix, der freundliche Chauffeur, erwartete ihn schon und fing ihn förmlich mit einem Lächeln vor der Tür ab.

»Späte Gäste sind die schönsten«, sagte er und verstärkte sein Lächeln noch. Alles an ihm war elegant und stilvoll, sogar seine schwarzen Lederschuhe, die aussahen, als hätte er sie soeben gekauft.

Faller wiederholte seine Entschuldigung von der Unpässlichkeit, der leichten Erkältung, aber er sah, dass Felix ihm nicht glaubte.

Der Chauffeur geleitete ihn in den Keller zu seinem Archivraum, so war offenbar nun der offizielle Name. Sogar eine Flasche Mineralwasser hatte jemand für ihn bereitgestellt, dazu einen nagelneuen Laptop und einen Block mit dem Logo der Bank.

»Ich lasse Sie nun allein«, sagte Felix und neigte den Kopf wie ein Butler. »Hinz hat schon Feierabend, aber wahrscheinlich kommen Sie auch so zurecht. Er hat übrigens dafür gesorgt, dass Sie hier unten Empfang haben – Sie kommen also ins Internet. Das Passwort hat er aufgeschrieben.«

Faller nickte zurück, während der Chauffeur sich zur Tür begab und sie leise hinter sich schloss. Dann schaltete er den Laptop an. Das Codewort hatte jemand neben die Tastatur geklebt. »Wartenstein123!«. Sehr originell.

Er lauschte. Hier unten war wirklich nichts zu hören. Felix hatte sich geräuschlos entfernt.

Faller loggte sich ein, die offizielle Seite der Bank öffnete sich. Ein Foto des mächtigen Bankhauses, dann das Konterfei von Philipp Wartenstein und ein Satz, ganz in Rot gehalten: »Das wichtigste Gut ist das Vertrauen unserer Kunden.«

Danach folgte ein kurzer Abriss der Geschichte.

Die groben Daten fanden sich auf einer anderen Seite. Bilanzsumme über fünfzig Milliarden. Eine der größten Privatbanken Deutschlands.

Nein, hier würde er nicht finden, was er suchte.

Welche Geschäfte machte die Bank – gab es da Schmutzecken, Dinge, die nicht ans Tageslicht kommen sollten? Im Dritten Reich hatte man Konten der NSDAP verwaltet, dafür hatte man später Abbitte geleistet, aber man hatte auch behauptet, an einem Industriellentreffen mit Hitler, das in Köln stattgefunden hatte, mit Absicht nicht teilgenommen zu haben.

Doch das war nun über achtzig Jahre her.

Faller gab bei Google den Namen der Bank und das Stichwort »Skandal« ein. Da erschien allerdings nichts, was auf die Wartenstein-Bank hinwies. Einer Schauspielerin war bei einer Filmpremiere das Kleid so verrutscht, dass man ihre rechte Brustwarze gesehen hatte. So etwas verstand man unter Skandal.

Ein weiteres Stichwort »Cum-ex« – auch damit hatten einige Banken zu tun gehabt, betrügerische Aktiengeschäfte, die den Banken Hunderte von Millionen eingebracht hatten.

Ja, da gab es etwas – eine Hausdurchsuchung bei Philipp Wartenstein, der aber sofort eine Mitschuld dementierte, dann zwei kleinere Meldungen, anscheinend jedoch war die Sache im Sande verlaufen.

Dann allerdings eine Meldung, die Faller aufhorchen ließ: Dr. Andreas Schmeder, Prokurist der Wartenstein-Bank, scheidet vorzeitig aus. »Wegen unterschiedlicher Auffassungen über die Geschäftspolitik.« Das war eine Meldung vom 24. Juni vor zwei Jahren. Dazu eine kurze Pressemitteilung der Bank. Philipp Wartenstein danke Dr. Schmeder für seine vorzügliche Arbeit für die Bank und wünsche ihm für die Zukunft alles Gute. Schmeder war dreiundvierzig Jahre alt, also niemand, der sich auf das Altenteil zurückziehen konnte.

Als er nichts mehr über den Abgang des Prokuristen fand, gab Faller den Namen Andreas Schmeder ein.

Es gab einen Versicherungsvertreter mit diesem Namen in Wilhelmshaven, der bekundete, zu jeder Tages- und Nachtzeit für seine Kunden erreichbar zu sein. Dazu eine Baumschule in Bayern und einen Allgemeinarzt am Niederrhein. Erst auf der zweiten Seite entdeckte er eine Meldung aus der Kölnischen Rundschau. »Ehemaliger Prokurist der Wartenstein-Bank beim Wandern in den Alpen verunglückt«. Die Meldung stammte vom 3. August des vorletzten Jahres. Andreas Schmeder hatte sein Ausscheiden aus der Bank nur wenige Wochen überlebt. Er war offensichtlich homosexuell und hinterließ einen Ehemann.

Faller kopierte die Meldung und legte sie in einem Ordner ab, den er mit »Recherche 1« überschrieb. Ihm war klar, dass vermutlich auch jemand aus der Bank Zugang zu seinem Laptop haben könnte, dieser Chauffeur etwa, aber alles, was er hier recherchierte, würde man ohnehin nachvollziehen können.

Wieso war dieser Dr. Schmeder gestorben? Er würde den Ehemann finden müssen.

Helens Galerist hatte ihm wieder eine Nachricht geschickt, sah er auf seinem Display. Graf gab offenbar nicht auf, ein Bild kaufen zu wollen. Und Loretta hatte in Frankfurt das Bild abgeliefert. Sie hatte sich wieder ein wenig beruhigt.

Warum hatte die Polizei sie angehalten? Brasch hatte gleich die Polizistin vom Staatsschutz in Verdacht gehabt, dass sie den Sender am Volvo angebracht hatte. Aber gab es so etwas wirklich – dass die Polizei ihn illegal überwachte?

Faller versuchte, Brasch zu erreichen, als es an der Tür klopfte.

Judith Meinert, Wartensteins Sekretärin, spähte vorsichtig herein. »Pardon«, sagte sie und lächelte entschuldigend, »ich möchte Sie nicht stören, aber Herr Wartenstein meinte …« Was ihr Chef meinte, sprach sie dann nicht aus, sondern hielt einen kleinen Plastikausweis in die Höhe. Faller erkannte das Logo – der Zugang zum Gebäude der Bank. Beckie hatte auch so einen Ausweis gehabt.

»Vielen Dank«, sagte er, als sie ihm die Plastikkarte über den Tisch zuschob.

Er sah ihre manikürten Fingernägel. Sie wirkte jünger, als sie nun vor ihm stand. Sie trug einen dezenten beigefarbenen Wollmantel, ihr Haar wurde nicht wie bei ihren ersten Begegnungen von einem Band zurückgehalten, sondern fiel ihr über die Schultern. In das Blond hatten sich graue Strähnen gemischt, aber vielleicht war das auch eine besondere Färbung. Wie alt mochte sie sein? Nicht Anfang fünfzig, wie er zuerst gedacht hatte, sondern allenfalls Mitte vierzig.

»Vielen Dank«, wiederholte er, »aber dafür hätten Sie sich doch nicht herbemühen müssen.«

»Dr. Wartenstein hat auch hier im Haus ein Büro. Hier finden die offiziellen Sitzungen statt«, erwiderte sie förmlich. Sie blickte auf den leeren Schreibblock. »Ich hoffe, Sie kommen gut voran. Diese Chronik ist Herrn Wartenstein sehr wichtig. Das Haus hat eine lange Tradition.«

»Wie lange sind Sie schon für die Bank tätig?«, fragte Faller.

»Sehr lange.« Es folgte ein unterdrücktes Seufzen. »Ich habe hier nach dem Studium angefangen. Ach …« Sie strich sich eine Haarsträhne zurück, eine überraschend kokette Geste. »Ich musste mein Studium abbrechen. Ich bekam ein Kind, war alleinerziehend, und dann habe ich mich einfach hier beworben. Nach zwei Jahren kam ich ins Vorzimmer von Herrn Dr. Wartenstein. Damals waren wir zu dritt. Und dann …« Sie brach ab. »Aber ich will Sie nicht mit meiner Lebensgeschichte langweilen.«

»Sie langweilen mich keineswegs.« Faller lehnte sich auf seinem Stuhl zurück. »Ich möchte doch ein paar Menschen in der Bank kennenlernen, deren Geschichte ich schreiben soll. Haben Sie nie woanders gearbeitet?«

Judith Meinert zögerte. »Kurz, für vier Monate, aber dann bin ich zurückgekehrt.« Sie wandte sich zum Gehen. »Ich muss nun in das Büro in den Kranhäusern zurück«, erklärte sie entschuldigend.

»Ich glaube, ich habe einmal einen Mann getroffen, der hier gearbeitet hat«, beeilte sich Faller zu sagen, bevor die Sekretärin an der Tür war. »Er hieß Tim Beckmann. Haben Sie ihn zufällig gekannt?«

Die Sekretärin fuhr herum. Für einen Moment glaubte Faller, dass ein Ausdruck des Schrecks in ihren Augen lag. »Nein«, sagte sie dann schnell, »nein, wir haben über zweihundert Mitarbeiter hier am Standort. Diesen Namen kenne ich nicht.«

Faller hob die Hände. »Habe ich mir gedacht. Der Mann arbeitet auch nicht mehr hier. Er ist wohl vor Kurzem gestorben.«

Judith Meinert lächelte erneut, ein mattes Verlegenheitslächeln, dann öffnete sie ohne Gruß die Tür und verschwand im Gang.

Sie hatte ihn angelogen, da war er sich ganz sicher. Auf jeden Fall müssten sie Beckies Freundin fragen, ob ihr der Name Judith Meinert bekannt war.

30

Er schaffte es tatsächlich, ein wenig zu arbeiten, zumindest suchte er im Netz nach Nachrichten über die Bank. Philipp Wartenstein war im Jahr 1982 auf seinen Vater gefolgt, der sich wegen einer schweren Krankheit hatte zurückziehen müssen. Seit ungefähr vierzig Jahren schwang er also nun das Zepter, doch in der Finanzkrise im Jahr 2008 wäre die Bank fast pleitegegangen. Wie andere Bankhäuser auch hatte die noble Wartenstein-Bank in den USA in den Immobilienmarkt investiert. Wartenstein hatte aus seinem privaten Vermögen hundert Millionen zuschießen müssen.

Hundert Millionen – es gab Menschen wie Philipp Wartenstein, die mehr als hundert Millionen Euro auf dem Konto liegen hatten!

Zwei Jahre später war die Bank aus allen Schwierigkeiten heraus gewesen; ob Wartenstein seine hundert Millionen zurückerhalten hatte, war jedoch nirgends zu finden.

Sogar der Name Valentin Graf tauchte in einer Meldung auf. Wartenstein hatte drei Bilder von Graf erworben – zu einem Preis, den er niemandem, schon gar keinem Journalisten, verraten wollte.

Das Foto zu dem Artikel ließ Faller erzittern. Da stand Wartenstein in Anzug mit Weste und Krawatte neben dem Malerfürsten Graf, der ein offenes Hemd und eine Art Joppe trug, und an dessen Seite drückte sich ein junges, schüchternes Mädchen – Helen. Die beiden Männer lachten selbstbewusst und irgendwie routiniert, während Helen mit zusammengekniffenem Mund in die Kamera sah.

Unwillkürlich kamen Faller die Tränen. Würde es so weitergehen, dass das Gefühl des Verlustes ihn so plötzlich überfiel? Es waren Schüsse, wie aus der Dunkelheit abgefeuert, Schüsse, die er nicht vorhersehen konnte.

Er klickte das Bild beiseite, und das Summen seines Smartphones rettete ihn.

Es war Brasch.

»Bist du tatsächlich in der Bank?«, fragte Brasch.

Faller antwortete nur mit einem knappen »Ja«.

»Mieke hat mich eben angerufen. Sie ist völlig fertig. Irgendwie beginnt sie erst jetzt richtig zu verstehen, dass mit Beckies Tod etwas nicht stimmt. Aber manchmal brauchen die Menschen ja ein wenig Zeit, bis sie etwas kapieren.«

Faller begriff, dass diese Worte auch auf ihn gemünzt waren – er hatte Helens Tod auch als etwas hingenommen, was es nicht war. Doch er sagte nichts darauf.

»Sie hat eine Tasche gefunden, die Beckie gehört hat – war in ihrem Kleiderschrank deponiert. Nein, nicht deponiert, sie hat ›versteckt‹ gesagt. Da sind wohl Papiere drin, irgendwelche Unterlagen. Ich fahre gleich zu ihr und hole die Tasche, okay?«

»Gut«, erwiderte Faller. »Ja, möglicherweise hilft uns das weiter. Aber pass auf dich auf.« Er überlegte, nun die Attacke des Albaners zu erwähnen, ließ es dann aber.

»Ich fahre danach zu mir in mein Haus in Langel, und die Kleine nehme ich mit. Sie ist …« Er zögerte. »Sie ist ziemlich durch den Wind, und bei dir … Sie hat mir gesagt, dass sie mitkommen möchte. Ihr versteht euch wohl im Moment nicht so gut.«

»Ja«, sagte Faller. »Merle kann gerne ein paar Tage zu dir ziehen. Ich muss sowieso heute Abend noch etwas erledigen. Aber gib mir Bescheid, was in dieser Tasche ist.«

Faller unterbrach die Verbindung. Zum ersten Mal hatte er das Gefühl, dass sie dem Rätsel, warum Helen gestorben und Anna verschwunden war, ein wenig näherkamen.

Er ging noch ein paar Suchbegriffe durch, die mit der Bank und Wartenstein zu tun hatten. Philipp Wartenstein war nicht nur bei den Bilderbergern aktiv, er gehörte dem Rotary Club in Köln an, war Mitglied bei den Roten Funken und unterstützte eine Stiftung, die sich um benachteiligte Kinder kümmerte. Außerdem war er im Haus- und Grundbesitzerverein aktiv und saß im Aufsichtsrat der Kölner Messe und der Flughafengesellschaft sowie im Verwaltungsrat vom 1. FC Köln. Seinen heimlichen Namen »Der Pate von Köln« trug er ganz offensichtlich zu Recht, doch nach außen war er ein Ehrenmann, ganz offensichtlich. Auf den Fotos im Netz war er auf Karnevalssitzungen zu sehen, auf der Pferderennbahn und auf der Ehrentribüne im Stadion. Seine Frau war eine leicht mollige, etwa gleichaltrige schwarzhaarige Frau – Waltraut, ursprünglich eine geborene Freifrau von Fürstenburg –, die auf allen Festivitäten an seiner Seite zu finden war. Ein Foto aber stach heraus. Es mochte etwa zwanzig Jahre alt sein. Philipp Wartenstein hatte im Literaturhaus einen Vortrag über Mäzenatentum in der Kunst gehalten. Auf einem Bild tauchte eine junge Judith Meinert auf. Mit strahlender Miene stand sie neben ihrem Chef, fast ein wenig verliebt wirkte es, wie sie ihn anschaute.

Ich muss einen Hausbesuch machen, überlegte Faller. Es dürfte nicht so schwer sein, ausfindig zu machen, wo die Sekretärin wohnte.

Doch vorher musste er noch jemanden besuchen.

Es war kurz nach siebzehn Uhr, als er die Bank verließ. Aus den Augenwinkeln meinte er Felix wahrzunehmen, der im Hof in einem Wagen saß, aber vielleicht täuschte er sich auch.

Dreihundert Meter waren es zum Hauptbahnhof. Niemand schien ihm zu folgen. Jedenfalls registrierte Faller keine auffällige Bewegung um ihn herum, nur das übliche Treiben an einem Freitagnachmittag.

Das Wetter war trüb und kalt.

Wie lange hatte eine Staatsanwältin Dienst? Er würde herausfinden, ob Rike schon zu Hause war. »Friedrich-Schmidt-Straße«, sagte er zu dem Taxifahrer, einem jungen Burschen mit schneeweiß gefärbten Haaren. Der Junge nickte. Im Radio lief ein Hip-Hop-Song.

Im Rhythmus klopfte der Fahrer auf das Lenkrad. »Eigentlich bin ich auch Musiker«, sagte er und warf Faller einen Blick über die Schulter zu, dann gab er quietschend Gas. »Nachts sitze ich in meinem Studio und spiele Hip-Hop, kölschen Hip-Hop, nicht so einen Mist wie die Bläck Fööss, verstehen Sie?«

Was haben diese Geräusche aus dem Radio mit Musik zu tun?, hätte Faller beinahe gefragt, dann schloss er lieber die Augen.

Helen, ich werde wirklich alt, sagte er stumm in sich hinein. Ist mir früher nie so aufgefallen, aber es ist wohl so.

Helen lächelte und nickte dann.

Das Taxi hielt mit quietschenden Reifen vor einem Haus, das aussah, als hätte hier ein Bauhausarchitekt vor vielen Jahren seine Träume verwirklicht: ein weiß verputzter, kantiger Bau, dessen zwei Etagen wie versetzt wirkten, als würde die obere Hälfte gar nicht richtig auf die untere passen. Die Fenster waren schmal und machten einen abweisenden Eindruck, aber vermutlich würde es auf der hinteren Seite anders aussehen. Vor einer Garage, die direkt an das Haus angebaut war, stand kein Auto. Ein Plattenweg führte zum Eingang hinauf. Eine Rampe zeigte an, dass man nun auch als Rollstuhlfahrer leicht ins Haus gelangen konnte.

Faller spürte seine Befangenheit. Eben war ihm die Idee, Rike aufzusuchen, noch sehr simpel und einleuchtend vorgekommen. Wie in einem Gedankenflash sah er ihren weißen schönen Körper vor sich, so wie er früher gewesen war. Ihre Brüste waren klein und sehr zart gewesen, und sie hatte immer nach einem bestimmten Parfüm gerochen, dessen Namen sie ihm nie verraten hatte. In ihrem Büro war ihm dieser Duft nicht aufgefallen, aber vielleicht hatte er nicht wirklich darauf geachtet, oder sie verwendete dieses Parfüm nicht mehr.

Am Klingelschild stand statt ihres Namens nur ihr Kürzel U.B. – Ulrike Behr.

Ohne weiter zu überlegen, drückte er auf den Klingelknopf.

Ein lautes, schrilles Läuten schien wie eine Welle durch das Haus zu rauschen, doch nichts tat sich, keine Regung.

Er drückte noch einmal. Wahrscheinlich war sie nicht zu Hause, sondern noch in ihrem Büro in der Staatsanwaltschaft.

Dann jedoch hörte er aus einem Lautsprecher in der Hauswand, den er bisher nicht bemerkt hatte, ihre Stimme.

»Ja. Bitte?«

»Rike? Faller hier – kann ich dich sprechen?«

Er meinte, ihr Zögern zu spüren. Wollte sie ihn sehen – wollte sie, dass er einen Fuß in ihr Haus setzte?

»Einen Moment«, sagte sie dann. »Ich öffne dir die Tür.«

Ein leises Surren war zu vernehmen, dann glitt die Tür mit einem Summen auf.

Ein heller Flur empfing ihn – alles ganz in Weiß gehalten, Fliesenboden, Wände. Keine Bilder an der Wand, nur ein länglicher Spiegel.

Die Tür schloss sich wieder hinter ihm.

Dann rief eine Stimme: »Geradeaus – du musst nur geradeaus gehen.«

Da saß sie, ihm den Rücken zugekehrt, in ihrem Rollstuhl. Sie trug einen blauen Rollkragenpullover und eine weiße Leinenhose, sie war barfuß. In der Hand hielt sie ein Glas mit einer farblosen Flüssigkeit.

»Wie schön«, sagte sie, »und wie überraschend.« Sie lachte auf und griff sich in ihr kurzes schwarzes Haar. »Gerade war mein Coach hier. Deswegen sehe ich so angestrengt aus.«

Du siehst nicht angestrengt aus, wollte er sagen. Du siehst aus wie damals, fast genauso jung und mindestens ebenso schön.

»Coach – du hast einen Trainer?« Er ging um ihren Stuhl herum, und statt sie zu umarmen, nickte er ihr nur zu. Sie deutete auf ein schwarzes Ledersofa, das rechts von ihr stand. Durch ein großes Fenster blickte man in einen Garten – ein Stück Rasen mit einer großen Blumenschale –, dann folgten schon hohe Bäume.

»Ich trainiere jeden Tag. Meinen Oberkörper, aber auch meine Beine. Es gibt ein Programm dafür und Maschinen. Marcel hat die Hoffnung noch nicht aufgegeben, dass ich irgendwann wieder laufen kann. Der Fortschritt der Medizin …« Sie hob die Arme und ließ sie dann sinken. »Möchtest du etwas trinken? Es ist schön, dass wir uns nun schon zum zweiten Mal sehen.«

Er setzte sich. Ja, ihr typischer Duft umwehte sie immer noch, stellte er fest.

»Ich hole dir auch ein Wasser«, sagte sie, nachdem er nicht geantwortet hatte, und lenkte ihren Rollstuhl geschickt in Richtung Flur und von dort vermutlich in ihre Küche. Er hörte sie hantieren, dann fiel etwas zu Boden und zerbrach klirrend. Er hörte sie fluchen und sprang auf, doch einen Moment später war sie mit einem zweiten Glas und einer Flasche Mineralwasser zurück.

»Du bist als Journalist hier, nicht wahr? Wegen deiner Freundin und wegen dieser verschwundenen Journalistin. Hat man sie schon gefunden?« Sie reichte ihm das Glas. Ihre Hände zitterten leicht. Die Flasche nahm er ihr ab und schenkte sich selbst ein.

»Nein, sie ist noch nicht wiederaufgetaucht. Es ist alles sehr seltsam. Ihre Tochter ist völlig neben der Spur, und die Polizei … Wir können uns alle keinen Reim auf diese Sache machen. Aber eigentlich interessiert mich noch etwas anderes.« Er griff in seine Jackentasche und holte das Bild von ihr und Beckie hervor, das er aus dessen Wohnung mitgenommen hatte, und hielt es ihr hin.

Mit zusammengekniffenen Augen betrachtete sie die Aufnahme. »Das ist Tim, mein Cousin. Das war letztes Jahr kurz nach meiner letzten Operation. Da sind wir am Rhein spazieren gewesen.« Sie schaute ihn an. »Warum interessiert dich das?«

»Tim ist dein Cousin? Warum hat er sich umgebracht?«, fragte er, nun im Tonfall eines Ermittlers.

Rike gab ihm das Foto zurück. »Was soll diese Frage? Tim

war einer, der entweder ganz oben oder ganz unten war. Das war immer schon so. Manchmal hatte er die Taschen voller Geld, dann war er so pleite, dass er plötzlich auf der Matte stand und mich anpumpte. Nie hat er einen richtigen Job gehabt – zumindest soviel ich weiß.«

»Wie nah wart ihr euch?«

»Nicht sehr nahe. Seine Eltern sind früh gestorben. Mein Vater hat sich anfangs um ihn gekümmert, aber Tim war wohl keiner, um den man sich wirklich kümmern konnte. Ich habe davon aber nicht viel mitbekommen. Tim ist zwölf Jahre älter. Aber als er von meinem Unfall gehört hat, hat er mich öfter besucht. Er hat sich auch mit Marcel verstanden.«

Das ging also, dachte er, dass man sich mit Marcel, diesem Schönling mit den geföhnten Haaren, verstand.

»Du hast also keine Ahnung, warum Tim sich umgebracht haben könnte?«, fragte Faller.

»Du bist gekommen, um mir solche Fragen zu stellen – nachdem wir uns so lange nicht gesehen haben? Ich war todtraurig, als ich von Tims Tod gehört habe, ja, todtraurig, aber es gab keinen Grund, an dem zu zweifeln, was uns die Polizei gesagt hat.«

»Es gibt Gerüchte, dass er so eine Art Informant war – für die Polizei, vielleicht auch für andere …« Faller trank verlegen einen Schluck Wasser. Er ahnte, dass er mit diesem Satz zu weit gegangen war.

»Soll ich dir solche Informationen beschaffen – Material über meinen eigenen toten Cousin besorgen? Faller, du bist nicht bei Trost, du …« Sie brach ab und rang nach Luft. Eine Ader an ihrer Schläfe pulsierte. Diese Art der Aufregung hatte er an ihr früher nie wahrgenommen.

»Sorry – nein«, beeilte er sich zu sagen. »Nein, ich wollte nur eine Auskunft haben. Anna, die Journalistin, hatte mit Beckie … mit Tim zu tun, daher wollte ich nachfragen.«

Einen Moment schwiegen sie. Selbst Rikes Parfümduft schien sich verzogen zu haben.

Mitten in ihr angestrengtes Schweigen hörten sie das Surren der Tür. Dann eine Stimme, die »Ulrike« rief. Für ihren Freund Marcel war sie also ganz förmlich »Ulrike« und nicht »Rike« – irgendwie beruhigte Faller das.

»Ich hatte noch eine blöde Sitzung mit der Bank, daher ist es später …« Marcel verstummte abrupt, als er Faller auf dem Sofa entdeckte. Doch er fing sich sofort wieder. Sein schwarzes Haar fiel ihm wieder in die Stirn und war perfekt geföhnt. »Oh, Besuch«, brachte er hervor. »Der Journalist, nicht wahr?« Er küsste Rike auf die Wange, was Faller als leicht besitzergreifend empfand, und streckte ihm dann die Hand entgegen. Sein Händedruck war hart und sollte wohl von unerschöpflichem Selbstbewusstsein zeugen.

Wie ist Rike nur an diesen Typen geraten? Dieser Gedanke schlich Faller ungebeten durch den Kopf, und er ahnte, dass er ihm vermutlich sogar anzusehen war.

»Ich bin nur kurz vorbeigekommen«, entgegnete er lauwarm.

Rike lächelte ihren Freund an. »Faller wollte etwas über Tim wissen – über den Selbstmord.«

Marcel setzte sich auf den Sessel, der rechts von Rike stand. »Tim … Er war eine verlorene Seele. Ich konnte mir so ein Ende bei ihm immer vorstellen. Eigentlich war er völlig haltlos. Außerdem war er krank – Lungenkrebs.«

»Sie kannten ihn näher?«, fragte Faller. Marcels Worte überraschten ihn.

»Er ist ein paarmal vorbeigekommen, um Rike zu sehen. Und …« Er warf ihr einen Blick zu, der entschuldigend wirkte, als würde er nun etwas preisgeben, was er ihr nie verraten hatte. »… und er hat mich manchmal um Geld angepumpt. Ein-, zweimal hat er auch für mich gearbeitet.«

Nun war Fallers Interesse endgültig geweckt. »Was hat er für Sie gemacht?« Diesen Marcel zu duzen kam ihm nicht über die Lippen.

»Nichts Großes. Ich habe eine kleine Softwarefirma. Wir

betreuen ein paar kleinere Pflegedienste. Da fallen gelegentlich Arbeiten an, für die man kein großer IT-Experte sein muss.« Mit einem Ruck stand er auf, als wollte er sich von diesem Thema befreien. Er küsste Rike erneut auf die Wange. »Ich springe schnell unter die Dusche, und dann wollten wir doch essen gehen, nicht wahr?« Seine Augen funkelten für einen Moment auf.

Rike nickte, sagte aber nichts.

Faller erhob sich gleichfalls. Diesen höflichen Rauswurf hatte er verstanden. »Ich muss auch gehen«, sagte er, während Marcel hastig den Wohnraum verließ. »Vielleicht können wir ja demnächst einen Kaffee trinken?«

»Gerne«, sagte Rike. Sie wirkte nun angespannt und einsilbig. »Findest du allein hinaus?«

31

Er ging die Straße hinunter Richtung Stadtwaldgürtel, aber nein, eigentlich könnte er auch zu Fuß nach Hause gehen, so weit war es nicht. Es war bereits dunkel geworden, kurz vor neunzehn Uhr. Im Gehen versuchte er auf seinem Smartphone die Softwarefirma zu finden, die diesem Schönling Marcel gehörte. Nach drei Klicks hatte er sie tatsächlich gefunden. »Sanocare – wir sorgen dafür, dass Sie effizient und richtig pflegen.« Geschäftsführer Marcel Hüther. Eine Adresse in der Südstadt, Lothringer Straße. Plötzlich hatte er den seltsamen Gedanken, Marcel Hüther bei irgendetwas überführen zu müssen, zu beweisen, dass eine Frau wie Rike viel zu gut für ihn war.

Doch sein nächster Gedanke warnte ihn davor. Schließlich war er es gewesen, der Rike damals von sich getrieben hatte. An den Namen der Praktikantin, mit der er sie betrogen hatte, konnte er sich wirklich nicht mehr erinnern. Es war eine bodenlose Dummheit gewesen, sich mit ihr einzulassen.

Er ging die Aachener Straße hinunter, vorbei am Melatenfriedhof. Die Tore waren schon geschlossen, doch als er die belebte Hauptstraße verließ, konnte er an einer dunklen Stelle über die Mauer klettern, auch wenn es ihn einige Mühe kostete und er sich beim Sprung hinunter beinahe den rechten Fuß verstaucht hätte.

Schlagartig veränderten sich das Licht, die Geräusche. Von den Laternen und den Autoscheinwerfern wehte nur ein schwaches Glühen herüber, ein halber verschwommener Mond tauchte gelegentlich hinter faserigen Wolken auf. Nun war die Sonne endgültig untergegangen. In den hohen Bäumen rauschte der Wind. Hier auf dem Friedhofsareal war niemand, eine absolute Einsamkeit mitten in der Stadt. Faller versuchte sich zu orientieren, ohne die Lampe an seinem Smartphone anzuschalten.

Wo war Helens Grab? Er passierte die hässliche Trauerhalle, ein steinernes Monstrum in der Dunkelheit, und schritt den Hauptweg voran. Auf einmal trat ihm ein Tier in den Weg, so als hätte es nur auf ihn gewartet. Ein recht großer Fuchs, erkannte er, der sich in dem wenigen Licht sehr langsam, ohne Hast, aber mit großer Sicherheit bewegte. Der Fuchs verharrte mitten auf dem Weg und schaute ihn an. Ein schwaches Licht flirrte in seinen Augen auf. Faller blieb stehen.

Was willst du hier?, fragte ihn der Fuchs. Nachts gehört dieser Friedhof mir.

Faller streckte die Arme aus. Ich kenne hier jemanden, sagte er stumm, nur in seinen Gedanken. Helen, meine Frau, sie ist hier bestattet.

Der Fuchs bewegte sich nicht, seine Augen blieben auf Faller gerichtet, dann jedoch, nach zwanzig, dreißig langen Sekunden, trabte er gelassen weiter.

Faller atmete auf, nicht weil er eine große Gefahr gespürt hatte, sondern weil eine Anspannung von ihm abfiel, als würde er nun hinter eine Grenze gelangen. Er war endgültig im dunklen Reich des Friedhofs angelangt. Ein Vogel schrie über ihm, dann hatte er Helens Grab erreicht. Das kleine Holzkreuz warf ihm einen schmalen Schatten vor die Füße.

Das Grab war erst kürzlich freigegeben worden; kurz vor der Bestattung hatte man noch einen alten Stein beiseiteräumen müssen. Aber obwohl sie nie darüber gesprochen hatten, hatte er gewusst, dass Helens Grab auf diesen Friedhof gehörte, der kaum einen Kilometer von ihrem Atelier entfernt war.

»Helen«, sagte er laut, nur ihren Namen.

Ein paar Sekunden hielt er die Luft an. Was waren sie doch für ein merkwürdiges Paar gewesen – die aufstrebende, kompromisslose Malerin, die sich aus einem Tief hervorgearbeitet hatte, und der einstmals erfolgreiche Journalist, der sich mit langweiligen Auftragsarbeiten abgab.

Und nun?

»Wir werden alles herausfinden«, sagte er leiser, aber noch so laut, dass jemand in der Nähe es hätte verstehen können. »Ich werde herausfinden, warum du sterben musstest. Wer es getan hat. Das verspreche ich.«

Sein Smartphone, das summte, als würde es ihm antworten, kam ihm wie ein fremder, unpassender Laut vor. Er würde das Gespräch nicht annehmen, sagte er sich, doch nach dem fünften Mal gewann seine Neugier.

»Endlich«, sagte atemlos eine Frauenstimme, die er nicht kannte. »Spreche ich mit Robert Faller? Es ist etwas passiert. Matthias ist mit dem Auto verunglückt.«

Matthias? Faller brauchte eine Sekunde, um sich zu übersetzen, dass von Brasch die Rede war. Brasch hatte einen Unfall gehabt und konnte ihn nicht selbst anrufen.

»Wer sind Sie?«, fragte er. Seine Stimme klang hohl und so, als würde sie gar nicht zu ihm gehören.

»Tut mir leid«, sagte die Frauenstimme. »Ich bin Louisa … ich bin … eine Freundin von Matthias. Deshalb haben sie mich wohl informiert. Matthias hatte meine Telefonnummer bei sich …« Sie verstummte abrupt.

Louisa – den Namen hatte er schon einmal gehört, dann fiel es ihm ein. Brasch hatte aus Versehen ihren Namen genannt. Sie war die Hackerin, sie hatte Beckies Handy geknackt.

»Was ist mit Brasch … und dem Mädchen?«, stieß Faller hervor.

»Ich weiß nicht.« Sie klang, als würde sie an einer Zigarette ziehen, aber vielleicht war sie auch nur kurzatmig. »Ich dachte, ich muss es Ihnen sagen. Matthias hat mir Ihre Nummer gegeben … und ich weiß ein wenig, worum es geht …« Sie sprach wieder nicht weiter.

Sie sind die Hackerin, wollte er sagen, doch am Telefon äußerte man so eine Vermutung wohl besser nicht.

»Vielen Dank«, sagte Faller stattdessen. »Wer genau hat Sie angerufen? Das Krankenhaus?«

»Genau«, entgegnete die Frau. Nun wirkte sie entschiedener, als hätte sie eine gewisse Sicherheit zurückgewonnen. »Das Heilig Geist-Krankenhaus im Kölner Norden ... Longerich heißt wohl der Stadtteil. Ich würde selbst hinfahren, aber ... ich habe noch etwas Dringendes zu tun.«

»Ich fahre hin – sofort.« Faller war in einen Laufschritt gewechselt, er war schon an der Friedhofsmauer angelangt, die auf der Seite zur Vogelsanger Straße lag. In fünf Minuten wäre er am Atelier.

»Wünschen Sie Matthias alles Gute«, sagte Louisa, dann legte sie auf, und Faller mühte sich damit ab, über die Friedhofsmauer zu klettern.

Er musste den Volvo suchen. Loretta hatte den Wagen am Neptunplatz abgestellt. Als er losfuhr, fiel ihm ein, dass der Sender noch in der Stoßstange steckte, aber es war ihm gleichgültig. Im Moment spielte es keine Rolle, wer ihn da verfolgte.

Er brauchte fünfzehn Minuten bis zum Krankenhaus, das hell erleuchtet über Longerich hinwegstrahlte. Auf dem Weg zum Eingang wählte er Merles Nummer. War sie auch verletzt worden, oder hockte sie vielleicht starr vor Schreck irgendwo im Krankenhaus? Doch sie nahm das Gespräch nicht an.

Am Empfang fragte er nach Matthias Brasch und Merle Talheim, zwei Unfallopfer.

Ein mittelalter Mann, der sich seine Resthaare über die Glatze gekämmt hatte, schaute ihn gelangweilt an, nachdem er von einem Computerbildschirm aufgesehen hatte. »Und die sollen hier sein?«, fragte er.

Faller spürte, wie Wut in ihm aufstieg. »Ein Unfall ... ich bin angerufen worden.«

Der Mann nickte, dann hob er gemächlich den Telefonhörer an. Was genau er sagte, war für Faller nicht zu hören.

»Ja«, sagte der Pförtner dann. »Unfallstation.« Mit einer vagen Geste beschrieb er den Weg.

Während er loseilte, hatte Faller plötzlich das Gefühl, gleich würde ihm jemand eine Todesnachricht überbringen. Ein verheerender Unfall mit zwei Schwerverletzten, die mittlerweile gestorben waren.

Er betrat die Station. Auf den Gängen standen Bänke, auf denen fünf, sechs Leute warteten. Einer hielt sich die rechte Hand, die er notdürftig bandagiert hatte, doch der Verband war schon blutdurchtränkt. Hinter einem Schalter saß eine ältere Krankenschwester, die erst aufblickte, als er vor ihr stand.

Er fragte nach zwei Unfallopfern, die vor ein, zwei Stunden eingeliefert worden waren – ein Mann und eine junge Frau.

»Sind Sie ein Angehöriger?«, fragte die Krankenschwester.

»Ich bin der Vater des Mädchens«, log Faller. »Der Fahrer des Wagens ist ein Freund. Meine Tochter wollte mit ihm zu Abend essen. Ich sollte später dazukommen.«

Die Frau nickte, dann blickte sie auf ihren Computer. »Die junge Frau ist schon auf der Station. Einzelzimmer. Sie hat Schnittwunden an den Armen und eine schwere Gehirnerschütterung. Sie wurde sediert und schläft jetzt.«

»Und der Mann?«

»Im OP«, sagte die Frau. »Wohl mehrere Knochenbrüche. Da müssen Sie sich gedulden, bis wir mehr wissen.«

»Ist er in Lebensgefahr?«

»Bedaure.« Die Krankenschwester blickte ihn offen an. »Mehr kann ich nicht sagen, aber Ihre Tochter können Sie bestimmt morgen früh sehen.«

Faller war im Begriff, sich abzuwenden. Sollte er versuchen, zu Merle zu gelangen? Aber wenn sie schlief, würde sie ihm nichts mitteilen können. Dann wandte er sich noch einmal um. »Können Sie mir sagen, wo der Unfall passiert ist?«

»Tut mir leid.« Die Frau lächelte matt. »Das wissen wir nicht, aber wenn der RTW zu uns kommt, muss es hier im Kölner Norden passiert sein.«

Als er sich endgültig umwandte, stand eine Frau vor ihm, die ihn verlegen ansah. Sie trug eine schwarze Motorradkluft und mochte Anfang dreißig sein; auffällig war ihr großer Mund, der, da sie einen dunkelroten Lippenstift aufgetragen hatte, noch größer und auffälliger wirkte. Blond gefärbte Locken fielen ihr bis auf die Schultern.

»Sorry«, sagte sie, »ich musste doch vorbeikommen. Ich bin Louisa. Wie geht es Matthias?«

32

Sie hatte einen bayrischen Akzent, fiel Faller auf, und sie hätte gut ein Fotomodell oder eine leicht extravagante Schauspielerin sein können.

»Du bist die Hackerin?«, fragte Faller verblüfft.

In ihrem blutroten Mund leuchteten weiße Zähne auf. »Ich bin eine freiberufliche IT-Spezialistin«, erwiderte sie. Dann wiederholte sie ihre Frage. »Was ist mit Matthias?«

Faller erklärte in Kürze, was er herausgefunden hatte. »Der Unfall muss hier in der Nähe passiert sein.«

Louisa zog ihr Smartphone hervor. »Ich könnte versuchen, herauszubekommen, ob die Polizei eine Unfallmeldung herausgegeben hat. Warum ist das wichtig, wo der Unfall passiert ist?«

»Ich möchte den Wagen sehen«, sagte Faller, »und herausfinden, ob es wirklich ein Unfall war oder ob …« Er sprach nicht mehr weiter.

Louisa blickte vom Display ihres Smartphones auf. Ihre Augen waren dunkelbraun, und auch diese Farbe hatte sie betont, indem sie sich um die Augen braun geschminkt hatte. »Oder ob etwas anderes dahintersteckt?«, vollendete sie seinen Satz.

Faller nickte. Brasch hatte seine Freundin offenbar ins Bild gesetzt. »Außerdem wollte Brasch etwas abholen, eine Tasche. Es wäre gut zu wissen, wo die Tasche jetzt ist.«

»Wissen wir, von wo Matthias losgefahren ist und wohin er wollte?« Louisa brachte ihr R bayrisch rollend über die Lippen.

»Vom Atelier in Ehrenfeld zu sich nach Langel«, erwiderte Faller.

»Wir könnten die Route abfahren«, sagte Louisa. »Möglicherweise entdecken wir etwas, und falls nicht, könnte ich mich an anderen Stellen umsehen.« Ein flüchtiges Lächeln streifte ihre dunkelroten Lippen.

Sie gingen wie selbstverständlich nebeneinanderher zu Fallers Volvo. Nachdem sie eingestiegen war, schaute Louisa ihn kurz von der Seite an. »Matthias hat mir einiges, aber nicht alles erzählt. Es geht um deine Frau und die Journalistin.«

Faller nickte und startete den Wagen. Als er ein paar hundert Meter weiter an einer Ampel halten musste, stieg er hastig aus und zog den Sender hinter der Stoßstange hervor.

Die Straßenbahn, die ein Stück vor ihm vorbeirauschte, erreichte er noch, bevor sie so wieder richtig Geschwindigkeit aufgenommen hatte. Der Magnet am Sender wurde sofort von dem Metall der Bahn angezogen. Nun würde das Ding seine Runde durch Köln ziehen.

Louisa lächelte, als er wieder am Steuer saß. »Ein Tracker – weißt du, von wem?«

»Wahrscheinlich von den Albanern.« Faller hatte beschlossen, vom Atelier aus die Strecke abzufahren, die Brasch wahrscheinlich genommen hatte – die Venloer hinauf, dann den Gürtel bis zur Autobahn.

Louisa hatte sich ein Kaugummi in den Mund gesteckt. Faller betrachtete ihr Profil aus den Augenwinkeln. Wie war Brasch an so eine Frau gekommen?

»Ganz schnell in Kurzform«, sagte Louisa, als hätte sie seine Gedanken gelesen. »Ich bin vierunddreißig, komme aus Bayern, aus einem Dorf bei Rosenheim, zwei Semester Medizin in München, war aber nichts für mich, dann ein Jahr zu Fuß durch Vietnam und Kambodscha, da habe ich dann einen Kölner getroffen, war aber auch nach kurzer Zeit nichts für mich. Nun bin ich Escortdame und beschäftige mich mit IT.«

»Das alles in dreißig Sekunden – alle Achtung«, sagte Faller.

Louisa blies ihr Kaugummi auf und ließ die Blase dann zerplatzen. »Journalisten mögen es doch kurz und knackig, oder nicht?«

»Ja«, sagte Faller. »Am besten kurz und knackig.« Er bog

auf die Autobahn. Von einem Unfall auf der Gegenfahrbahn war nichts zu sehen, aber wahrscheinlich wären die Aufräumungsarbeiten schon beendet. Das war überhaupt das Wahrscheinlichste – dass sie nichts mehr entdecken würden.

»Und Brasch hat dich als Escort gebucht?«, wagte Faller zu fragen. So weit ging seine Neugier nun doch.

»Unsinn!« Louisa konnte nicht nur das R, sondern auch das U wunderbar dunkel betonen. »Ich hatte Ärger mit einem Klienten befürchtet, deshalb hatte ich mir einen Privatdetektiv als Schatten für den Abend genommen. Den Ärger gab es dann auch und Matthias in der Nacht dazu. Er ist so brillant altmodisch, und er redet nicht viel. Das mag ich – unter anderem.«

Faller verließ die Autobahn und fuhr den Gürtel entlang. Nirgendwo letzte Spuren eines Unfalls. In Höhe der Venloer Straße wendete er. Wenn es hier einen Unfall gegeben hatte, dann lediglich mit leichtem Blechschaden. Hier schlich man bei all den Radfahrern und Fußgängern, die sich kreuz und quer bewegten, allenfalls mit dreißig Kilometern in der Stunde entlang.

Louisa hatte ihr Smartphone hervorgeholt. »Hier«, sagte sie. »Nun habe ich die Unfallmeldung. Abfahrt der Autobahn 57 Richtung Chorweiler. Ein Fahrzeug hat mit zu hoher Geschwindigkeit die Ausfahrt genommen.«

Faller brauchte knapp zehn Minuten bis zur Abfahrt Chorweiler, einer lang gezogenen Gerade, die dann in einer scharfen Kurve auslief. Hier musste Brasch die Kontrolle über seinen Wagen verloren haben. Ein Feuerwehrwagen stand mit Warnleuchten an der Unfallstelle, anscheinend war auch Benzin ausgelaufen, ein Stück weiter hatte man Braschs schwarzen BMW auf einen Abschleppwagen gezogen, der im Begriff war loszufahren. Louisa schaute sich um, während Faller mit geringer Geschwindigkeit weiterfuhr.

»Der Wagen sieht schlimm aus.« Der Schreck war Louisas Stimme anzumerken. »Von dem Motorblock ist nicht mehr viel übrig. Totalschaden, würde ich sagen.«

Faller blickte kurz in den Rückspiegel. In der Dunkelheit war allerdings nicht viel zu erkennen. Am liebsten hätte er angehalten, um zu sehen, wohin der Abschleppwagen den BMW brachte.

»Brasch muss diese Kurve doch im Schlaf beherrschen«, sagte er. Dann fiel ihm die Tasche wieder ein. »Hast du heute noch etwas vor?«, fragte er.

Louisa sah ihn neugierig an, dann lächelte sie so, dass ihre Zähne erneut aufblitzten. »Meinst du, ob ich heute noch als Escort unterwegs bin? Nein, als hätte ich es gewusst, habe ich heute nichts vor. Allerdings würde ich nachher gerne nachschauen, ob das Computerprogramm des Krankenhauses mir etwas verrät. Jetzt, nachdem ich den Wagen gesehen habe, mache ich mir doch ein wenig Sorgen um Matthias.«

Nach Köln-Ossendorf, auf den Parkplatz eines Abschleppunternehmens, wurden die Unfallwagen gebracht. Louisa brauchte keine zwei Minuten, um das herauszufinden.

Faller sah, dass ihre Fingernägel die gleiche Farbe aufwiesen wie ihre Lippen.

Als sein Smartphone summte, schaute er kurz auf das Display. Eine unbekannte Nummer. Er nahm das Gespräch nicht an. Dann vibrierte es gleich noch einmal, und der Name »Münter« leuchtete auf. Helens Galerist entpuppte sich als eine ausgemachte Nervensäge. Faller fluchte laut. Niemals würde Valentin Graf ein Bild bekommen, das Helen gemalt hatte.

»Ich rede niemals über meine Kunden«, sagte Louisa, während Faller eine Ausfahrt nahm, um auf den Militärring zu gelangen, von dem er dann nach fünf, sechs Kilometern nach Ossendorf einbiegen müsste. »Aber in deinem Fall mache ich mal eine Ausnahme. Ich hatte einmal einen besonderen Auftrag. Ein älterer Maler, weltberühmt, doch nach einem Drink bin ich gegangen.«

Sprach sie von Graf?

»Er wollte erst ins Bett und dann ins Atelier. Er wollte mich malen. Aber so was mache ich nicht. Ich bin doch kein Akt-modell.« Ihre Empörung wirkte nun echt. »Er hat mich dann noch ein weiteres Mal eingeladen, und ich bin hin ... weil ich das Atelier sehen wollte. Ein riesiger Kasten mit einem Tor, da kannst du ein Schiff hineinschieben. Bist du mal da gewesen?« Sie schob sich erneut ein Kaugummi in den Mund.

Faller schüttelte den Kopf. »Nein«, sagte er, obschon es nicht stimmte. »Da bin ich nie gewesen. Hat mich nicht inte-ressiert.« Auch das war gelogen.

»Eine öde Gegend, kann ich dir sagen ... Da wohnen nur alte, reiche Leute. Aber das Atelier ist toll – riesige Bilder an den Wänden, und ein Foto hing auch da. Von einer Frau ...« Sie hauchte die letzten Worte hinaus. Von einer Frau ... Helen ... Also hatte Brasch ihr doch mehr erzählt.

»Nun will Graf unbedingt ein Bild von Helen kaufen, aber ...«

»Aber du willst nicht«, vollendete Louisa seinen Satz. »Kann ich verstehen. Würde ich auch nicht machen.«

»Ich muss wissen, warum sie gestorben ist«, sagte Faller. »Das ist alles, was zählt.«

»Okay«, sagte Louisa, als hätte er ihr einen Befehl erteilt.

Das Gelände der Abschleppfirma war eingezäunt und hell erleuchtet. Hinter einem länglichen Metalltor saß in einem Häuschen ein Pförtner und daddelte offensichtlich auf seinem Smartphone herum, hinter ihm flimmerte ein Fernseher bunte Bilder in die Dunkelheit hinaus. Irgendeine Sitcom.

»Du bist ein Schreiber«, sagte Louisa. »Hast du schon ein-mal ein Buch geschrieben?«

»Nein«, sagte Faller. »Mache ich aber noch.«

Faller rollte an der Einfahrt vorbei und parkte dann vor einer dunklen Lagerhalle.

Kaum hatte er gebremst, sprang Louisa aus dem Volvo. »Bin gleich wieder da.« Sie lief ein Stück die Straße hinauf und ver-schwand in einem Seitenweg, der hinter der Halle abzweigte.

Es war kurz nach zwanzig Uhr. Hier in dieser öden Gegend

wohnte niemand. Hier arbeitete man tagsüber und verschwand dann sofort wieder.

Faller behielt die Einfahrt zu dem Abschleppdienst im Rückspiegel im Auge. Er hatte sich nicht sonderlich beeilt. Gleich müsste der Wagen mit Braschs schrottreifem BMW ankommen.

Sein Smartphone summte wieder. »Merle«, leuchtete auf dem Display auf.

»Faller«, ihre Stimme klang schwach und weinerlich, »ich bin im Krankenhaus … wir …«

»Ich weiß«, sagte er. »Ich bin schon da gewesen, aber sie haben mich weggeschickt. Wie geht es dir?«

»Beschissen, aber was ist mit Brasch? Ist er tot? Sein Gesicht war ganz blutig, und er hat nichts mehr gesagt und …« Ihre Stimme erstarb. Faller hörte ein kraftloses Schluchzen.

»Er ist nicht tot«, sagte er. »Er wird operiert.«

»Es waren die Bremsen.« Merle war nun kaum noch zu verstehen, so leise und zittrig war ihre Stimme. »Die Bremsen gingen plötzlich nicht mehr. Brasch hat alles versucht, hat die Handbremse gezogen, einen Gang heruntergeschaltet, aber wir waren zu schnell, und dann kamen die Bäume immer näher, keine richtigen Bäume, eher große Büsche, und dann der Knall. Schrecklich! Die Scheibe zersplitterte. Mich hat es nach vorne geschleudert, der Airbag ist mir ins Gesicht geflogen, doch bei Brasch sind die Äste richtig ins Auto gekommen. Ich bin raus. Ich hatte Scherben im Gesicht, mein Nacken tat mir weh, mein Kopf, und dann bin ich richtig zusammengeklappt, meine Beine haben mich nicht mehr getragen. Wach geworden bin ich im Krankenwagen und …« Sie schluchzte nun lauter. »Brasch ist wirklich nicht tot?«, fragte sie.

Faller hatte atemlos zugehört. »Nein, er lebt. Du musst noch im Krankenhaus bleiben, aber du darfst telefonieren?« Was war das mit den Bremsen? Wieso hatten die Bremsen nicht mehr funktioniert?

Er sah, dass Louisa wieder aus der Dunkelheit auf den Wagen zuschritt. Sie hatte zwei Flaschen Bier in der Hand, die sie triumphierend hochhielt.

»Die haben mir meine Sachen ins Zimmer gebracht«, sagte Merle, nun mit festerer Stimme. »Da war mein Telefon dabei, aber ich darf eigentlich nicht aufstehen, und da kommt auch jemand …« Im nächsten Moment brach die Verbindung ab.

33

Louisa stieg ein und hielt ihm eine Flasche Bier hin. Sie lächelte ihn an. »Dachte, wir könnten eine Stärkung vertragen.«

Die Flaschen waren schon geöffnet. Im Rückspiegel bemerkte Faller, dass sich ein Abschleppwagen der Einfahrt näherte. Braschs demolierter Wagen wurde endlich herangekarrt.

»Wo hast du das Bier her?«, fragte Faller, nachdem er einen Schluck getrunken hatte.

Louisas Blick war auf den Außenspiegel an ihrer Seite gerichtet. Sie hatte den Abschleppwagen auch registriert.

»Da vorne gibt es ein nettes, verschwiegenes Bordell. Da hat mal eine Freundin von mir gearbeitet. Gegen einen Zehner haben sie mir gerne zwei Flaschen Bier in die Hand gedrückt. Ist heute Abend auch nicht der Bär los.«

Der Abschleppwagen war nun nicht mehr zu sehen. Wie lange würde es dauern, den BMW abzuladen? Vermutlich nicht mehr als zwei, drei Minuten. Dann müsste Faller irgendwie unentdeckt auf das Gelände gelangen.

Er wartete darauf, dass Merle sich noch einmal meldete, doch sein Smartphone blieb stumm.

»Merle hat es eben geschafft, mich anzurufen«, sagte Faller. »Es waren die Bremsen – bei Braschs Wagen haben die Bremsen nicht mehr funktioniert.«

Louisa starrte weiter auf die leere Straße hinaus. Sie spitzte den Mund, als wollte sie einen Pfiff ausstoßen, doch dann setzte sie nur ihre Flasche wieder an. Eine Sekunde später griff sie in ihre Lederkluft und holte noch etwas hervor.

»Dafür habe ich fünfzig Euro hinlegen müssen.«

In dem matten Schein, den die Straßenlaterne warf, die ein ganzes Stück entfernt stand, sah er, was sie ihm hinhielt: eine simple Kneifzange.

»Damit kann man ein Loch in einen Drahtzaun schneiden, wenn man einigermaßen geschickt ist.«

»Und die hat man dir einfach so für fünfzig Euro gegeben?«, fragte Faller.

»Die Frau an der Bar. Habe gesagt, ich habe eine Panne mit meinem Motorrad und brauche Werkzeug. Aber jetzt bin ich pleite. Kommt alles auf die Rechnung von Matthias – oder auf deine«, fügte sie hinzu.

Faller nickte. »Gleich müssten sie den Wagen abgeladen haben.«

Tatsächlich fuhr wenige Sekunden später ein Abschleppwagen aus der Einfahrt, der zumindest dem Fahrzeug glich, das Braschs BMW aufgeladen hatte.

»Dann *let's go*.« Louisa steckte sich ein weiteres Kaugummi in den Mund. »Am besten fährst du ein Stück zurück und suchst dir eine schöne Stelle im Zaun. Ich gehe zur Pforte und nehme mir den Typen vor, der da sitzt.«

»Und was wirst du mit ihm bereden?«, fragte Faller und startete den Motor. »Schönheitstipps austauschen?«

»Das lass mal meine Sorge sein. Als Escort kenne ich mich mit Small Talk aus.«

Faller wendete und fuhr die Straße zurück. Das Licht, mit dem der Hof des Abschleppdienstes ausgeleuchtet wurde, kam ihm nun noch gleißender vor. Wahrscheinlich wurde die Anlage auch mit Kameras gesichert. Braschs BMW konnte er von der Straße nicht ausmachen.

Louisa warf ihm einen Blick zu. »Fünf Minuten – viel länger werde ich den Mann an der Pforte nicht ablenken können, ohne einen Striptease machen zu müssen, und das habe ich bei diesen Temperaturen eigentlich nicht vor.«

Faller nickte ihr zu. Ihm war mulmig zumute, doch würde es einen anderen Weg geben, an die Tasche zu gelangen, wenn sie denn überhaupt noch im Wagen lag? Wohl nicht.

Louisa ging ein Stück vor ihm her, sie bewegte sich nun anders, schwang die Hüften, als würde sie bereits für eine Rolle üben. Von Weitem schon war der Mann an der Pforte zu sehen. Das Tor war wieder geschlossen. Sonst schien sich niemand mehr auf dem Gelände aufzuhalten, aber das konnte sich jederzeit ändern, falls erneut ein Abschleppwagen auftauchte.

Zielstrebig schritt Louisa auf die Pforte zu. Faller bog nach rechts ab, am Zaun entlang, der etwa drei Meter hoch und oben mit Stacheldraht gesichert war. Ein schmaler Fußweg führte an einer Lagerhalle vorbei, an der kein Licht brannte. Wohin der Weg führte, war nicht zu sehen. Nachdem er fünf Meter gegangen war, blieb er stehen und lauschte. Gab es hier vielleicht einen Wachhund? Aber dann hätte er vermutlich schon angeschlagen. Drei weitere Abschleppwagen parkten direkt am Zaun, zudem ein alter Krankenwagen, der aber anscheinend nicht mehr in Betrieb war. Danach vier normale Pkw, ohne sichtbare Unfallschäden. Wahrscheinlich wurden hierher auch Falschparker abgeschleppt.

Braschs BMW war jedoch noch nicht zu sehen. Der Zaun bestand aus einfachem Maschendraht, in den man tatsächlich mit einer einfachen Kneifzange ein Loch hineinschneiden konnte. Hatte Louisa das schon von der Straße aus erkannt? – Wer war sie überhaupt?

Faller blickte auf sein Smartphone. Neunzig Sekunden waren bereits verstrichen. Hier hinten wurde das Gelände zumindest nicht mehr so hell ausgeleuchtet. Kurz hielt er nach einer Kamera Ausschau, nun setzte er die Kneifzange an. Er brauchte dreißig weitere Sekunden, bis er ein Loch in den Zaun geschnitten hatte, das so groß war, dass er sich hindurchzwängen konnte. Schweiß war ihm unbemerkt auf die Stirn getreten. Das Herz schlug einen harten Beat in seiner Brust. Das Adrenalin, das durch seinen Körper schoss, sorgte jedoch auch dafür, dass seine Sinne scharf und klar arbeiteten. Er lief auf einem schmalen Streifen Gras ein Stück am Zaun entlang, dann entdeckte er den BMW hinter einem roten Fiat, der kaum mehr als ein Haufen rotes Blech war. Ein Scheinwerfer, der hoch an einem Mast mitten auf dem Platz angebracht war, leuchtete diesen Winkel wieder extrem gut aus. Geduckt versuchte Faller, im Schatten des Fiats an den BMW heranzukommen, doch falls unter dem Scheinwerfer auch eine Kamera angebracht war, würde man ihn vorn an der Pforte bestens im Bild haben.

Der BMW sah aus der Nähe aus, als wäre sein Motorblock mit einer Metallpresse bearbeitet worden. Die Fahrertür hing lose im Scharnier, sämtliche Fenster waren zerbrochen. Faller lief zur Beifahrertür, die unversehrt zu sein schien, und wollte sie öffnen, doch sie klemmte oder war verschlossen. Dann versuchte er, die hintere Tür zu öffnen, wieder vergeblich. Offenbar funktionierte die Zentralverriegelung noch. Fluchend lief er wieder um den Wagen herum. Die fünf Minuten, die Louisa ihm gegeben hatte, waren gleich verstrichen. Vorsichtig packte er das Stück Blech, das einmal die Fahrertür gewesen war, schob es ein Stück zurück, um sich hineinzuzwängen. Das metallische Geräusch, das dabei erstand, ließ ihn innehalten. War es so laut gewesen, wie es ihm vorgekommen war? Er musste die Tür noch ein Stück zur Seite drücken, um in den Fußraum abtauchen zu können. Langsam kroch er vorwärts, streckte tastend seine rechte Hand aus. Wo, verdammt, würden sie die Tasche abgestellt haben, vorn im Fußraum oder hinten auf der Rückbank?

Dann geschahen zwei Dinge gleichzeitig. Vor dem Beifahrersitz ertastete er eine Tasche – im selben Moment nahm er ein lautes, irgendwie hysterisch klingendes Bellen wahr.

Panisch warf er sich zurück, stieß sich dabei den Kopf an und riss mit der nächsten Bewegung die Tür endgültig aus der Angel. Mit einem lauten metallischen Krachen fiel sie auf den Betonboden. Dieses Geräusch schien den Hund, der sich näherte, noch wütender zu machen. Sein Bellen jedenfalls klang lauter und zielgerichteter. Faller schaute sich um. Zuerst sah er einen Mann, der zwischen geparkten Wagen in seine Richtung eilte, bevor auch der Hund als riesig langer Schatten im Lichtkegel des Scheinwerfers auftauchte.

Niemals würde er es schaffen, zurück zu dem Loch im Zaun zu gelangen, und selbst wenn, würde der Hund ihm mit Leichtigkeit folgen können. Er warf sich seine Beute, eine aus billigem Plastik hergestellte grüne Tasche mit einem langen Riemen, über die Schulter, lief die fünf Schritte zu dem Zaun und begann hinaufzuklettern. Schon beim zweiten Hochziehen spürte er ein schmerzhaftes Ziehen in der Schulter, doch das Adrenalin in seinen Adern trieb ihn weiter. Irgendwo registrierte er, dass er sich die rechte Hand, kaum dass er sich bis fast ganz nach oben hochgezogen hatte, an einem der scharfkantigen Grate am Zaun aufriss, dass seine Hose sich an einem Drahtende verhedderte, dass ihm schwindelig wurde und dass er ungelenk auf die andere Seite fiel, während der Hund, ein bräunlicher gelber Malinois, sich hinter ihm gegen den Zaun warf.

34

Louisa wartete am Volvo auf ihn. Als er ihr vorwurfsvoll seine blutige Hand entgegenstreckte, verzog sie kurz das Gesicht.

»Immerhin hast du die Tasche.«

Wortlos stieg Faller ein. Seine Hose war völlig zerfetzt, und wenn er die Schmerzen an seinem Hintern richtig deutete, hatte er sich an dem Stacheldraht nicht nur die rechte Hand aufgerissen. Aus Panik war er in die falsche Richtung gelaufen, erst auf ein Stück Brachland zu, anschließend um die dunkle Lagerhalle herum zurück zur Straße. Der Malinois war ihm auf der anderen Seite des Zauns noch bellend und zähnefletschend gefolgt, bis das Grundstück endete und er aufgeben musste.

Im Wagen nahm Louisa vorsichtig seine rechte Hand und rieb sie mit einem blütenweißen Papiertaschentuch ab. »Sorry, aber der Mann da am Tor sprach fast kein Deutsch. Da war mit Small Talk nicht viel zu machen. Ein Portugiese, glaube ich, und dass zu seinen Füßen ein Hund hockte, habe ich erst nicht bemerkt.«

»Du hast recht«, sagte Faller versöhnlicher, »ich habe die Tasche. Und der Wagen sieht wirklich schlimm aus. Ein Wunder, dass Brasch da lebend herausgekommen ist. Hoffentlich sieht sich jemand die Bremsen an.«

Louisa hatte die zweite Bierflasche aus dem Fußraum genommen und hielt ihm eine hin. Faller trank. Allmählich sank der Adrenalinpegel in seinem Körper ab, und er begann, die Schmerzen heftiger zu spüren. Er brauchte eine heiße Dusche, etwas Härteres zu trinken, und dann musste er erfahren, wie es Brasch genau ging.

»Ich bringe dich zum Krankenhaus zu deinem Motorrad«, sagte er, nachdem er den Rest Bier ausgetrunken hatte.

Louisa nickte. »Wenn du meine Hilfe brauchst …« Sie vollendete ihren Satz nicht.

Faller schaute sie an. Wie hatte Brasch diese wunderschöne Frau als Freundin gewonnen?, ging ihm plötzlich durch den Kopf, doch ein weiterer Gedanke folgte sofort: Ich kenne dich nicht und weiß nicht, ob ich dir trauen kann.

»Ich komme zurecht«, sagte Faller. »Vielleicht gibst du mir eine Nummer, unter der ich dich erreiche, falls ich Hilfe brauche.«

Am Krankenhaus verabschiedeten sie sich schweigend, nur mit einem langen Blick.

Louisa sagte: »Also, bis demnächst, und du solltest deine Hand desinfizieren. So ein rostiger Zaun kann einem jede Menge Ärger machen.«

»Alles klar.«

Faller blickte zum dem hell erleuchteten Krankenhaus hinüber. Es war mittlerweile zehn Uhr am Abend. Würde er hier etwas Neues erfahren? Vermutlich nicht. Merle hatte sich auch nicht wieder gemeldet. Er beobachtete, wie Louisa zu ihrem Motorrad hinüberging, ohne sich noch einmal umzuschauen. Sie fuhr eine große BMW, keine ganz billige Maschine. Auch über sie musste er eindeutig mehr in Erfahrung bringen.

Leonie Hansen sah er im letzten Moment auf der Venloer Straße. Er war schon im Begriff, den Blinker zu setzen und in seine Straße einzubiegen. Sie trug ihren auffälligen weißen Mantel, und auch ihr langes blondes Haar leuchtete förmlich zu ihm herüber. Er gab Gas und beobachtete im Rückspiegel, dass sie tatsächlich in Richtung Atelier lief. Wollte sie zu ihm? So spät noch einen Hausbesuch machen? Das konnte bedeuten, dass sie von Braschs Unfall erfahren hatte.

Faller bog auf die Innere Kanalstraße ein. Für einen Moment fragte er sich, wohin er nun fahren sollte. Wenn es jemanden gab, der nicht davor zurückschreckte, Bremsen an einem BMW zu manipulieren, war er gewiss auch in Helens Atelier nicht mehr sicher. Aber warum hätten die Albaner Brasch aus dem Verkehr ziehen wollen?

Sosehr er sich bemühte, Faller sah kein Motiv. Er bog in Richtung Melatenfriedhof ein. Eine Sekunde dachte er daran, sich im Park-Inn-Hotel ein Zimmer zu nehmen, aber dann fuhr er weiter, parkte am Friedhof und ging mit der Tasche über der Schulter in Richtung Atelier. Wie lange würde die Polizistin vor seiner Tür warten? Es war ziemlich kalt, ein ungemütlicher Wind wehte. Da hielt es keiner lange draußen aus. Er näherte sich vom anderen Ende der Straße. Hier konnte man nur wenden und musste dann zurückfahren. Niemand war auf der Straße zu sehen. Kein weißer Mantel hob sich leuchtend aus der Dunkelheit ab.

Er schloss die Metalltür zum Atelier auf und drückte sich hastig durch den Spalt. Im Vorraum machte er kein Licht, sondern stand eine Weile da und lauschte. Kein Geräusch war zu hören. Nichts – ihm war nur, als würde er spüren, wie das Herz in seiner Brust zu schnell und zu hart schlug. Auch im Atelier schaltete er das Licht nicht an, sondern bewegte sich im Schein, den die Lampe an seinem Smartphone warf. Alles wirkte unverändert. Das, was er suchte, fand er beinahe sofort: Merles Jacke. Er ertastete den Schlüssel zu Annas Wohnung und zog ihn hervor. Zwei Minuten später, nachdem er noch Wäsche zum Wechseln eingesteckt hatte, stand er wieder auf der Straße. Keine Polizistin zu sehen, kein weißer Van. Eng an den Häusern entlang hastete er zu seinem Volvo zurück.

Ihm fiel ein, dass er nun allein war, dass Brasch gewiss einige Zeit im Krankenhaus würde bleiben müssen.

Helen, sprach er in sich hinein, die ganze Sache wird immer gefährlicher. Und wenn dieser Hund mich erwischt hätte … Er lächelte unwillkürlich. Kauf dir einen Hund, wenn du dich einsam fühlst, hatte ihm die stumme Helen noch vor einiger Zeit geraten.

Bevor er einstieg, schaute er sich kurz um, ob ihn jemand beobachtete, aber in dieser Gegend der Stadt gab es um diese Zeit weder Passanten noch andere Autos. Wie ein finsterer

Gesteinsblock lag die Trauerhalle da. Er fuhr einige Umwege und stellte den Volvo dann in einer stillen Seitenstraße ab.

In Annas Haus war kein Fenster beleuchtet. Er schloss die Tür auf und schlich im Licht seines Smartphones in die zweite Etage hinauf. Hatte Merle bei ihrem letzten Besuch einen Streifen Tesafilm an die Tür geklebt? Er wusste es nicht, und er nahm sich auch nicht die Zeit nachzusehen, sondern schloss die Tür gleich auf. Dass etwas verändert war, registrierte er sofort. Es war ein Duft, der noch in der Luft lag – Parfüm, ein leichter Zitrusduft. Kein Rasierwasser, also war eine Frau in der Wohnung gewesen. Anna, war sein erster Gedanke, Anna war zurückgekehrt. Im Dunkeln ging er durch die Räume. Er konnte keine Veränderung feststellen. Doch nein, als er in das Bad schaute, sah er, dass in der Toilette eine Zigarettenkippe schwamm.

Jemand war hier gewesen. Ohne Frage.

Faller ging ins Treppenhaus zurück und schlich in die dritte Etage hinauf. Hier befand sich Annas Schlafzimmer, und hier hatte auch Merle gewohnt. Der Wohnungsschlüssel passte auch zu diesem Eingang. Die Tür zu Annas Kleiderschrank war nur angelehnt. Jemand hatte in den Pullovern gewühlt und offensichtlich einen der unteren herausgezogen, ohne die anderen zurückzuschieben.

So unordentlich wäre Anna nie mit ihren Sachen umgegangen. Faller erinnerte sich, wie aufmerksam sie mit ihrer Kleidung gewesen war. Alle drei Tage, so war es ihm vorgekommen, hatte sie damals ihre Bettwäsche gewaschen. Sie war hier gewesen und hatte Merle oder ihm ein Zeichen hinterlassen. Und sie war nicht allein gewesen, sondern hatte eine Art Bewacher dabeigehabt, daher die Kippe in der Toilette, und sonst hätte sie gewiss eine Nachricht hinterlassen. Faller warf auch einen Blick in Merles Zimmer, doch hier deutete nichts auf eine Veränderung hin.

Dann ging er wieder in die zweite Etage hinunter.

Sein Smartphone summte. Eine unbekannte Nummer, er nahm das Gespräch nicht an.

In Annas Wohnzimmer wagte er, eine Stehlampe einzuschalten, weil die Fenster nach hinten zu den Gärten wiesen. Von der Straße waren sie nicht einsehbar. Er legte die Tasche auf dem Boden ab und ging dann ins Bad, um sich endlich seine rechte Hand anzuschauen. Es gab kein Fenster, sondern nur einen schmalen Lüftungsschacht. Daher konnte er sämtliche Lampen anschalten. Die Innenfläche seiner rechten Hand war dunkelrot vor Blut und Schmutz. Er reinigte die Wunde, so gut er konnte. Tief hatte er sich einen Dorn des Stacheldrahts in die Hand getrieben. Anna war zum Glück gut ausgestattet; er fand eine Heilsalbe und eine Packung Pflaster in dem Spiegelschrank über dem Waschbecken.

Dann zog er sich aus und duschte ausgiebig. Als er die Augen schloss, reiste er in der Zeit zurück, fast zwanzig Jahre, in den Spätsommer 2001. Anna und er, kurz vor ihrem Flug nach New York; sie hatten sich in der Dusche geliebt, sie hatte sich an ihn geschmiegt, war dann fast wie ein Kind an ihm hochgeklettert, und er war sanft in sie eingedrungen.

Im Waschbecken summte sein Smartphone erneut, und er riss die Augen auf.

»Broder«, leuchtete auf dem Display. Sein bester Freund hatte länger nichts von ihm gehört und machte sich wahrscheinlich Sorgen. Aber was hätte er Broder sagen sollen? Helen ist ermordet worden, und nun suche ich ihren Mörder?

Nur in ein großes Badetuch gehüllt, ging er in den Wohnraum hinüber. Neben dem Sofa stand eine angebrochene Flasche Wein, die er sofort an die Lippen setzte. Der Wein mochte schon seit etlichen Tagen dort stehen, doch er trank ihn wie Wasser.

Dann zog er Beckies Tasche heran.

35

Samstag

Er schreckte mitten in der Nacht auf, weil sein Smartphone summte. Einen Moment brauchte er, um sich zu orientieren. Nur mit einer Unterhose und einem T-Shirt bekleidet lag er unter einer Decke auf Annas Sofa. Braschs Name leuchtete auf.

»Faller«, Brasch war kaum zu verstehen, »bin gerade aufgewacht, Schulter gebrochen, Prellungen, ach …« Er räusperte sich. »Nachtschwester Michaela hält mir das Telefon ans Ohr … Ich wollte nur Bescheid geben. Du musst aufpassen. Meine Bremsen gingen plötzlich nicht mehr … Gar nichts.« Er hustete. »Die Tasche liegt noch im Auto. Mieka hat sie mir gegeben. Du musst …« Seine Stimme ging in einem tonlosen Krächzen unter.

»Alles in Ordnung«, sagte Faller. Erleichterung machte sich in ihm breit. Brasch lebte also noch. Gleichzeitig wurde ihm klar, wie gefährlich seine Recherchen geworden waren. »Ich komme morgen vorbei. Ich habe alles im Griff.« Er legte mehr Zuversicht in seine Stimme, als er wirklich fühlte.

»Gut. Ich muss auflegen. Die Schwester muss weiter. Hier ist auch nachts viel los.« Die Verbindung wurde unterbrochen.

Es war zwei Uhr dreiundzwanzig, sah Faller auf seinem Smartphone. Er richtete sich auf. Er hatte die Tasche geöffnet, doch dann war er buchstäblich eingeschlafen, fiel ihm ein.

Ein Stück Papier hatte oben auf einem Ordner gelegen. »Wer das liest und etwas Falsches damit anfängt, soll verflucht sein!«

Beckie schien an schwarze Magie geglaubt zu haben.

Den schmalsten Ordner hatte Faller noch herausgeholt. Ein Pass war ihm in die Hände gefallen: mit Beckies Foto auf den Namen Wolf-Dieter Trautmann. In einem Briefumschlag dahinter steckte ein Bündel Geldscheine – in Euro und Dollar.

Die Tasche hatte offenbar Beckies Lebensversicherung darstellen sollen.

Faller zog sich einen Pullover und eine Hose über, die er neben frischer Unterwäsche aus seiner Wohnung mitgenommen hatte. Dann ging er in die Küche und kochte sich im Licht seines Smartphones einen starken Kaffee. Auf der Straße fuhr nur dann und wann ein Auto vorüber. Nichts Auffälliges war vom Fenster aus zu sehen.

Louisa hatte ihm auch eine Nachricht geschickt. Woher hatte sie seine Nummer? Sie hatte ihm zwar ihre Nummer gegeben, aber er ihr nicht seine.

»Damit du mich jederzeit erreichen kannst!!!«, schrieb sie ihm. Die drei Ausrufezeichen sollten wohl ihre besondere Bereitschaft signalisieren. Er schaltete sein Telefon aus und ging dann mit dem Kaffee in den Wohnraum hinüber.

Fünf unterschiedlich farbige Mappen, wie man sie in jedem Papierwarenladen bekam, befanden sich in Beckies Tasche, mehr nicht, keine Waffe, kein Werkzeug, keine Kleidung zum Wechseln. Deshalb war die Tasche auch so leicht gewesen.

In einer lindgrünen Mappe hatten sich der Pass, das Geld und ein Papier mit diversen Nummern befunden. Sehr lange Telefonnummern oder vielleicht auch Kontonummern, genau konnte Faller es nicht sagen.

Er breitete die anderen Mappen auf dem Teppich vor sich aus.

In einer blauen befanden sich Kontoauszüge von einer Bank, die sich W-0724 nannte – alle in englischer Sprache, jedoch waren die aufgeführten Namen in der Regel keine Engländer oder Amerikaner, sondern Deutsche, Italiener, Franzosen, Polen. Fast alle europäischen Nationen schienen vertreten zu sein.

Faller zählte zwanzig Seiten von Kontoauszügen, schließlich erschien ein Blatt, das sein Interesse weit mehr erregte.

Die Bank W-0724 residierte auf den Cayman Islands; es gab jedoch einen europäischen Ableger auf Guernsey, der sich W-Investment nannte – darunter stand eine andere Bank. Beckie hatte die Verbindungen mit Pfeilen kenntlich gemacht: die Wartenstein-Bank Köln.

Weitere Blätter folgten mit schlechten Fotografien von Philipp Wartenstein und seinem Sohn sowie ein Bild, auf dem auch Beckie zu sehen war: ein Gruppenfoto, auf irgendeiner Feier aufgenommen. Beckie stand neben Judith Meinert, Wartensteins Sekretärin, und hatte sogar seinen Arm vorsichtig um sie gelegt.

Was sollte das alles bedeuten? Nun hätte Faller gern Brasch bei sich gehabt. Diese Kontoauszüge zeigten Geschäfte, die Wartenstein mit einer Bank machte, die er augenscheinlich nicht ganz offiziell und im Licht machen wollte.

In einer dritten, gelben Mappe fanden sich fast nur Fotos. Einzelne Häuser, gewöhnliche Mietshäuser, einige Wettbüros, dann ein Club – das »Highlight«, das in Köln am Ring lag. Angelos Laden an der Venloer Straße war auch dabei, wie Faller mit Erstaunen registrierte. Anschließend Aufnahmen eines Anwesens: eine weiße Mauer mit einem großen grauen Tor, über dem sehr sichtbar eine Kamera hing. Auf der Rückseite war die Adresse vermerkt. Hahnwaldweg, also Kölns beste Gegend.

Faller begriff, welches Material Beckie hier gesammelt hatte. Es ging um die Albaner, die Osmani-Brüder. Zwei Bilder zeigten die drei und waren mit ihren Namen versehen: Tarik, der getötet worden war, und Luan und Enver – so hießen die beiden anderen, die offensichtlich ein wenig jünger waren. Eine Aufnahme war vor der Wartenstein-Bank gemacht worden. Tarik Osmani, mit gegelten Haaren und in einem eleganten Anzug, vor dem Portal der Bank. Auf den letzten Seiten waren Firmen aufgeführt, die den Brüdern anscheinend gehörten, sowie mehrere Internetadressen, die alle mit Onlinepoker oder anderen Spielen zu tun hatten.

Faller nahm sein Smartphone und gab die erste der Internetadressen ein, die »Meet-Pokerface« hieß, doch ein Button wies ihn darauf hin, dass die Seite noch nicht freigeschaltet war.

In einer vierten, roten Mappe lag nur ein kleines Diktiergerät. Faller ging in die Küche hinüber, um sich einen neuen Kaffee zu machen. Es war drei Uhr in der Nacht, aber er war hellwach.

Beckie hatte seine Recherchen in dieser Tasche gesammelt – so viel war eindeutig.

War das seine Fluchttasche, die er einfach so bei seiner Freundin gebunkert hatte?

Plötzlich, während er seinen Kaffee aufgoss, hörte er das Klappen der Haustür. Sein Herzschlag wechselte in einen schnellen Rhythmus. Vorsicht spähte er aus dem Fenster. Eine Frau hatte das Haus verlassen und ging zu einem roten Mazda, der auf der anderen Straßenseite parkte.

Wer wohnte unter Anna? Darüber hatte Merle ihm keine Auskunft gegeben, und er konnte sich auch nicht an den Namen auf dem Klingelschild erinnern.

Die Frau startete den Wagen und wendete dann, um in Richtung Stadt zu fahren.

Ansonsten nur Leere auf der Straße.

Faller kehrte in den Wohnraum zurück. Wartenstein hatte mit den Albanern zu tun oder andersherum die Albaner mit der Wartenstein-Bank.

Bevor er das Diktiergerät anschaltete, nahm er die letzte, weiße Mappe hervor. Sie war leer, enthielt nur ein großes Schwarz-Weiß-Foto, das Beckie mit Rike zeigte. Sie saß ganz in Schwarz gekleidet im Rollstuhl und lächelte müde in die Kamera, während er neben ihr hockte und mit offenem Mund und funkelnden Augen glücklich lachte.

Faller betrachtete das Foto fast eine Minute lang. Helen, dachte er, wenn du nicht gewesen wärest, dann würde ich Rike als die Liebe meines Lebens bezeichnen. Da saß eine schöne, schwer verletzte Frau, und in ihren traurigen Augen war zu lesen, dass sie ihr Schicksal kannte und es resigniert angenommen hatte. Warum hatte Beckie dieses Foto mit in seine Notfalltasche genommen? Aus Liebe vermutlich, ja, wahrscheinlich war er in seine viel jüngere, wunderschöne Cousine verliebt und hatte es genossen, ihr helfen zu können.

Aber vielleicht war das Foto auch ein Hinweis, dass Rike mehr wusste. Wer war dieser Tim Beckmann wirklich? Wie war er an all diese Informationen gekommen? Und warum hatte er sie gesammelt und weitergegeben? Und an wen genau?

Behutsam legte Faller das Foto zurück.

Aus einem Grund, den er selbst nicht benennen konnte, zögerte er, das Diktiergerät anzustellen; als könnte er etwas erfahren, das er vielleicht doch nicht wissen wollte.

Dann drückte er auf den Knopf. Die Stimme, die ihm entgegenschallte, ließ ihm die Tränen in die Augen steigen.

Es war Anna – ihre dunkle, volltönende, selbstbewusste Stimme, die er seit so vielen Jahren nicht mehr gehört hatte.

36

»Ja«, sagte Anna ein wenig genervt, als würde sie etwas wieder-
holen, das sie schon mehrmals erklärt hatte, »ich werde meine
Quelle nicht nennen. Als gute Journalistin weiß ich meine
Informanten zu schützen. Das gehört zu unserem Ehrenkodex.
Außerdem werde ich alle Informationen noch einmal checken
und versuchen, Bestätigungen dafür zu finden, bevor ich sie
für mein Buch oder einen Artikel verwende.«

Dann brach der Ton kurz ab. Eine Pause entstand, bevor
Annas Stimme wieder zu hören war. »Es sollte ein Buch über
Spielsucht werden. Das war der ursprüngliche Plan. Dann
bin ich darauf gekommen, dass es nicht nur Wettbüros und
Onlinewetten gibt, sondern dass tatsächlich noch diese geheimen Hinterzimmer existieren, wo Leute zusammensitzen
und heimlich spielen, mit Bündeln voller Geld vor sich, wie
in alten Filmen. So bin ich auf Tarik Osmani gestoßen. Ich
habe ihn ein paarmal getroffen, er hat mir vertraut, doch dann
wurde er erschossen, und ich wusste, dass es um viel mehr
gehen muss.«

Wieder wurde die Aufnahme unterbrochen. Beckie hatte
offenbar ein Gespräch mit Anna so aufgenommen, dass er
jeweils nicht zu hören war.

»Ich habe begriffen«, setzte Annas Stimme wieder ein, »dass
Tarik und seine Brüder groß in das Onlinegeschäft einsteigen
wollten, dazu brauchten sie eine Bank, um gewisse Transak-
tionen tätigen zu können, und deshalb haben sie Aktien der
Wartenstein-Bank gekauft, ziemlich viele, aber natürlich nicht
genug, um irgendeinen Einfluss zu haben. Und dann haben
sie herausgefunden, dass Wartenstein schon richtig drin war,
und …« Anna hielt plötzlich inne. Faller hörte sie tief ein-
atmen, dann wurde die Aufnahme wieder abgeschaltet.

Faller wartete darauf, dass Annas Stimme erneut erklang,

aber es kam nichts mehr. Die Tonaufnahme war beendet, als wäre es Beckie nur darum gegangen, dass Anna ihm versicherte, ihn zu schützen.

Es war vier Uhr am Morgen. Es würde noch eine Weile dauern, bis es hell wurde. Reichte das Material, um zur Polizei zu gehen, um gegen die Albaner vorzugehen? Faller verstand ein wenig mehr, aber er verstand nicht, warum mit Tarik, Beckie und Helen drei Menschen gestorben waren. Weil die Albaner mit Wartenstein Geschäfte machen wollten, die man eher nicht an die große Glocke hängte?

Das war alles nicht plausibel.

Und wo war Anna? Sie war in der Wohnung gewesen, doch wo war sie jetzt?

Er brauchte die nächste Stunde, um die Namen der Albaner bei Google abzusuchen, aber viel gab es da nicht. Tarik und die Geschichte seines Clubs am Ring; er hatte sich mit ein paar Lokalgrößen ablichten lassen. Dann die Story um seinen Tod. Jemand hatte ihn vor seinem Club erschossen und war auf einem Motorrad geflohen. Die Polizei vermutete, dass sich die Albaner mit einer russischen Gang gestritten hatten. Der Polizeipräsident hatte die Sorge formuliert, dass Bandenkämpfe im Milieu wieder aufflammen könnten, aber gleichzeitig versichert, dass die Polizei bestens informiert sei und hart durchgreifen werde. Das war alles zu Tarik, viel mehr gab es nicht. Zu Tariks Beerdigung auf dem Südfriedhof hatte man die Straße absperren müssen, so viele Menschen waren gekommen. Ein Foto im Netz zeigte seine Brüder, die mit Sonnenbrille und in schwarzen Anzügen hinter dem Sarg herschritten.

Dann noch drei Berichte über die Razzia, bei der man auch Anna erwischt hatte, aber es wurde nur von einer Person namens E. gesprochen und nicht einmal erwähnt, dass es sich um Enver, Tariks jüngsten Bruder, handelte.

Als er die Fotos noch einmal durchging, blieb er an dem Bild von Angelos Sportsbar hängen. Wieso befand sich dieses Foto in den Unterlagen? Hatte Beckie all die Häuser fotografiert, die den Osmani-Brüdern gehörten? Dann musste Angelo mehr über sie wissen.

Faller lehnte sich zurück. Ein erstes Licht färbte den Himmel. Seine Müdigkeit kehrte zurück. Er schloss die Augen, und wieder meinte er, Annas Geruch zu spüren, als wäre sie eben erst aus dem Zimmer gegangen. Er merkte selbst, dass er wieder einschlief, dass er irgendwo in einem lichten Traum davontrieb, in dem Anna und Helen eine Rolle spielten, als wären sie gleichzeitig bei ihm. Dann sah er wieder die tote Helen vor sich, über die sich in dem Rettungswagen ein Sanitäter beugte, und schrak auf. Er mochte zwei Stunden unruhig geschlafen haben.

Allein um die Wahrheit über Helens Tod herauszufinden, musste er mit einem der Albaner sprechen.

Er verarztete noch einmal seine schmerzende Hand, zog sich an und kochte sich den nächsten Kaffee. Dann war es kurz vor acht, und er rief in der Praxis von Mieka an.

»Hier spricht Michaela Brunner«, meldete sie sich mit einer förmlichen, gestellt klingenden Stimme, »Sie rufen außerhalb meiner Sprechstunden an. Wenn Sie ...«

Als er schon auflegen wollte, wurde die Ansage unterbrochen, und eine müde Stimme meldete sich, mit einem fragenden »Ja, Michaela Brunner?«.

»Robert Faller«, antwortete er. »Wir haben uns getroffen ...«

»Ich weiß«, sagte sie. »Gibt es etwas Neues zu Tim?«

»Brasch hat gestern die Tasche geholt«, sagte Faller. Er überlegte, dessen Unfall zu erwähnen, ließ es aber. »Ich habe sie jetzt. Hat Beckie ...? Hat Tim etwas dazu gesagt? Warum er Ihnen die Tasche gegeben hat?«

»Nein, hat er nicht. Ich sollte sie nur irgendwohin legen. Mehr hat er nicht gesagt. Was ist in der Tasche? Ich hatte Angst, sie mir anzusehen. Ich dachte, vielleicht gibt es da einen Brief ... mit Vorwürfen ... mit ...« Sie verstummte.

Sie hatte tatsächlich nicht hineingesehen? Nachdem ihr Freund auf rätselhafte Weise ums Leben gekommen war?

»Ein paar Unterlagen – und Geld«, erwiderte Faller. »Ich habe es noch nicht gezählt. Ich glaube nicht, dass Tim sich umgebracht hat. Da war auch kein Abschiedsbrief, sondern Kontoauszüge von einer Bank.«

»Verstehe«, sagte Mieka, obwohl Faller ihr anhörte, dass sie genau das nicht tat.

»Ich würde die Unterlagen gern eine Weile behalten. Das Geld bringe ich nachher, okay?«

»Okay.« Sie klang traurig, sie hatte etwas anderes erwartet – erwartet und befürchtet zugleich.

»Tim hat einmal bei der Wartenstein-Bank gearbeitet, nicht wahr? Wann war das? Können Sie sich erinnern? Und da hat er jemanden kennengelernt, mit dem er sich häufiger getroffen hat?«

»Ich weiß es nicht.« Mieka flüsterte nun beinahe. »Wir waren ehrlich gesagt nicht immer zusammen. Tim konnte das nicht, immer treu sein, immer da sein. Ich glaube, bis zum letzten Frühjahr war er bei der Bank so eine Art Nachtwächter … Nein, erst hat er am Tag da gearbeitet, dann in der Nacht.«

»Judith Meinert – sagt Ihnen der Name etwas?«, fragte Faller dann.

»Was soll das?« Mieka schaltete nun in einen anderen Modus um. »War das eine von Tims Freundinnen? Was soll diese Frage?«

»Ich versuche ein paar Dinge herauszufinden«, erwiderte Faller vage. Er begriff, dass er die falsche Frage gestellt hatte und nun von Mieka nichts mehr erfahren würde.

»Ich muss auflegen«, sagte sie dann auch. »Eine Freundin kommt gleich zur Behandlung. Ja, bringen Sie das Geld und die Tasche zurück. Wahrscheinlich hätte ich sie euch gar nicht geben dürfen.«

Im nächsten Moment unterbrach sie die Verbindung.

Beckie war tot, und seine Freundin hatte keinen Blick in die Tasche geworfen. Faller konnte es kaum glauben, aber wahrscheinlich hätten die meisten Dinge, die Beckie da gesammelt hatte, keine Bedeutung für sie gehabt.

37

Er fuhr eine Weile durch die Stadt. Das Radio brachte belanglose Nachrichten, dann Musik, dann belanglose Nachrichten. Der Himmel war wolkenverhangen, einer dieser trostlosen, kalten Oktobertage, von denen es so viele in Köln gab. Und so wie das Wetter war auch seine Stimmung. Brasch fehlte ihm, sogar die Anwesenheit der ewig nörgelnden Merle wäre ihm nun lieb gewesen.

Gegen kurz nach neun rollte er zum zweiten Mal an Angelos Sportsbar entlang. So früh war hier eigentlich nie etwas los, und er konnte sich auch nicht erinnern, dass er an einem Vormittag schon einmal hierhin gegangen war.

Faller parkte an der Moschee und ging die paar hundert Meter zurück. Wieder nichts Auffälliges. Kein Van, keine Leonie Hansen.

Angelo stand schon hinter seiner Bar und polierte Gläser, sonst war niemand da, aber zwei Bildschirme waren schon eingeschaltet. Angelo starrte auf den größeren. Da fand ein Hunderennen statt; laut kläffend lief eine Meute im Kreis. Angelo schien ganz fasziniert von diesem Anblick zu sein. Er wandte erst den Blick, als das Rennen zu Ende war und Faller vor ihm stand.

»Bist heute früh auf«, sagte Angelo, nicht so freundlich wie sonst. Seine Augen hinter den Brillengläsern blitzten auf.

»Ich suche jemanden, den ich dringend sprechen muss«, sagte Faller, »und du kannst mir helfen.«

Angelo hob die Augenbrauen und drehte sich zu seiner Espressomaschine um.

»Wem gehört eigentlich dieser Laden?« Faller versuchte beiläufig zu klingen. Eine weitere Hundemeute hatte sich auf die Jagd gemacht und jagte nun hinter einem Fuchs aus Stoff her. »Haben die Wettanbieter hier das Sagen? Oder wie läuft das?«

Angelo schob ihm eine kleine Tasse Espresso zu.

»Das ist ganz verschieden«, sagte Angelo, trat einen Schritt zurück und straffte sich. Es sah beinahe militärisch aus. »Was willst du, Faller?«, fragte er mit einer Stimme, so hart und entschieden, wie er noch nie geklungen hatte.

»Der Laden gehört dir nicht – er gehört den Osmani-Brüdern, nicht wahr? Man sieht sie hier nie, aber sie kassieren hier ab.« Faller nippte an seinem Kaffee, ohne Angelo aus den Augen zu lassen.

»Einundfünfzig Prozent«, sagte er. »Ihnen gehören einundfünfzig Prozent. Ich hatte ein paar Probleme, da musste ich sie mit ins Boot nehmen. Ist aber auch besser so. Kriegt man keinen Ärger. Und man weiß, an wen man sich wenden kann, sollte es doch mal Probleme geben.«

Faller setzte die Tasse wieder ab. Eine Putzfrau kam aus einem der hinteren Räume und zog einen riesigen Staubsauger hinter sich her. Sie verharrte kurz und näherte sich dann, als Angelo ihr ein Zeichen gab.

»Gut«, sagte Faller. »Dann kostet es dich ja nur einen Anruf. Ich muss einen der beiden Albaner sprechen. Schnell, heute noch. Ich habe ein paar Dinge herausgefunden und bin auch im Besitz von Material, das sie interessieren könnte.«

Angelo schüttelte langsam den Kopf, wie ein gutmütiger Vater, der resignierend seinen Sohn betrachtet, der auf Abwege geraten war. »Faller, ich habe dir doch schon gesagt, dass es so nicht läuft. Die Osmanis sind misstrauisch, nun nach Tariks Tod ganz besonders. Sie treffen dich, wenn *sie* wollen.«

»Sie wollen, da bin ich ganz sicher.« Faller wandte sich zum Gehen. »Und wenn nicht, werde ich ihnen in ihrem schönen Anwesen am Hahnwaldweg einen Besuch abstatten.«

Als er an der Tür war, begann der Staubsauger loszudröhnen. Angelo hinter seiner Bar hatte sich jedoch keinen Zentimeter gerührt. Aber das würde er gleich tun, um zum Telefon zu greifen. Da war Faller sich sicher.

Leonie Hansen wartete vor der Tür auf ihn. Sie rauchte, was bei ihr geziert aussah, als würde sie sich gerade ganz konzentriert ihrer ersten Zigarette widmen. Sie strich sich eine Strähne ihres langen blonden Haars zurück und warf dann die Zigarette vor sich, um sie entschlossen auszutreten.

»Warum bin ich gar nicht überrascht, Sie zu sehen?«, sagte Faller. »Die Polizei kennt offenbar kein Wochenende.«

Leonie Hansen zwang sich ein Lächeln ab. »Ich würde gerne ein paar Neuigkeiten erfahren«, sagte sie. »Hatten wir nicht eine Abmachung? Was gibt es Neues zu der verschwundenen Journalistin?«

»Wir hatten keine Abmachung. Jedenfalls erinnere ich mich nicht daran«, erwiderte Faller.

»Ihr Freund, der ehemalige Kriminalkommissar Matthias Brasch, hatte einen Unfall«, sagte die Polizistin ernst. Sie schaute ihn erwartungsvoll an.

»Ja«, erklärte Faller. »Da sollte sich die Polizei vielleicht einmal den Unfallwagen anschauen, ob da jemand nachgeholfen hat.«

Leonie Hansen kniff ihre Augen zusammen. »Was für eine Vermutung haben Sie? Wer könnte dahinterstecken?«

Faller hob unschuldig die Hände. Die Polizistin kam ihm plötzlich ungewohnt unsicher vor, als würde sie tatsächlich etwas von ihm erfahren wollen. »Ich bin nicht die Polizei. Haben Sie keine Kriminaltechniker, die sich so ein Fahrzeug anschauen können? Ob da jemand etwas manipuliert hat?«

Leonie Hansen schob sich neben ihn, als er die Venloer Straße hinunterging, in Richtung des Ateliers.

»Sie sollten wirklich mit uns zusammenarbeiten«, sagte sie in einem sehr förmlichen Tonfall. »Diese verschwundene Journalistin könnte uns helfen, ein paar Dinge zu klären, die für die nationale Sicherheit von Bedeutung sind.«

Faller blieb für einen Moment stehen. »Für die nationale Sicherheit? Haben Sie es nicht eine Nummer kleiner?«

»Unser Land ist vielen Bedrohungen ausgesetzt«, erklärte

die Polizistin. »Unsere Aufgabe ist es, diese frühzeitig zu erkennen und Maßnahmen zu ergreifen.«

»Wovon sprechen wir?«, sagte Faller. »Von kriminellen Gangs, von illegalem Glücksspiel?« Er überlegte, die Wartenstein-Bank ins Spiel zu bringen, ließ es dann jedoch.

Als wären sie verabredet, bog die Polizistin mit ihm in seine Straße ein. »Ja«, sagte sie nach ein paar Momenten des Schweigens, »davon sprechen wir vermutlich, unter anderem.«

»Ich fürchte, da kann ich Ihnen nicht helfen.« Vor dem Eingang zum Atelier machte Faller halt. Die Tasche mit Beckies Material hatte er in Merles Zimmer unter den Holzbrettern versteckt, wo auch der Brief von Anna gelegen hatte. Kein wirklich gutes Versteck, aber bei ihm würde man nichts finden.

»Ich werde gleich ins Krankenhaus fahren und Brasch besuchen«, sagte er. »Wenn ich etwas herausfinde, lasse ich es Sie wissen.« Er nickte der Polizistin zu.

Leonie Hansen starrte ihn dunkel an. Ganz offensichtlich hatte sie sich mehr von ihrer Unterredung versprochen. »Ich möchte Sie wirklich zur Kooperation anhalten«, sagte sie. »Und keinesfalls sollten Sie sich strafbar machen und Material, das der Aufklärung von Verbrechen dienen kann, uns vorenthalten.«

Plötzlich war er sicher, dass nicht die Albaner ihm den Sender an den Volvo befestigt hatten, sondern dass Leonie Hansen es gewesen war, und nun ärgerte es sie, dass sie nicht mehr im Bilde war, was er tat und wohin er fuhr. Oder wusste sie, dass er in Braschs BMW etwas gefunden hatte?

»Wenn ich etwas herausfinde, lasse ich es Sie wissen«, wiederholte Faller. Er schloss die Tür zum Atelier auf.

Die Polizistin blieb zurück. Im Atelier war alles unverändert. Hier war niemand gewesen. Faller blieb an der Holzfigur stehen, die er für sich »Das Kind« genannt hatte. Diese Statue ohne Kopf und Hände. Er strich ihr über den Rücken. Was hatte Helen in dieser Figur gesehen?, fragte er sich für einen Moment, dann ging er in die Küche und sah zum Fenster hinaus. Leonie Hansen telefonierte mit ernstem Gesicht, den Blick auf seine Eingangstür gerichtet. Wenn sie einen Grund konstruieren könnte, würden in einer Stunde ein paar Polizisten die Wohnung durchsuchen und keinen Stein auf dem anderen lassen. Da war Faller sich sicher, aber was sollte der Grund sein? Sie hatte keinen – das mochte ihre schlechte Laune erklären.

Noch während er am Fenster stand, versuchte er, Brasch zu erreichen, doch nach viermaligem Läuten sprang nur dessen Mailbox an.

Merle war jedoch sofort am Apparat. »Ich will nach Hause«, rief sie. »Heute Morgen war schon eine Polizistin hier und hat mich befragt. Von der Tasche, die wir abgeholt haben, habe ich ihr nichts erzählt – das war doch richtig so, oder nicht?«

Bevor Faller etwas erwidern konnte, hörte er eine Stimme im Hintergrund. Offenbar war eine höchst energische Krankenschwester ins Zimmer gekommen.

»Ich muss auflegen«, murmelte Merle hastig.

38

Was hatte Leonie Hansen vor? Warum bedrängte sie nun sogar Merle?

Brasch ging immer noch nicht an sein Telefon. Dafür aber meldete sich Louisa mit einer Nachricht.

»Matthias liegt auf der Intensivstation. Fahre nachher mal zu ihm. Alles gut?«

Alles gut? Was glaubte sie – dass sich alle Fragen in Luft aufgelöst hatten? Oder war das nur ihre Art, ihre Neugier auszudrücken, was alles in der Tasche gewesen war?

Brasch fehlte ihm, stellte Faller erneut fest. Mit Helen hatte er sich über alles ausgetauscht, vor ihr hatte er so gut wie keine Geheimnisse gehabt, aber ansonsten waren seine Kontakte in den letzten Jahren äußerst oberflächlich gewesen. Mit Lucca, den er fast jeden Tag gesehen hatte, würde er nicht über die Tasche sprechen können und mit seinem Vater, dem alten klugen Professor, auch nicht. Dessen Ratschlag kannte er außerdem bereits. Nimm die Tasche und geh zur Polizei! Dort wird man dir weiterhelfen! Aber genau das glaubte er nicht. Und Broder, seinen besten Freund, hatte er zu lange vernachlässigt, um jetzt bei ihm aufzutauchen. Außerdem hätte er eine Menge erklären müssen.

Als er wieder aus dem Küchenfenster blickte, war die Polizistin endlich verschwunden.

Sein Smartphone summte, und er glaubte, Brasch habe doch einen Weg gefunden, ihn anzurufen, doch es war eine Nachricht von Mieka, die eingegangen war. Sie hatte ihm drei Fotos geschickt. Auf dem ersten Foto erkannte er Mieka und Rike, die nebeneinander hergingen. Rike wurde von ihrem Schönling-Freund geschoben. Beide waren ganz in Schwarz gekleidet. Beckies Trauerfeier, eindeutig, auch die zwei weiteren Fotos zeigten Trauergäste auf einem Friedhof. Aber erst beim Betrachten des dritten Fotos begriff Faller, warum Mieka ihm die Fotos hatte zukommen lassen. Judith Meinert stand an einem offenen Grab, eine Rose in der Hand. Sie war im Hintergrund auch auf den anderen Bildern zu sehen, doch auf diesem war sie die Hauptfigur, eine trauernde, tief erschütterte Frau vor der letzten Ruhestätte eines Freundes – oder eines heimlichen Geliebten.

Also hatte Mieka genau gewusst, von wem Faller gesprochen hatte, als er sie nach Judith Meinert gefragt hatte.

Judith Meinert und Beckie – war sie die undichte Stelle in der Bank? Hatte Beckie seine Unterlagen von ihr?

Aber diese seriöse Sekretärin und der haltlose, unzuverlässige Beckie – wie passte das zusammen? Vielleicht jedoch hatte genau so ein Mann Judith Meinert gereizt, oder sie hatte mit Wartenstein und dessen Bank noch eine Rechnung offen.

Es war Samstagmittag; da könnte er vielleicht mit seinem Ausweis in die Bank fahren, aber Judith Meinert würde er dort nicht antreffen.

Er rief Mieka an, die sofort abnahm.

»Wann bringst du mir das Geld?«, fragte sie in einem trotzigen Tonfall. Nun duzte sie ihn plötzlich.

»Heute oder morgen früh«, antwortete er. »Danke für die Fotos, aber eines muss ich noch wissen: Wo ist Tim beerdigt worden?«

Sie zögerte einen Moment. »Warum willst du das wissen?« Doch sie wartete nicht auf eine Antwort, sondern sagte: »Auf dem kleinen Friedhof in Fühlingen. Da haben seine Eltern gewohnt und sind auch dort begraben worden.«

»Danke«, sagte er. »Ich habe das Geld übrigens nicht gezählt, aber ein paar tausend werden es wohl sein, und vielleicht hat Tim noch anderswo Konten gehabt. Nachher bringe ich alles vorbei.«

»Tim war niemals treu.« Nun wirkte sie erschöpft und kleinlaut. »Das habe ich immer gewusst. Er war ein Spieler. Ich weiß auch, dass er sich mit seltsamen Leuten eingelassen hat. Haschisch hat er auch geraucht, obwohl ich dagegen war. Aber ich habe ihn geliebt, weil er anders war als ich, freier und viel unkonventioneller, und weil er vor nichts Angst hatte.«

Aber nun ist er tot, hätte Faller beinahe erwidert, stattdessen verabschiedete er sich. Er brauchte fünf Minuten, um Judith Meinerts Festnetznummer im Netz zu finden. Sie wohnte in Bayenthal, in einer ruhigen, soliden Gegend.

Er wartete ihre Überraschung gar nicht ab. »Haben Sie nachher etwas Zeit für mich? Um sechzehn Uhr auf dem Friedhof in Fühlingen – an Tims Grab?«

Er hörte, wie sie tief Luft holte. »Ich weiß nicht«, sagte sie. »Ich glaube nicht. Ich muss nachher noch zu Herrn Wartenstein ins Büro. Wir müssen die Charity-Feier der Bank zu Weihnachten vorbereiten.«

»Wir brauchen nur ein paar Minuten, aber es ist wichtig, dass Sie kommen.«

»Siebzehn Uhr«, sagte sie. »Bis dahin sollte ich es schaffen.«

Faller unterbrach die Verbindung.

Konnte Leonie Hansen ihn abhören? Oder waren die Albaner dazu in der Lage? Er überlegte, sich bei nächster Gelegenheit ein neues Handy zuzulegen.

Für ein paar Momente ging er ins Atelier hinüber und setzte sich auf das Sofa.

»Helen«, sagte er laut, als würde sie sich nebenan in der Küche aufhalten, »habe ich dir jemals gesagt, wie schön deine Bilder sind? Besonders ›Sonnenkuppe‹. Ich habe das Bild erst jetzt verstanden und werde es niemals verkaufen, sondern es einem Museum schenken. Ja, es gehört in ein Museum, an eine riesige Wand, nur dieses Bild. Valentin Graf wird es auf jeden Fall nicht bekommen.«

Er lehnte sich zurück. Die Decke, die dort lag, roch nach Merle. Er breitete sie über sich aus. »Helen«, sagte er leiser, »wir haben einiges herausgefunden, aber nicht, warum sie dich überfahren haben. Warum haben sie das gemacht? Weil Anna dir das Material gegeben hat, das sie von Beckie hatte? Deswegen?«

Er schrieb Brasch eine Nachricht. »Ich hoffe, es geht dir besser. Kannst du dich bei mir melden?«

Dann schloss er kurz die Augen.

Als er erwachte, war es kurz vor drei am Nachmittag.

Es war absolut still im Atelier. Kein Geräusch, kein Lärm von der Straße.

Vor zwei Wochen noch wäre er nun in Angelos Sportsbar aufgebrochen, hätte an seinem Lieblingsterminal ein wenig Geld mit Fußballwetten verspielt und sich dann zu Angelo an die Bar gesetzt, um mit ihm Belanglosigkeiten auszutauschen – über Fußball, den FC, über die Reds aus Liverpool. All diese Dinge würde er so niemals wieder tun, egal, was in den nächsten Tagen geschah.

Nach Fühlingen auf den Friedhof zu fahren, dafür würde er ungefähr zwanzig Minuten brauchen. Er wollte vor Judith Meinert dort eintreffen, falls sie tatsächlich kam, aber er war sich ziemlich sicher, dass sie wissen wollte, warum er sie sprechen musste.

Der Friedhof lag genau hinter der Dorfkirche. Tatsächlich wirkte Fühlingen wie ein eigenständiges kleines Dorf, das eigentlich nichts mit Köln zu tun hatte. Er parkte seinen Volvo ein Stück entfernt in einem Wohngebiet und ging dann zu den Gräbern. Durch die Bäume konnte man einen Blick auf einen See werfen, der ein paar Meter tiefer lag. Eine richtige Idylle und bei besserem Wetter sogar ein Platz zum Baden und zum Sonnen.

Leichter Nieselregen hatte eingesetzt, als er den Friedhof betrat. Linker Hand befand sich eine kleine Trauerhalle, die jedoch abgeriegelt war. Er brauchte keine fünf Minuten, um Beckies Grab zu finden. Zwei verblühte Kränze lagen da noch unter einem schmalen Holzkreuz, auf dem schlicht der Name »Tim Beckmann« stand.

Ein Stück weiter setzte er sich auf eine Bank und wartete. Judith Meinert kam zehn Minuten zu spät. Sie trug einen schwarzen Mantel und hatte sich ein dunkelrotes Tuch über ihren Kopf gebunden, als müsse sie sich tarnen. Sie wirkte atemlos und verängstigt, schaute sich nervös um, bevor sie an Beckies Grab trat.

»Ich hätte nicht kommen dürfen«, sagte sie als Erstes, nachdem Faller sich ihr genähert hatte. »Ich weiß es genau. Trotzdem bin ich nun hier.« Sie sah ihn an, in ihren Augen schimmerte Trauer. »Was genau wollen Sie von mir?«

»Sie hatten eine Affäre mit Tim, nicht wahr?«, sagte Faller. »Und Sie haben ihm Material über die Bank gegeben. Machen Sie sich Vorwürfe, dass er deshalb ums Leben gekommen ist?«

Sie senkte den Blick. »Natürlich mache ich mir Vorwürfe – wegen allem … dass ich mich mit Tim eingelassen habe, dass ich ihm Informationen besorgt habe, aber …« Sie brach ab und blickte zum Eingang, doch da kam niemand. Eine Frau ging mit einem Hund den Weg entlang, der am Friedhof vorbeiführte. »Ich hasse Wartenstein … das ist die Wahrheit. Ich hasse ihn schon lange für seine miesen Geschäfte, und Tim … Er war charmant, humorvoll, und nichts war ihm ernst. Er …« Wieder verstummte sie.

Doch, dachte Faller, es war ihm immer ernst damit, Informationen zu beschaffen und mit ihnen zu handeln. Laut sagte er: »Was genau wollte Tim wissen? Ging es um die Onlinegeschäfte?«

Judith Meinert zog mit ihrer rechten Hand ihren Mantel zusammen, als würde sie frieren. »Tim wollte etwas zu dieser Bank wissen, die es auf den Cayman Islands gibt. Darüber wickelt Wartenstein die schmutzigen Geschäfte ab – anfangs waren es die Russen mit ihren Pornoseiten, nun ist es das Geschäft mit Sportwetten und Poker. Ja, dafür hat Tim sich interessiert. ›Es ist nur für mich‹, hat er gesagt, aber ich wusste, dass es gelogen war. Er war ein Informant – vielleicht für die Polizei, vielleicht für jemand anderen. Ich habe es geahnt, und trotzdem habe ich ihm Unterlagen aus der Bank beschafft. Als er dann tot war, habe ich drei Nächte nicht schlafen können. Ich dachte, nun kommen sie auch zu mir. Nun wird klar, dass ich es war, die ihm das Material besorgt hat, aber es ist niemand gekommen.«

»Es wird nun auch niemand mehr kommen«, sagte Faller, um sie zu beruhigen. »Aber was denken Sie, für wen genau hat Tim gearbeitet?«

Judith Meinert sah an ihm vorbei auf das Grab, ohne zu antworten.

Ein Smartphone meldete sich mit den Klängen von »Final Countdown«, Judith Meinerts Telefon, aber sie reagierte nicht darauf.

»Ich habe Sie auch einmal angerufen – anonym. Ich habe Sie gewarnt, dass es für Sie zu gefährlich ist herumzuschnüffeln. Wartenstein versteht keinen Spaß.«

Faller zog die Augenbrauen zusammen. »Sie haben mich angerufen?« Er erinnerte sich genau.

»Es sollte Ihnen nicht ergehen wie Tim.« Judith Meinert warf einen Blick auf das Holzkreuz und seufzte. »Ja, ich bin wahrscheinlich an seinem Tod schuld.«

»Sie glauben, Wartenstein hat ihn umbringen lassen?« Kaum hatte er seine Frage ausgesprochen, fuhr ein heftiger Wind durch die hohen alten Bäume auf dem Friedhof, und ein dramatisches Rauschen entstand.

»Ich bin sicher, dass er damit zu tun hat«, erwiderte die Sekretärin leise.

»Warum arbeiten Sie dann noch für ihn?« Faller sah sich um. Ein Wagen war vor dem Friedhof vorgefahren.

»Ich habe ihn früher einmal geliebt«, sagte Judith Meinert mit fester Stimme. »Nun hasse ich ihn und wartete darauf, dass er einen schweren Fehler macht und ich ihn überführen kann.« Auch sie wandte sich zum Eingang um.

Eine junge blonde Frau kam mit einem Kind an der Hand auf den Friedhof.

»Wenn Sie noch weiteres Material haben …«, begann Faller, doch die Sekretärin unterbrach ihn.

»Sie sollten Ihren Job bei Wartenstein auch aufgeben. Die wissen wahrscheinlich längst, wo Sie überall herumschnüffeln.« Sie streckte die Hand aus, drückte seinen Oberarm und wandte sich hastig um. Mit schnellen Schritten strebte sie auf den Ausgang zu.

Immerhin hatte er nun Gewissheit: Tim Beckmann und Judith Meinert – anscheinend hatte Beckie immer gewusst, wie er an seine Informationen herankam.

Nach fünf Minuten verließ Faller den Friedhof. Er hätte auch nach Helen fragen sollen. Er ärgerte sich. Vielleicht wusste die Sekretärin auch über ihren Tod etwas Genaueres.

Der schwarze Mercedes parkte mitten auf der schmalen Zufahrtsstraße zum Friedhof. Felix lehnte an der Fahrertür und sah ihn lächelnd an. Hatte er Judith Meinert hergefahren? Dieser absurde Gedanke kam Faller zuerst, aber nein, in dem Wagen saß niemand, und der Chauffeur stand gewiss nicht auf der Seite einer illoyalen Sekretärin.

Als Faller auf zwanzig Schritte herangekommen war, hob der Chauffeur die Hand, formte seine Hand zu einer Pistole, die er sich symbolisch an die Stirn hielt, und drückte ab. Dann lächelte er noch einmal und stieg in seinen Wagen ein.

Faller verharrte. Was war das gewesen? Eine Warnung, was mit ihm oder Judith Meinert passieren würde?

39

Brasch ging immer noch nicht an sein Mobiltelefon, vielleicht hatte es jemand beiseitegelegt, während er auf der Intensivstation lag. Dabei hätte Faller nun dringend einen Rat gebraucht. Wohin sollte er sich wenden? Rike, fiel ihm ein, aber ihr hätte er manches erklären müssen, dann dachte er an seinen Vater. Seit seine Mutter an einem tückischen Darmkrebs gestorben war, als er sechzehn Jahre alt war, war sein Vater sein einziger wirklich naher Angehöriger, doch verstanden hatten sie sich eigentlich nie. Nach dem 11. September, als er gedacht hatte, nun zu den Topjournalisten Deutschlands zu gehören, hatte er gemeint, jetzt müsse auch sein Vater, der kühle Literaturprofessor, beeindruckt sein. Zum Geburtstag hatte Faller ihm eine teure Uhr geschenkt, Glashütte, beinahe ein Unikat; die Uhr hatte ihn fast zehntausend Euro gekostet, doch das war es ihm wert gewesen. Sein Vater, der Uhren liebte und im Keller eine kleine Werkstatt hatte, wo er technische Geräte auseinanderbaute und wieder zusammensetzte, hatte das Geschenk nur mit einem Nicken zur Kenntnis genommen. Sechs Jahre später, als ihm der Artikel über die Bilderberger buchstäblich um die Ohren geflogen war, hatte der Vater ihm die Uhr zurückgegeben, in der Originalverpackung. »Du brauchst wahrscheinlich Geld. Jetzt kannst du sie verkaufen.«

Seitdem hatten sie nur noch das Nötigste miteinander gesprochen. Mit Helen hingegen hatte sein Vater sich gut verstanden, sie hatte er akzeptiert.

Sollte er tatsächlich bei seinem Vater für ein paar Tage unterkriechen, um sich zu sortieren? In seiner Wohnung würde er nicht bleiben können, und in Annas Wohnung wollte er nur zurück, um das Material zu holen.

Nein, bei seinem Vater würde er keinen Unterschlupf finden. Er nahm sein Smartphone hervor und rief Broder an.

Broder hatte ein Atelier in Nippes, er würde ihm sofort Asyl gewähren, doch lediglich die Mailbox sprang an. Eine mechanische Stimme forderte ihn auf, eine Nachricht aufzusprechen. Unschlüssig saß Faller im Volvo hinter dem Steuer. Felix war mit seinem schwarzen Mercedes längst abgerauscht. Judith Meinert würde Ärger bekommen – so viel war sicher. Er hatte ihre Mobilnummer nicht, konnte sie daher nicht einmal warnen, aber vermutlich hatte sie den Chauffeur auch gesehen.

Er überlegte, seinem Vater eine Nachricht zu schicken, startete dann aber den Wagen und fuhr los. Er würde einen Artikel darüber schreiben, was er bisher herausgefunden hatte, sagte er sich – über die Verbindung zwischen Wartenstein und den Osmani-Brüdern, dass gewissermaßen eine Art Krieg zwischen ihnen ausgebrochen war, weil die Albaner auch ins Geschäft mit Onlinespielen drängten, und dass eine Journalistin bei ihren Recherchen zwischen die Fronten geraten war. Aber stimmte das auch? Übersah er nicht etwas – den Grund, warum drei Menschen gestorben waren?

Er würde den Artikel schreiben, um sich zu vergewissern, was er genau wusste, und dann würde er Brasch anrufen und vielleicht auch die Polizistin – Leonie Hansen. Aber zuerst müsste er zwei, drei Tage Ruhe finden.

Es klang wie ein Plan – zwei Tage Schreibklausur bei seinem Vater. Er war wieder Journalist, er hatte eine Story, und wenn sie gut war, könnte er sie beim »Magazin« versuchen, dann war er zurück.

Dieser Gedanke belebte ihn.

»Helen«, sagte er laut, »so werde ich es machen. Ich werde auch über dich schreiben; deinen Namen und was mit dir geschehen ist, sollen alle erfahren.«

Erneut setzte leichter Regen ein, als er in Ehrenfeld auf die Venloer Straße einbog. Er würde nur ein paar Sachen im Atelier holen. Mehr als fünf Minuten würde er sich in der Wohnung nicht aufhalten.

Von einem weißen Van oder einem schwarzen Mercedes war nichts zu sehen. Er fand einen Parkplatz wieder ausgerechnet an der Stelle, an der Helen überfahren worden war.

Hastig lief er über die schmale Straße. Als er den Schlüssel ins Schloss schob, wurde sie von innen geöffnet. Angelo schaute ihn traurig hinter seinen dicken Brillengläsern an.

»Tut mir leid«, sagte er mit heiserer Stimme. »Aber es gibt da etwas zu besprechen.«

Vor Überraschung verpasste Faller den winzigen Moment, in dem es vielleicht möglich gewesen wäre, sich umzudrehen und zu fliehen. Dann schob sich einer der Albaner in die Tür – es war Enver, der jüngere der Osmanis, der ihn packte und hineinzerrte.

»Treffen wir uns endlich«, sagte Enver in reinstem Hochdeutsch. Seinem Griff konnte man nicht entkommen. »Du machst uns Kummer, Faller, richtig viel Kummer.«

Faller stolperte hinein. Die Tür fiel hinter ihm krachend ins Schloss, dann war auch der zweite der Osmani-Bruder da. Luan war ein wenig schmächtiger, er schien sich nicht so oft im Fitnessstudio aufzuhalten; wie sein Bruder hatte er sein schwarzes Haar gegelt und leicht nach hinten gekämmt. Auf seinen Handrücken waren große dunkle Tattoos zu sehen. Er starrte Faller an, erst wütend, dann etwas weicher.

»Aber nun haben wir ja Zeit, uns zu unterhalten«, sagte er. Sein Lächeln wurde von seinen kalten braunen Augen Lügen gestraft.

»Was soll das?« Faller schaute Angelo an und versuchte in einer halbherzigen Geste, sich Envers Griff zu entziehen.

Angelo zuckte mit den Schultern. »Du hast es doch nicht anders gewollt, und ich habe dich gewarnt, dich ehrlich gewarnt.«

Enver zog ihn ins Atelier, als wäre er ein alter Hund oder ein Stück Schlachtvieh. Zum Glück hatten sie hier nichts zerstört, sondern offenbar nur auf ihn gewartet. Die kopflose Kinderstatue schien ihn mitleidig anzuschauen.

»Wie seid ihr überhaupt hier hereingekommen?« Faller schaffte es, seiner Stimme eine gewisse Festigkeit zu geben.

Enver ließ ihn abrupt los. »Glaubst du, so ein Micky-Maus-Schloss hält uns auf?« Er deutete auf das Sofa. »Setz dich«, sagte er. Dann blickte er sich um. »Schöne Bilder hast du hier, wirklich schön. Ich mag die Farben. Angelo hat uns erzählt, dass deine Freundin eine berühmte Malerin war.«

Faller ließ sich auf das Sofa sinken. Wut kochte in ihm hoch. Ihr seid doch die Schweine, die sie umgebracht haben, hätte er am liebsten geschrien.

»Tut uns leid, was mit ihr passiert ist«, sagte Luan. Seine Stimme war sanfter. »Wir haben auch nichts damit zu tun, aber darum geht es jetzt nicht. Es geht um dich. Warum hast du nicht aufhören können, herumzuschnüffeln?«

Es war keine wirkliche Frage, begriff Faller.

Warum waren sie gekommen? Um ihn umzubringen, wie sie vermutlich auch Beckie umgebracht hatten? Weil sie wussten, dass er nun dessen Material hatte?

»Gerade jetzt können wir Ärger überhaupt nicht gebrauchen, verstehst du?« Enver zündete sich eine Zigarette an. Er schüttelte den Kopf, als wäre ihm ein Gedanke durch den Kopf gegangen, den er selbst nicht fassen konnte. »Wir haben gedacht, wir jagen deiner kleinen Freundin Angst ein und ihr kapiert dann schon, aber ihr habt nichts kapiert. Und die Warnung an dich hier hast du auch nicht kapiert, was?«

Faller blickte auf. Klar, die beiden Albaner waren es gewesen, die Merle vor Annas Wohnung abgepasst und ihr die Kette geklaut hatten. Und ihn hatten sie auch einschüchtern wollen.

»Ich will dir was sagen. Vor einer Woche noch hätten wir dir zehntausend Euro in die Hand gedrückt und gesagt: Faller, mach mal mit deiner kleinen Freundin auf unsere Kosten Urlaub und verlass für zwei Wochen die Stadt. So sind wir. Aber das geht ja nun nicht mehr.« Enver schüttelte wieder den Kopf. »Das ist kein Micky-Maus-Geschäft, das wir hier durchziehen wollen.«

Micky Maus – was hatte er nur mit Micky Maus? Fast hätte Faller gelacht, aber im nächsten Moment begriff er, dass eine falsche Regung vermutlich ausreichte, und sie würden ihn hier in Helens Atelier töten.

»Was ist mit Anna?«, sagte er in das Schweigen hinein, das sich auf einmal auftat. Er registrierte, wie Luan seinem Bruder einen Blick zuwarf, einen fast schon resignierten Blick. Sorry, wir müssen es tun, uns bleibt nichts anderes übrig, besagte der Blick.

Enver machte zwei Schritte in den Raum hinein. »Kann man eines dieser Bilder kaufen? Dieses zum Beispiel?« Er stand vor »Sonnenkuppe«. »Kannst du es mir erklären?« Er winkte Faller heran. »Kannst du mir sagen, was es bedeutet, dieses Gelb, diese Strahlen? Dann kaufe ich es vielleicht.«

Faller erhob sich schwerfällig, seine Knie waren butterweich, die Muskeln hatten sich in Rekordzeit zurückgebildet. Was sollte das jetzt? Diese plötzliche Programmänderung.

»Das Bild heißt ›Sonnenkuppe‹«, sagte er. »Helen hat es besonders geliebt. Es ist nicht verkäuflich, eigentlich«, fügte er hinzu, als Enver ihm einen düsteren Seitenblick zuwarf.

Dass Luan hinter ihn getreten war, bemerkte er erst, als ihm dessen Hand blitzschnell über die Schulter fuhr. Dann roch er den Äther, ätzend und durchdringend. Ein feuchtes Tuch wurde ihm auf die Nase gedrückt, und schon eine Sekunde später gingen bei ihm alle Lichter aus.

40

Sonntag

Er erwachte mit schrecklichen Kopfschmerzen. Es war dunkel um ihn, dunkel und stickig. Er lag auf einer Matratze, eine dünne graue Wolldecke neben sich. Mühsam richtete er sich auf. Sein Mund war trocken, ein Geschmack von Chemie klebte auf seinen Lippen.

Eine matte Lampe erhellte den Raum; sie hing über einem mächtigen Holztisch und warf ein grünliches Licht. Neben der Matratze stand ein karger Holzstuhl mit einem Glas und einer Flasche Wasser. Als hätte derjenige, der ihn hier eingesperrt hatte, geahnt, dass er mit Kopfschmerzen und einem peinigenden Durstgefühl aufwachen würde.

Die Albaner, fiel ihm ein, Angelo und die beiden Osmani-Brüder waren ins Atelier eingedrungen und hatten ihn betäubt.

Mit zitternden Händen öffnete er die Flasche und trank einen Schluck. Wie lange war er ohnmächtig gewesen? Offenbar lange genug, dass man ihn hierher hatte transportieren können. Er tastete nach seinem Smartphone, aber natürlich hatten sie es ihm abgenommen. Seine Taschen waren leer.

Er war buchstäblich in die Falle gelaufen. Aber hätte er damit rechnen müssen, dass Angelo ihn verriet?

Als er sich weiter aufrichtete, sah er, dass die Lampe über einem Billardtisch hing. Sie hatten ihn irgendwo in einem Billardzimmer eingesperrt.

Er fluchte laut, seine Stimme klang heiser und kratzig.

»Verdammte Scheiße!« Es tat gut, zu fluchen und sich selbst zu hören, zu spüren, dass er noch am Leben war.

Ja, sie hatten ihn nicht umgebracht wie Beckie und Helen. Doch was hatte der eine Albaner gesagt? Wir haben nichts damit zu tun, was mit ihr passiert ist! Er hätte ihn anschreien sollen:

Dann sag mir, wer etwas damit zu tun hat! Stattdessen hatte er sich klein und ängstlich verhalten. Und nun hockte er hier.

Schwerfällig kam er auf die Beine. Er schwankte leicht. Ja, da stand ein Billardtisch, sonst nichts. Ein Raum von etwa zwanzig Quadratmetern ohne Fenster. In einer Ecke entdeckte er eine Plastikabdeckung für einen Lüftungsschacht. Na, wenigstens würde er hier nicht ersticken.

Er ging zur Tür und drückte mit wenig Hoffnung die Klinke herunter. Abgeschlossen natürlich. Eine massive Holztür, fest in der Zarge verankert. Er rüttelte an der Klinke, drückte sich ein wenig gegen das Holz. Da würde er nichts ausrichten können, und irgendein Werkzeug würde er in diesem Raum sicherlich nicht finden.

Er lief einmal um den Billardtisch herum. Keine Queues, nicht einmal Kugeln, aber was hätte er auch mit Kugeln anfangen sollen?

Er war gefangen. Die Albaner hatten ihn aus dem Spiel genommen, wie sie es vermutlich auch mit Anna getan hatten.

Für einen Moment spürte er, wie Wut ihn erfasste – Wut auf sich selbst, auf Anna und auch auf Merle. Warum nur hatte sie vor seiner Tür gestanden und ihn aus seinem bequemen alten Leben gerissen?

Er ging zu der Matratze zurück, nahm die Flasche, war kurz davor, sie gegen die Wand zu schleudern, aber dann trank er lediglich einen Schluck.

Unter dem Stuhl, erkannte er erst jetzt, hatte man noch einen Eimer drapiert. Zum Pinkeln, dachte er, diese Mistkerle hatten ihm einen Pinkeleimer hingestellt.

Mach dich also auf eine längere Auszeit gefasst, sagte ihm der Pinkeleimer, ein hässliches graues Teil aus Blech.

Als er sich hinlegte, sah er die Krakelei an der Wand, rote Zeichen auf grauem Beton, vielleicht mit einem Lippenstift oder einem Edding aufgemalt.

»Ich bin hier gewesen. Anna Talheim«, las er. Dann ein Datum.

Das war vor zehn oder elf Tagen, je nachdem wie lange ihn die Osmani-Brüder außer Gefecht gesetzt hatten.

Sie hatten ihn dorthin verfrachtet, wo sie auch Anna gefangen gehalten hatten.

Plötzlich, als hätte ihn eine letzte große Welle der Wut erfasst, sprang er auf, rannte zur Tür und schlug mit den Fäusten dagegen. »Ihr Scheißkerle, lasst mich raus!«

Seine Stimme schien aber nicht nach draußen zu dringen, sondern irrte als Schwall durch den Raum, so heftig, dass die Lampe über dem Billardtisch in leichte Bewegung geriet.

Nach ein paar Sekunden verstummte er wieder und lauschte. Nichts. Von jenseits der Tür war nichts zu hören. Dieser Raum musste sich irgendwo tief in einem Keller befinden, er war ein Verlies.

Nach einer Stunde musste er sich tatsächlich in den Eimer erleichtern, was er als eine Niederlage empfand.

Dann begann er unruhig umherzugehen – um den Tisch, zur Tür und wieder um den Tisch. In seinem Kopf kreisten die Gedanken, verzweifelte Fahrten auf einem Gedankenkarussell. Was konnte er tun? Nicht viel mehr als warten. Er versuchte einige Dinge durchzugehen. Falls er hier lebend herauskam, würde er nie wieder seine Zeit bei irgendwelchen Wetten in einer Sportsbar vergeuden, stattdessen würde er eine Ausstellung von Helens Werken organisieren, er würde sie bekannt machen, und er würde einen langen Artikel über sie und ihr Werk schreiben. Ja, das würde er tun, vielleicht würde er sogar ein Buch über Helen schreiben.

Erschöpft legte er sich auf die Matratze. Wie spät mochte es nun sein? Er hatte jedes Gefühl für Zeit verloren. Helen stand ihm plötzlich vor Augen. Sie lag nicht mehr tot in dem Krankenwagen, sondern sie hatte sich erhoben und war zu ihm in diesen geschlossenen, fensterlosen Raum geschwebt. Er hörte ihre Stimme. Robert, sagte sie auf ihre weiche, unnachahmliche Art, wenn du nicht so viel herausgefunden hättest, dann wärest du jetzt nicht hier.

Ihre Worte sollten ein Trost sein, begriff Faller. Für ein paar Momente waren sie das tatsächlich, aber dann verschwand dieser Trost, löste sich auf, ohne etwas zu hinterlassen. Brasch lag auf der Intensivstation, er würde nicht nach ihm suchen – und selbst wenn, wo sollte selbst ein erfahrener Detektiv mit der Suche ansetzen?

Faller war den Albanern ausgeliefert, und anders als Anna hatte er nicht einmal einen Stift dabei, mit dem er etwas in die Wand kratzen konnte. Allenfalls könnte er die Flasche Wasser zerschlagen und mit einer Scherbe etwas in die Wand eingravieren.

Aber wozu genau? Niemand würde in diesen Raum gelangen.

Auf einmal musste er an seinen Vater denken. Immer wenn ich verzweifelt war, hatte er einmal gesagt, dann habe ich mir Gedichte aufgesagt. Besonders Gedichte von Rilke, ich habe mich an ihrer Schönheit und Wahrheit erfreut. Sein Vater war Literaturprofessor gewesen, er kannte sich mit Gedichten aus.

Faller musste sich eingestehen, dass er kein Gedicht von Rilke kannte, eigentlich hatte er, seit er sechzehn war, alles abgelehnt, was sein Vater ihm geraten hatte.

Dann fiel ihm doch eine Zeile ein, die vielleicht von Rilke stammte: »Wer jetzt kein Haus hat, baut sich keines mehr. Wer jetzt allein ist, wird es lange bleiben, wird wachen, lesen, lange Briefe schreiben.«

Das müsste er auch noch tun, sagte er sich: ein Gedicht so gut kennen, dass er es auswendig aufsagen konnte, wenn er verzweifelt war.

Irgendwann fielen ihm die Augen zu. Er pinkelte noch einmal in den Eimer, vernahm das erniedrigende, trostlose Plätschern, dann trank er die Flasche Mineralwasser aus und drehte sich zu der Wand, auf die Anna ihren Namen geschrieben hatte.

Anna – wo war sie jetzt? Wohin hatte man sie gebracht?

41

Montag

Er hörte, wie die Tür geöffnet wurde, ein leises Knarren und ein Schaben, als das massive Holz über den Betonboden schleifte. Er hatte schon eine Weile wach gelegen, doch nun traute er sich nicht, sich umzudrehen. In Gedanken sah er einen der Osmani-Brüder oder einen ihrer Handlanger mit einer Pistole in der Hand vor ihm stehen. Oder vielleicht baute sich da auch ein Maskierter vor ihm auf, der den Auftrag hatte, ihn wegzubringen, um ihn irgendwo in einem Wald oder einer Kiesgrube zu töten. Solche Szenen wie aus einem Film hatte er schon die ganze Zeit immer wieder im Kopf gehabt.

»Faller«, sagte eine Stimme, die er so gut kannte, obschon er sie fast zwanzig Jahre nicht mehr gehört hatte, »du solltest aufwachen. Ewig werde ich diese Tür nicht für dich aufhalten!«

Abrupt drehte er sich herum. Seine Sinne spielten ihm einen Streich, anders konnte es nicht sein. Er war immer schon stark darin gewesen, sich Dinge einzubilden. Hatte er nicht vor ein paar Stunden Helen vor sich stehen sehen?

Doch da in der Tür lehnte sie tatsächlich: Anna, in einer dunkelgrünen Bluse, einer schwarzen Jeans, das rote Haar fiel ihr auf die Schultern.

Sie lächelte, ihr typisches Anna-Lächeln, ein wenig spöttisch, eine leichte Bewegung der Lippen, ein Aufblitzen ihrer makellosen weißen Zähne.

»Du träumst nicht«, sagte sie. »Auch wenn es dir so vorkommt.« Sie winkte. »Wir müssen uns etwas überlegen.«

Er versuchte aufzuspringen, doch es war mehr ein Taumeln, ehe er auf die Beine kam.

»Anna«, sagte er. »Ich verstehe nicht …« Er griff nach ihrem

Arm, küsste sie dann vorsichtig auf die Wange, wie ein kraftloser Schiffbrüchiger, der seiner Retterin dankte.

»Es ist alles ein wenig kompliziert.« Anna wehrte ihn sanft ab. Anders als er roch sie wie frisch geduscht. »Ich habe es geschafft, meine Bewacher auszuschalten.« Wieder knipste sie kurz ihr Lächeln an. »Es ist immer gut, ein kräftiges Schlafmittel dabeizuhaben. Ajshe und Emin mussten sich nach unserem Frühstück hinlegen. Sie liegen im Wohnzimmer und schlafen selig, Emin hockt im Sessel, Ajshe auf dem Sofa.«

Obschon er immer noch nichts verstand, folgte er ihr heraus aus dem Kellerraum. Die Tür, die sie hinter sich schloss, bestand aus Holzlamellen. Sie war in der Wand nicht auszumachen, nachdem Anna sie geschlossen hatte.

»Ja«, sagte sie, als sie seinen verblüfften Blick bemerkt hatte, »ein geheimer Raum. Das wird Tarik sich ausgedacht haben.« Sie liefen an Regalen vorbei, in denen Weinflaschen lagen, zu einer Metalltür. Dann gelangten sie durch einen mit hellbraunen Fliesen ausgelegten Gang zu einer Treppe. Anna verharrte kurz und lauschte.

»Sie schlafen noch«, sagte sie leise. »Die anderen sind unterwegs. Heute ist der Tag.«

Als sie die Treppe hinaufgehen wollte und schon auf der zweiten Stufe stand, packte Faller ihren Arm und hielt sie auf. »Wo warst du? Haben sie dich hier gefangen?«

Sie schaute kurz auf ihn herab. »Es tut mir leid, was mit deiner Frau passiert ist. Ich habe es nicht selbst gesehen, sondern erst am Abend davon erfahren, als ich kurz auf der Seite des Stadt-Anzeigers war. Wir haben uns an der Ecke auf der Venloer Straße getroffen. Ich wollte nicht zu dir in die Sportsbar gehen, weil …« Sie seufzte. »Ich hätte nicht versuchen sollen, ihr für dich den USB-Stick zu übergeben, aber ich wusste niemanden, der mir hätte helfen können.« Sie brach ab und atmete tief ein. »Ich erkläre es dir später, aber nun sollten wir von hier verschwinden.«

Sie gelangten in eine geräumige Halle, die mit Marmor ausgelegt war. Die Wände waren weiß getüncht, in einem großen Spiegel erkannte Faller sich selbst: einen älteren, schlecht rasierten Mann mit wirren Haaren, der leicht gebeugt dastand. Anna neben ihm wirkte, als wäre sie zehn Jahre jünger, mindestens.

»Bleib hier«, flüsterte Anna. Sie bog nach rechts ab, weiter in das Haus hinein. Vorsichtig öffnete sie eine weiß gestrichene Tür und blickte kurz in den Raum dahinter, vermutlich das Wohnzimmer, falls man das in solch einem Haus überhaupt so nennen konnte. Mit einem Lachen und dem Okay-Zeichen, als wäre sie eine Taucherin, die sich gleich ins Meer stürzen würde und eben noch ihre Ausrüstung überprüft hatte, wandte sie sich zu ihm um. Dann schloss sie leise die Tür wieder.

»Noch drei, vier Stunden sind sie außer Gefecht, schätze ich«, sagte sie. »Enver hat seine Cousine und seinen Cousin auf mich angesetzt, damit ich keine Dummheiten mache. Hat leider nicht geklappt. Sie waren ein wenig zu leichtsinnig und haben mich den Kaffee kochen lassen.«

Sie ging in Richtung einer weißen Tür, in die ein schmales Fenster eingelassen war. Die Eingangstür, vermutete Faller. Plötzlich ahnte er, wo er sich befand.

»Wir sind im Haus der Osmani-Brüder in Hahnwald«, sagte er mit einem fragenden Unterton.

»Ja«, sagte sie. »In Tariks Haus. Nun wohnen seine beiden Brüder hier, Enver und Luan, aber die kennst du ja schon … und ich … Hier bin ich in den letzten Tagen gewesen, weil sie …« Sie verstummte kurz.

Hinter der Tür zu dem Wohnzimmer hatte sich etwas geregt, ein kurzes Schnauben oder ein Schnarchlaut, aber gleich trat wieder Stille ein.

»Wo sind die anderen?«, fragte Faller. »Und warum bist du hier?«

Anna war ein paar Schritte weitergegangen, an einem Gemälde vorbei, einem echten Kitschbild, das ein Pferd vor einer Berglandschaft auf einer Wiese zeigte. Dann griff sie an einer

Garderobe nach einer Lederjacke. »Hier, Tariks Lieblings-
jacke, braucht er ja nicht mehr.« Sie selbst zog einen hellbraunen Mantel über. »Heute ist der Tag, an dem Enver und
Luan glauben, dass sie bei Wartenstein einsteigen können, so
wie Tarik es geplant hat. Sie wollen ihn mit meinem Material
erpressen, aber sie sind nicht so schlau wie Tarik. Sie wissen
nicht, dass sie in eine Falle laufen. Und sie wissen nicht, dass
ich ihnen ein paar wichtige Dinge nicht erzählt habe.«

Anna ging zur Tür und öffnete sie. Kurz blickte sie zu der
Kamera hoch, die genau über dem Eingang hing. »Ist jetzt
auch egal, dass man uns hier sehen kann. Wenn die beiden die
Bänder sichten, sind wir längst woanders. Fragt sich nur, wie
wir hier an einen Wagen kommen.«

Das Licht blendete ihn ein wenig; es war heller Tag, und
zwischen grauen Wolken blitzte sogar kurz die Sonne hervor.

»Wo genau willst du hin?«, fragte er.

Vor dem Eingang befand sich eine weiß getünchte Treppe,
die zu einer gekiesten Auffahrt führte. Neben dem Haus waren
drei Garagen zu sehen, die alle offen waren, zwei waren leer,
in einer stand ein schwarzer Audi.

»Ich habe es in den letzten Tagen geschafft, dass sie mir
vertraut haben.« Anna blieb stehen und schaute ihn an. Im
Sonnenlicht sah sie noch attraktiver aus, ihr Gesicht war immer
noch von Sommersprossen übersät, nur um den Mund hatten
sich ein paar bittere Falten eingenistet. »Na, wenigstens ein
bisschen. Ich habe ihnen gesagt, dass ich auf ihrer Seite bin,
dass ich zumindest keinen Funken Sympathie für die Geschäfte
der Bank habe. Ich musste ihnen alles zeigen und aufschreiben,
mein Material über Wartenstein und das Onlinegeschäft der
Bank, dass sie mit Russen Geschäfte machen, die Pornos verkaufen, und dass sie für Wettanbieter in Polen Geld kassieren.
Gestern habe ich mitbekommen, wo sie ihm den Deal anbieten
wollen – das Material gegen eine Beteiligung bei den Wetten,
die sie über Wartensteins Bank online abwickeln wollen. Sagt
dir der Name Wollseifen etwas?«

»Wollseifen war ein Dorf in der Eifel, das man nach dem Krieg umgesiedelt hat, weil man aus dem Gelände einen Truppenübungsplatz gemacht hat«, erwiderte Faller.

»Genau, da haben erst die Engländer und dann die Belgier Krieg gespielt. Das eigentliche Dorf gibt es bis auf die Kirche und die alte Schule nicht mehr, nur noch ein paar Rohbauten, in denen sie Häuserkampf geübt haben. Da wollen die Brüder irgendwann heute das Material übergeben. In …« Sie schaute auf ihre Armbanduhr. »In etwa vier oder fünf Stunden, schätze ich.«

»Und was machen wir dabei?«, fragte Faller.

»Wenn du wissen willst, wer wirklich dahintersteckt, dann müssen wir dabei sein. Es gibt eine dritte Partei im Spiel, von der ich den Brüdern nichts gesagt habe.«

»Leonie Hansen«, sagte Faller.

Anna erwiderte nichts darauf, vielleicht weil für sie dieser Name keine Bedeutung besaß, oder vielleicht war ihr Schweigen auch Zustimmung.

»Nur brauchen wir ein Auto«, meinte sie stattdessen und ging nun die Treppe hinunter über den Kiesweg. »Mit einem Taxi können wir da schlecht vorfahren.«

Sie gingen langsam auf ein Tor zu, das in eine weiße Mauer eingelassen war. Faller hatte das Gefühl, dass die Kamera in ihrem Rücken jede seiner Bewegungen registrierte. Fünfzig Schritte waren es zu dem Ausgangstor, rechts und links des Kieswegs befand sich eine langweilige, aber gepflegt wirkende Rasenfläche.

Faller schaute sich um, dann sah er Anna an und lächelte matt. »Vielleicht klingeln wir einfach in der Nachbarschaft an und leihen uns ein Auto. Ich glaube, einen der reichen Nachbarn hier kenne ich ganz gut.«

42

Hahnwald war das Viertel der besonders Reichen in Köln, die ganz unter sich sein wollten. Da konnte man niemandem über die Hecke in den Garten schauen. Was man hier brauchte, war Geld, eine Menge Geld, und Tarik und seine beiden Brüder schienen daran keinen Mangel zu haben. Ihr Nachbar auch nicht. Ein schmaler Streifen Brachland lag neben dem Anwesen der Brüder und ihrem Nachbarn. Valentin Graf, der Malerkönig, hatte sein Anwesen auch mit einer weißen Mauer versehen, die aber noch einen halben Meter höher war. An der Klingel am Eingangstor waren nur seine Initialen angebracht.

Faller wäre jedoch auch ohne das Klingelschild sicher gewesen, dass sie an der richtigen Adresse waren. Er war ein paarmal an dem Anwesen vorbeigefahren, zum ersten Mal, als Helen ihm von ihrer Geschichte mit Graf erzählt hatte, doch nur bei einer Gelegenheit war er ganz offiziell mit ihr hier gewesen; er hatte draußen gewartet, und sie hatte Graf etwas zurückgebracht, sie hatte nicht gesagt, was es war, und er hatte nicht gefragt, aber er hatte vermutet, dass es ein Ring gewesen war, ein verdammt teurer Ring, der wahrscheinlich mehr wert war als all die Bilder, die sie in einem Jahr verkaufte.

»Können wir ihm vertrauen?«, fragte Anna, nachdem Faller in aller Kürze erwähnt hatte, bei wem sie vor der Tür standen.

»Wir müssen ihm nicht vertrauen«, erwiderte er, während er auf den goldfarbenen Klingelknopf drückte, der unter einem dezenten Lautsprecher angebracht war. »Wir wollen nur ein Auto von ihm. Ich denke, dass er mindestens zwei oder drei in der Garage stehen hat. Da kann er auf eines gut verzichten.«

Faller drückte noch einmal auf den Klingelknopf. Nichts tat sich, keine Reaktion aus dem Lautsprecher, und von einer Kamera war nichts zu sehen, was allerdings nicht bedeuten musste, dass es keine gab.

»Keiner da.« Anna seufzte enttäuscht, doch im nächsten Moment glitt das Tor beinahe geräuschlos zur Seite.

Ein gelbes BMW-Cabrio rollte an ihnen vorbei. Eine junge Frau saß am Steuer. Faller sah ihr blondes Haar und einen weißen Schal, den sie sich umgebunden hatte. Sie hatte das Fenster an ihrer Seite heruntergelassen und winkte, offensichtlich ein Abschiedsgruß.

Bevor sich das Tor wieder schloss, hatten Faller und Anna die Gelegenheit genutzt, das Grundstück zu betreten. Hier gab es keinen Kiesweg, sondern eine gepflasterte Zufahrt, in die da und dort bunte Steine eingelassen waren – blaue und gelbe, aber wenn es da eine Bedeutung gab, erschloss sie sich Faller nicht. Das Haus war ganz in Weiß gehalten, eine Villa im Bauhausstil, kantig, mit vielen Fenstern und mit zwei Garagen rechts und einem hallenartigen Gebäude. Die Halle beherbergte Grafs sagenumwobenes Atelier.

Anna war kurz stehen geblieben. Sie bewunderte eine riesige Figur aus Stahl, die auf einer Rasenfläche vor dem Atelier aufgebaut war und die Faller nicht kannte.

»Imposant«, sagte sie. »Man sieht gleich, dass hier ein großer Künstler zu Hause ist.«

»Das soll man auch sehen.«

Faller gab sich Mühe, nicht beeindruckt zu sein. Er ging auf den Eingang des Hauses zu, eine Tür mit einem getönten bläulichen Glas, die in einem breiten Metallrahmen steckte und die man über eine vierstufige Treppe erreichte. Es war niemand mehr zu sehen. Über der Tür hing keine Kamera. Es gab auch keine Klingeln, sondern nur einen riesigen Klopfer in Form einer menschlichen Hand. Doch als er ihn anhob, rollte ein Glockenklang förmlich durch das Haus.

Zwei Sekunden später wurde die Tür geöffnet. Graf selbst stand da, in einer Jacke, die aussah wie ein bayerischer Trachtenjanker. Er kniff die Augen zusammen und sagte eine Sekunde lang kein Wort, doch als Faller anhob, etwas zu sagen, hob er gebieterisch die Hand.

»Sie sind die verschwundene Journalistin – Anna Talheim, nicht wahr? Schön, Sie genau vor meiner Tür zu sehen. Wie kann ich Ihnen helfen?«

Lag es daran, dass Anna eine gut aussehende Frau war, oder hatte Graf sich tatsächlich Sorgen um sie gemacht? Faller war gegen seinen Willen beeindruckt, wie charmant der Maler sie in sein Haus einlud und sie in eine große, allerdings sehr sterile Küche führte, in der es nur die Farben Weiß und Schwarz gab – abwechselnd; weiß der Kühlschrank, schwarz der Herd, weiß der Geschirrspüler, schwarz der Eisschrank.

Graf bat sie, Platz zu nehmen. »Marianne, meine Haushälterin, ist heute beim Arzt. Aber einen Kaffee verstehe auch ich in dieser Küche zuzubereiten. Unser Kaffee kommt direkt aus Costa Rica, von einem befreundeten Maler.«

Anna nickte ihm freundlich zu. Ihr hatte diese Freundlichkeitsoffensive offenbar auch die Sprache verschlagen. Ein Gedanke schlich sich kurz bei Faller ein, ungebeten und sogar ein wenig schmerzhaft: Diesen Mann hatte Helen einst geliebt, und dann war sie zu ihm gekommen, einem gescheiterten Journalisten.

»Ich trinke den Kaffee schwarz«, sagte Anna. »Wir sind mit einem Anliegen zu Ihnen gekommen. Wir brauchen Hilfe.«

»Nenn mich Valentin«, sagte Graf, während er an einer Maschine hantierte, die auch in einem teuren Restaurant hätte stehen können. »Wie kann ich euch helfen?«

»Wir brauchen einen Wagen«, erklärte Faller ein wenig zu beflissen, wie er selbst bemerkte. »Wir müssen …«

»Es geht darum, dass heute im Laufe des Tages ein Geschäft abgewickelt werden soll. Die Osmani-Brüder, Ihre Nachbarn, wollen etwas mit der Wartenstein-Bank aushandeln …«

»Meine Nachbarn?« Graf sagte das so, als wäre er noch nie auf die Idee gekommen, dass er Nachbarn haben könnte.

»Ich habe Material für ein Buch gesammelt, da geht es um Onlinewetten, ein Milliardengeschäft, da wollen viele mitmachen, auch die Osmani-Brüder, aber um richtig vorne dabei zu sein, braucht man eine Bank für den Zahlungsverkehr. Die haben sie nicht, aber Wartenstein … der Bänker hat so eine Bank gegründet, da wickelt er seine nicht ganz so vornehmen Geschäfte ab, Zahlungen für Pornos, Wetten, aber auch Steuersparmodelle und anderes, was nicht ans Tageslicht kommen soll …«

»Ich kenne Philipp Wartenstein, ein honoriger Mann, auch ganz kunstsinnig …« Graf lächelte. »Na, er tut zumindest so.«

»Wir brauchen einen Wagen«, sagte Anna mit fester Stimme. »Einen Wagen und eine gute Kamera.«

»Ihr wollt bei diesem … windigen Geschäft dabei sein. Verstehe. Und Fotos brauchst du als Beweis und für dein Buch, weil du dein Buch noch schreiben willst. Richtig?«

»Ganz recht«, sagte Anna, »aber es geht noch um etwas anderes. Für Wartenstein und die Osmani-Brüder könnte es sehr gefährlich werden. Ich vermute, es ist noch jemand dabei, dem dieses Geschäft gar nicht gefällt. Ich habe sie die Darkies getauft. Sie haben eigentlich keinen Namen, sie nennen sich ›die Abteilung‹ und halten sich für die Guten, aber sie sind es nicht, ganz und gar nicht.«

43

»Wir könnten den Bugatti nehmen«, sagte Graf, »aber der ist wohl nicht ganz das Richtige, wenn es ins Gelände geht.« Anna hatte kurz erläutert, wohin genau sie fahren wollten. Faller war bei dem »wir«, das Graf aussprach, kurz zusammengezuckt, aber er wagte nicht, zu widersprechen. Anna hatte lediglich kurz die Augen zusammengekniffen, sie hatte also auch registriert, dass Graf sich in ihr Unternehmen einbezogen hatte.

»Ihr gestattet doch, dass ich mitkomme«, sagte Graf lächelnd an Anna gewandt, »gewissermaßen als euer Chauffeur, und vielleicht kann ich helfen. Ich kenne mich in diesem Teil der Eifel ganz gut aus. Früher, ganz am Anfang, als ich von der Akademie gekommen bin, habe ich in der Eifel gemalt … Na, das ist eine Ewigkeit her.« Er erhob sich. »Ich bin gleich so weit. Fünf Minuten. Eine Waffe brauchen wir wohl für dieses Abenteuer nicht, oder?« Er blickte nun Faller an, ein wenig spöttisch wirkte es. »Nein«, gab er sich selbst zur Antwort. »Und ich habe auch etwas viel Besseres.«

Anna schaute Faller stumm an, nachdem Graf gegangen war. »Der Kaffee ist wirklich gut«, sagte sie dann. In ihren Augen stand jedoch eine Frage, die sie sich nicht auszusprechen traute: War das eine gute Idee, ihn zu fragen?

Faller hob die Schultern. »Keine Ahnung«, sagte er auf ihre stumme Frage. Für einen Moment war es wie früher, als sie beide noch in der Redaktion beim Stadt-Anzeiger gewesen waren; da hatten sie auch oft Situationen gehabt, in denen sie sich wortlos verstanden hatten.

Nach zehn Minuten kehrte Graf zurück. Er trug eine modische Outdoorjacke und hielt einen kleinen schwarzen Koffer in der Hand. Er lächelte Anna an, wie ein kleiner Junge, dem nun gleich eine Überraschung gelingen würde. »Das Ding heißt ›Holy Stone‹, ein seltsamer Name für eine Drohne, aber vielleicht nützt sie uns. Sie hat eine Flughöhe von hundertfünfzig Metern, der Akku reicht fünf Stunden, mehr als eine halbe Stunde sollte man sie aber nicht fliegen lassen.«

Anna nickte. »Eine großartige Idee.«

»Nicht wahr?«, sagte Graf und strich sich über seinen Kinnbart. Er wirkte nun viel jünger und tatkräftiger. »Wir nehmen den schwarzen Cayenne«, meinte er. »Dann fallen wir nicht so auf.«

Anna stieg wie selbstverständlich vorn ein.

»Ich habe immer einen Porsche gefahren«, sagte Graf, als müsste er sich irgendwie erklären. »Seit ich mit meinen Bildern ein wenig Geld verdient habe.«

Ein wenig Geld verdient habe … Faller verzog bei diesem dümmlichen Understatement das Gesicht, doch Anna stieg voll auf die Charmetour Grafs ein.

»Wie wird man eigentlich Maler?«, fragte sie wie eine einfältige Schülerin.

Graf startete den Wagen, der allenfalls ein Jahr alt sein konnte, so neu, wie er roch.

»Maler wird man nicht, Maler ist man, oder man ist es nicht«, sagte Graf, ein Satz wie in Stein gemeißelt, den er eindeutig schon sehr oft von sich gegeben hatte. Kurz blickte er in den Rückspiegel. »Das Mädchen … Merle macht sich übrigens große Sorgen, wo du abgeblieben bist«, sagte er zu Faller. »Sie hat sogar bei mir angerufen. Und diesem Detektiv geht es wieder besser. Er hatte wohl einen Unfall, er wurde auf eine normale Station verlegt.«

Das war kein Unfall, war Faller versucht zu sagen, doch dann richtete er den Blick auf Anna. »Du musst uns noch ein paar Dinge erklären, bis wir in der Eifel sind. Was ist mit dieser ›Abteilung‹, die du erwähnt hast – die ›Darkies‹? Was sind das genau für Leute?«

Das Tor glitt vor Grafs Porsche auf, ohne dass er etwas unternahm; offenbar war in dem Wagen irgendein Signal eingebaut. Auf der Straße war nichts zu sehen. Kein Auto, keine Passanten. Ajshe und Emin befanden sich offensichtlich auch noch im Tiefschlaf.

»Gut«, sagte Anna, »die Geschichte in Kurzform. Eigentlich wollte ich nur einen Artikel für die Wochenendausgabe beim Stadt-Anzeiger schreiben – über einen Mann, der sich durch Pferdewetten buchstäblich ruiniert hatte, er war richtig abhängig, ein Junkie … Du kennst das vielleicht.« Sie drehte sich zu Faller um.

Er wollte heftig widersprechen; nur weil er gelegentlich in eine Sportsbar gegangen war, hieß das nicht, dass er irgendwie abhängig geworden war und fast sein ganzes Geld verwettet hatte.

»Mit der Zeit hatte ich immer mehr Material, viel mehr, als ich für einen Artikel brauchte. Ich muss ein Buch darüber schreiben, sagte ich mir und recherchierte immer weiter. Dann gab mir jemand von der Kölner Polizei einen Tipp zu den Osmani-Brüdern, dass sie dick im Geschäft seien, was illegale Pokerrunden anging. Durch Zufall geriet ich an Tarik. Na, ich legte es darauf an, dass er mich in seinem Club ansprach. Tarik ist der älteste Bruder der Osmanis, dem das Haus neben Ihrer bescheidenen Hütte gehört«, sagte sie zu Graf. »Bis er Anfang Oktober erschossen wurde. Von wem, weiß keiner.«

Graf gab ein kurzes Brummen von sich, an dem man nicht erkennen konnte, ob er doch etwas über die Geschichte seines Nachbarn wusste.

»Mit Tariks Tod begann die Sache, aus dem Ruder zu laufen«, fuhr Anna fort. »Ich hatte noch etwas anderes herausgefunden, als ich mir die Wartenstein-Bank genauer angesehen hatte. Wartenstein war in ziemlich seltsame Geschäfte verwickelt gewesen – Cum-ex-Geschäfte. Da wurden am Tag der Dividendenauszahlung Aktien blitzschnell hin und her verkauft, und jeder der Käufer kassierte eine Kapitalertragssteuer, die er gar nicht gezahlt hatte. Im Lauf der Zeit hat man viele Banken drangekriegt, nur die Wartenstein-Bank nie, obschon die zuständige Staatsanwaltschaft hier in Köln die Sache verfolgt hat.«

»Mir haben sie auch so ein Geschäft angeboten«, sagte Graf. Er fuhr überaus zügig und hatte schon die Autobahn erreicht. »Habe ich aber nicht gemacht. Geld spielt für mich keine Rolle, und Sachen, die ich nicht verstehe, mache ich sowieso nicht.«

»Es gibt einen Grund, warum man Wartenstein nicht wirklich beleuchtet hat. Die Bank macht Geschäfte mit dem Verfassungsschutz, oder besser gesagt, es gibt da Leute, die eine schwarze Kasse für nicht ganz so legale Angelegenheiten angelegt haben, und diese Kasse verwaltet Wartenstein. Kann sogar sein, dass das Amt selbst in Cum-ex-Geschäfte verwickelt war, um diese Kasse aufzubessern, aber das weiß ich nicht so genau. Ich weiß aber eines: Von dieser schwarzen Kasse darf niemand etwas wissen, und darum musste ein Informant verschwinden …«

»Tim Beckmann«, warf Faller ein, ohne dass Anna darauf einging.

»… und darum waren sie hinter mir her und Helen … Als ich ihr Material für Faller geben wollte, müssen sie versucht haben, es ihr abzunehmen und …« Anna verstummte und schaute sich kurz nach Faller um. Nun hatte sie Tränen in den Augen. »Ich hätte das nie tun dürfen«, sagte sie leise.

»Kannst du das beweisen?«, fragte Graf ganz nüchtern. Im Rückspiegel hatte er Faller auch kurz angeschaut. »Wenn ja, ist dein Leben wohl wirklich in Gefahr.«

»Ich habe Indizien«, sagte Anna, »und als ich bemerkt habe, dass ich verfolgt wurde, habe ich auch erst an die Abteilung gedacht, doch es waren die Albaner. Nach Tariks Tod trauten sie mir nicht mehr, und dann kamen sie auf die Idee, mich quasi auf der Straße einzufangen und mit meinem Material Wartenstein zu erpressen, dass sie bei ihm einsteigen können.«

»Nur wissen sie nichts von der Abteilung«, sagte Graf. Er fuhr konsequent auf der linken Spur.

»Sie ahnen bestenfalls, dass es da noch jemanden gibt, aber

wahrscheinlich denken sie an einen Konkurrenten«, erwiderte Anna. »Es gibt noch Leute aus Russland, die auch größer ins Wettgeschäft einsteigen wollen.«

»Also sollten wir heute besser nicht zu sehr auffallen, nicht wahr?« Graf lächelte Anna an.

»Besser nicht«, sagte sie, »aber wenn wir die richtigen Fotos machen, können wir sie auffliegen lassen.«

»Und wenn nicht?«, mischte sich Faller ein, doch darauf gab niemand eine Antwort.

Sie verfielen in Schweigen, während sie sich Wollseifen näherten. Es war erst kurz vor siebzehn Uhr, noch taghell, obschon sich am Himmel dunkle Wolken zusammenzogen und es wieder nach Regen aussah. Sie würden vermutlich einige Stunden mit Warten verbringen müssen, aber die Albaner waren ja schon da, um sich zu präparieren, und vielleicht hatte Wartenstein auch schon seine Leute positioniert.

Kaum hatte Faller das gedacht, zog Grafs Cayenne an einer schwarzen Mercedes-Limousine vorbei, die er nur zu gut kannte. Er erkannte auch Felix am Steuer, während er selbst ein wenig den Kopf einzog, um nicht entdeckt zu werden.

»Das war Wartensteins Fahrer«, sagte er laut.

Anna drehte sich zu ihm um und schaute ihn fragend an.

»Ich soll die Geschichte der Bank schreiben«, erklärte er. »Den Job hat Wartenstein persönlich mir gegeben.«

Anna schnaubte. »Sie haben tatsächlich geglaubt, sie könnten dich beschäftigen und kontrollieren. Was für Idioten!«

Daran hatte er noch gar nicht gedacht, aber vielleicht war es tatsächlich so. Konnte es sein, dass Wartenstein über alles im Bilde gewesen war – über Beckie, Helen, Anna? Und dass der Auftrag nur dazu gedient hatte, ihn im Blick zu haben und zu kontrollieren?

»Hat diese Abteilung möglicherweise die ganze Zeit gewusst, dass die Albaner dich mitgenommen haben?«, fragte er.

»Vermutlich«, erwiderte Anna. Sie starrte auf die Straße

und wandte sich diesmal nicht um. Ihre Stimme klang nun deutlich gedämpfter, je näher sie ihrem Ziel kam. »Wahrscheinlich ahnten sie die ganze Zeit, wo ich war, und haben einfach abgewartet. Jetzt laufen ihnen die Brüder geradewegs in die Falle.«

Nur Graf wirkte gleichmütig und unaufgeregt. Wenn man ihn so am Steuer sah, einen älteren Herrn mit Kinnbart und einer unmodischen Hornbrille, würde man ihn niemals für einen der bedeutendsten Maler der Gegenwart halten. Eher für einen noch rüstigen Pensionär, der als Anwalt oder Notar zu einigem Reichtum gelangt war.

Als sie die Autobahn verließen, lehnte sich Faller in seinem Sitz zurück und schloss kurz die Augen.

Helen, sagte er stumm, was passiert hier gerade? Ist es nicht unglaublich, was Anna erzählt hat?

Konnte es wirklich sein, dass eine Abteilung eines Geheimdienstes all diese Sachen verbrochen hatte? Mitten in Deutschland?

Die Antwort war: Nein, das konnte nicht sein, jedenfalls nicht, dass es vom Amt geplant war. Vermutlich hatten da ein paar Mitarbeiter ein eigenes Ding gedreht.

Doch, lautete eine andere Antwort, es konnte sein. Auch Menschen in Ämtern, noch dazu, wenn man sie nicht wirklich kontrollierte, hatten die Neigung, Grenzen zu überschreiten. Der Verfassungsschutz hatte in den siebziger Jahren, als man die Rote-Armee-Fraktion verfolgte, Terroranschläge vorgetäuscht, und dass V-Männer Verbrechen verübten, war ebenfalls nichts Ungewöhnliches. Und mit Gladio war 1990 eine geheime Armee der NATO aufgeflogen, die in Italien und Bayern für Sabotageanschläge ausgebildet worden war.

Und trotzdem … Leonie Hansen hatte sich als eine Polizistin vom Staatsschutz vorgestellt. Aber warum hätte sich der Staatsschutz für eine verschwundene Journalistin interessieren sollen? Weil drei Brüder, von denen einer erschossen worden war, ins Onlinewettgeschäft einsteigen wollten?

»Ich verstehe das alles nicht«, sagte Faller nun doch laut. »Eine Abteilung, die auf eigene Rechnung arbeitet …«

Anna schaute ihn mit ernster Miene an. »Ich habe die Kontoauszüge der Bank gesehen. Da landete Geld über sieben Ecken beim Verfassungsschutz. Genauer gesagt bei einer Firma, die dem Verfassungsschutz gehört. Die haben so getan, als würden sie Onlinespiele entwickeln und so ein Zeug, dabei ist es vor allem eine schwarze Kasse, für die man beim Amt keine Rechenschaft abgeben muss.«

»Wenn du das schreibst, musst du es auch beweisen«, sagte nun auch Graf, »und ich bin mir gar nicht sicher, ob ich in einem Staat leben möchte, in dem ein Amt so eine schwarze Kasse hat.«

»Parteien hatten auch schwarze Kassen«, entgegnete Anna, die nun etwas unruhiger wurde. »Da ist so etwas doch nicht so ungewöhnlich.«

»Wir sind gleich da«, sagte Graf. Er deutete voraus. »Ein paar hundert Meter noch, dann sind wir an der Zufahrt nach Vogelsang, der alten Nazi-Ordensburg, kurz dahinter liegt Wollseifen.«

Anna nickte. »Es ist erst siebzehn Uhr zehn«, sagte sie. »Wir haben noch Zeit, um uns ein wenig umzusehen.«

»Nur dürfen wir den Osmanis nicht über den Weg laufen«, warf Faller ein. »Aber die haben schon ganze Arbeit geleistet.«

Er deutete aus dem Fenster.

Graf fuhr ein wenig langsamer, sodass sie es genauer sehen konnten. Große Hinweisschilder sollten dafür sorgen, dass niemand das Gelände rechter Hand betrat.

»Betreten streng verboten!«, stand da. »Tollwutgefahr!«

44

Nach ein paar hundert Metern bog Graf links von der Straße ab und fuhr in einen Waldweg hinein. »Dann kann es ja losgehen«, sagte er, als würden sie im nächsten Moment zu einer harmlosen Wanderung aufbrechen.

Anna stieg wortlos aus. In der Eifel war es deutlich kälter. Ein böiger Wind schlug Faller ins Gesicht, als er ebenfalls ausstieg. Graf lächelte ihn an und drückte ihm eine schmale Kamera in die Hand.

»Macht die besten Bilder«, sagte er. »Tausendmal besser als jede Handykamera.«

Dann öffnete er den Kofferraum und begann die Drohne zusammenzubauen. Nun wirkte er wie ein routinierter Handwerker, aber das waren Maler ja auch: Menschen, die etwas mit ihren Händen anfertigten.

Anna stellte sich neben ihn und blickte auf ihr Smartphone. Sie schien jede Tatkraft verloren zu haben, als hätte jemand sie gegen ihren Willen zu diesem Unternehmen überredet. Faller beugte sich ein wenig vor und roch an ihrem Haar. Ja, so war es immer noch: Er konnte sie gut riechen.

Graf brauchte keine fünf Minuten, um die Drohne startbereit zu haben. Er setzte sie auf den Waldweg und ließ sie dann langsam steigen. Wie ein großer Junge sah er aus, als sich das Gerät summend erhob.

»Gleich«, sagte er, »kriegen wir einen richtig guten Überblick.«

Er hatte sich ein kleines Pult mit einer Steuerung und einem DIN-A4-großen Bildschirm umgeschnallt. Die Drohne stieg rasch auf und beschrieb einen Bogen über den Bäumen. Dann geriet sie aus ihrem Sichtfeld. Graf machte ein paar Schritte auf den Weg, beinahe, als wolle er ihr folgen, er hantierte mit zwei Hebeln und blickte auf das Display vor sich. »Die Straße«, sagte er. »Gleich sind wir über der Straße. Sie haben sogar Flatterband gespannt, um Leute abzuhalten. Na … ob das etwas nutzt …«

Faller blickte dem Maler über die Schulter. Das Bild war gestochen scharf. Die Drohne folgte aus fünfzig, sechzig Metern einem Feldweg, beschrieb eine Kurve, flog über ein paar Bäume hinweg, dann über ein längliches Gebäude und über etliche Rohbauten, die aussahen wie Reihenhäuser, die man irgendwann vergessen hatte weiterzubauen. Schließlich näherte sich die Drohne einer alten Kirche aus Bruchsteinen und verharrte in der Luft.

»An der Kirche stehen zwei Autos – zwei schwarze Audis …«, sagte Graf.

Die Brüder hatten sich nicht viel Mühe gegeben, ihre protzigen Karren zu verstecken. Zu sehen war aber niemand.

Anna seufzte. »Sie sitzen in der Kirche und warten«, sagte sie. »Die hellsten Kerzen sind die beiden Brüder wirklich nicht.«

»Anscheinend fühlen die zwei Osmanis sich absolut sicher und glauben, dass Wartenstein ihnen nicht gefährlich sein kann«, meinte Faller. Dann registrierte er, dass sich an einem der Audis doch etwas regte. Offenbar stand da jemand auf Beobachtungsposten.

Einen Moment später sahen sie auf dem Bildschirm, wie sich ein schwarzer Mercedes rumpelnd näherte und zwanzig Meter vor der Kirche hielt. Wartenstein und sein Chauffeur waren eingetroffen, aber niemand stieg aus.

»Sie warten mit ihrem Treffen gar nicht, bis es dunkel wird«, sagte Anna. Sie schaute Faller an. »Hast du die Kamera? Wir müssen los.« Dann wandte sie sich an Graf. »Kann man die Bilder der Drohne aufzeichnen?«

Er nickte. »Mache ich die ganze Zeit«, sagte er. Zum ersten Mal wirkte er angestrengt. »Bald muss ich die Drohne aber leider zurückholen. Länger als dreißig Minuten hält der Akku nicht, wenn sie in der Luft ist.«

Anna packte Faller im Arm. Im Laufschritt hielten sie auf die Straße zu. Bis zur Kirche von Wollseifen auf der anderen Seite der zweispurigen Fahrbahn waren es gut achthundert Meter.

»Wo sind die Darkies?«, sagte Anna. Die Frage war mehr an sie selbst als an Faller gerichtet. »Es kann doch nicht sein, dass sie zulassen, dass die Brüder bei Wartenstein einsteigen. Da ist doch das Risiko viel zu groß, dass sie auffliegen.«

Faller antwortete nichts darauf. Wenn er ehrlich war, rechnete er nicht damit, dass jemand auftauchen würde. Wahrscheinlich würden sie doch nur Zeuge eines Deals sein, den Wartenstein und die Osmani-Brüder mit Annas Material aushandeln würden.

Die Drohne zog über sie hinweg. Plötzlich jedoch geriet sie ins Trudeln. Sie begann sich um sich selbst zu drehen und an Höhe zu verlieren.

»Siehst du das?«, rief Anna ihm zu, die zwei Meter vor ihm lief. »Da hat jemand die Drohne abgeschossen oder zumindest die Funkverbindung zu Graf gekappt.«

Die Drohne sank trudelnd weiter, sodass Faller sie aus seinem Blickfeld verlor.

»Also sind sie doch gekommen!« Anna lief nun noch schneller.

Faller konnte den Turm der Kirche schon sehen, eine Kurve noch, dann würden sie auf der Hauptstraße des kleines Dorfes Wollseifen stehen, das seine Bürger im Jahr 1946 hatten verlassen müssen und das danach fast vollständig für einen Truppenübungsplatz eingeebnet worden war.

Die Motoren hörten sie, als sie das Dorf fast erreicht hatten. Zuerst glaubte Faller, Hubschrauber wahrzunehmen, aber nein, es waren drei schwere SUVs, die von der anderen Seite, also mitten aus dem Gelände zwischen den Rohbauten, auf die Kirche zurasten. Während Anna weiterlief, geradewegs auf Wartensteins Mercedes zu, der immer noch dastand, ohne dass jemand zu sehen war, hielt Faller inne. Die Brust tat ihm weh, er bekam kaum noch Luft. Er war eindeutig nicht in Form. Rechter Hand lag ein flaches Gebäude. Ein Schild besagte, dass es die frühere Dorfschule gewesen war, die man nun restauriert hatte. Ohne lange nachzudenken, ging er um das Gebäude herum und nutzte eine schmale Metallleiter, um auf das Dach zu klettern. Er war jetzt der Fotograf, sagte er sich und zog die handliche Kamera hervor, die Graf ihm gegeben hatte.

Die drei schwarzen SUVs waren vor der Kirche zum Halten gekommen; acht Gestalten sprangen aus den ersten beiden heraus, alle behelmt und in schwarzen Uniformen und eindeutig bewaffnet.

Dann lief vor Faller etwas ab, das er mit der Videofunktion der Kamera wie einen Film aufnahm. Blendgranaten wurden geworfen, während die acht Uniformierten in die Kirche eindrangen. Kommandos wurden gerufen, zwei Schüsse erklangen, dumpfe Schreie drangen aus dem Gebäude. Sechzig, siebzig Sekunden – länger dauerte die Erstürmung der Kirche nicht.

Wo war Anna? Suchend schaute Faller sich um, während er die Kamera weiter auf die Kirche gerichtet hielt.

Aus dem dritten SUV waren zwei ebenfalls Uniformierte gesprungen, die sich auf Anna gestürzt und sie zu Boden gerissen hatten. Entsetzt schrie Faller auf, aber nicht so laut, dass ihn jemand hören konnte. Eine dritte Person war aus dem SUV gestiegen – eine blonde Frau in einem hellen Mantel.

Leonie Hansen hatte die Hände in den Taschen und ging auf Wartensteins Mercedes zu.

Während der Rauch vor der Kirche sich allmählich lichtete und zwei Uniformierte den ersten der Albaner gefesselt herausschleiften, klopfte die Polizistin auf das Wagendach, woraufhin sich die Beifahrertür öffnete und Wartenstein schwerfällig ausstieg. Er hob seine Hand und grüßte sie, beinahe wie ein Monarch, der freundlich die Huldigungen seines Volkes entgegennahm.

Leonie Hansen schien sich für das Geschehen an der Kirche kaum zu interessieren, nun wurden zwei weitere Männer nach draußen gezerrt. Einer von ihnen mochte Enver Osmani sein. Die Polizistin achtete jedoch gar nicht darauf, sondern schaute sich nach Anna um und winkte ihren Uniformierten zu, sie zu ihr zu bringen.

Gleich, dachte Faller, gleich würde man auch ihn entdecken. Er schaltete die Kamera aus und steckte sie wieder ein. Dann zog er sich vorsichtig vom Dach zurück. Als er die letzten Stufen der Metallleiter hinuntergestiegen war, stand Valentin Graf vor ihm. Er atmete in kurzen Stößen, Schweiß stand ihm auf der Stirn.

»Sie haben meine Drohne abgeschossen«, sagte er. »Einfach so. Wo ist Anna? Haben die Schweine sich Anna geholt?«

Faller nickte. »Ich war auf dem Dach«, sagte er wie eine Entschuldigung. »Um Fotos zu machen.«

Graf streckte ihm die Hand entgegen. »Gib mir die Kamera«, sagte er. »Sie werden es nicht wagen, einen alten Mann, den Malerfürsten, zu durchsuchen.« Wie er das Wort »Malerfürst« aussprach, klang es spöttisch und nicht wie ein Ehrentitel.

Ohne Zögern holte Faller die Kamera hervor.

Kaum waren sie um die Ecke des alten Schulhauses gebogen, rauschte ein weißer Van an ihnen vorbei – ein Wagen, wie Faller ihn auch in seiner Straße gesehen hatte. Das Nummernschild war so verdreckt, dass man es nicht lesen konnte.

Zwei Uniformierte entdeckten sie und marschierten ihnen entgegen. Einer hatte seine Waffe gezogen, eine schwarze Pistole, die man auf die Entfernung für ein Spielzeug hätte halten können.

Leonie Hansen stand bei Wartenstein am Mercedes und beobachtete, wie die vier Männer, die offenbar in oder an der Kirche gewesen waren, einzeln zu dem Van geführt wurden. Von Anna war nichts zu sehen. Nein, sie hockte im Fond des dritten SUVs und wurde von einem Uniformierten bewacht.

Der Uniformierte mit der Waffe befahl ihnen, die Hände zu heben und sich langsam zu nähern.

Graf schaute Faller an. »Ich habe Helen übrigens wirklich geliebt«, sagte er, »und eigentlich tue ich das immer noch. Und das alles hier ...«, seine erhobenen Hände beschrieben einen Kreis, »... habe ich vor allem für sie mitgemacht.«

Ich habe sie auch geliebt – und vermisse sie in jeder Sekunde. Faller hatte keine Gelegenheit, etwas zu erwidern. Der Uniformierte, der keine Waffe trug, packte seinen Arm und riss ihn herum, sodass er ins Straucheln geriet und beinahe gestürzt wäre. Als er sich wieder gefangen hatte, war Leonie Hansen herangekommen.

»Ich hätte mir denken können, dass Sie auch hier sein würden«, sagte sie mit tonloser Stimme. Ihr Blick streifte Graf, den die Polizisten nicht so rüde behandelt hatten. »Und Sie haben sogar prominente Unterstützung.« Sie zog für einen Moment die Augenbrauen hoch. »Wir hatten hier eine Polizeiaktion. Vier Männer albanischer Herkunft haben versucht, einen ehrenwerten Kölner Bankier mit gefälschten Fotos pornografischen Inhalts zu erpressen. Doch er hat sich uns offenbart, sodass wir rechtzeitig einschreiten konnten.« Mit einer schnellen Bewegung, die zeigte, dass sie tatsächlich eine ausgebildete Elitepolizistin war, schleuderte sie Faller herum, um ihn abzutasten. »Wo ist Ihr Smartphone? Haben Sie Fotos gemacht?«

»Nein«, keuchte Faller, den dieser Angriff vollkommen überrascht hatte. »Es gab einen Überfall auf mich. Da habe ich mein Telefon verloren.«

Die Polizistin drehte ihm den rechten Arm auf den Rücken. »Sie sollten die Wahrheit sagen – wäre besser für Ihre Gesundheit!«

»Kein Telefon«, brachte Faller unter Schmerzen hervor.

Sie ließ seinen Arm los und stieß ihn von sich. Einen Moment später wandte sie sich Graf zu.

»Ich muss Sie leider auch durchsuchen. Bedaure«, erklärte sie ganz höflich. Natürlich wusste sie, wen sie vor sich hatte. Einen der bekanntesten und einflussreichsten Maler der Welt.

Vielleicht, ging Faller ein blitzschneller Gedanke durch den Kopf, vielleicht verdanken wir Graf unser Leben, vielleicht hätte man Anna und mich einfach verschwinden lassen, wenn er nicht dabei wäre. Aber bei einem so berühmten Mann wie Graf ging das nicht.

Valentin Graf neigte leicht den Kopf. Er hatte sich wieder gefasst und war zu Atem gekommen. Nur zu, bedeutete dieses sanfte Nicken, durchsuchen Sie mich.

Offenbar machte es ihm nichts aus, dass sie ihm gleich die Kamera abnehmen würden.

»Mein Telefon liegt in meinem Auto«, sagte er seelenruhig, während Leonie Hansen ihn abtastete. »Ungefähr einen Kilometer von hier. Und meine Drohne haben Sie ja schon vom Himmel geholt. Nehme ich Ihnen übrigens persönlich übel.«

Die Polizistin schnaubte nur, statt zu antworten. Zu Fallers Überraschung zog sie nichts hervor – kein Smartphone, keine Kamera.

»Ich mache Ihnen einen Vorschlag«, sagte sie dann. Ihr Blick wanderte zu dem SUV, in dem Anna saß, und zurück zu Graf und Faller. »Wir tun so, als wären Sie nie da gewesen. Von Frau Talheim brauchen wir lediglich eine Erklärung zu gewissen Materialien, die sie sich widerrechtlich angeeignet hat. Und dann können Sie die Reste Ihrer Drohne aufsammeln und verschwinden. Okay?«

Okay, hätte Faller fast hineingeschrien, doch Graf kam ihm zuvor. »Wenn Sie das so freundlich sagen, Frau Oberpolizistin, dann machen wir das so.«

45

Wie Geschlagene, die aus einer verlorenen Schlacht zogen, fuhren sie zurück. Graf hatte seine zerstörte Drohne verladen, und dann hatten sie fast eine Stunde auf Anna warten müssen, bis die Polizei sie hatte gehen lassen.

»Ich war wirklich auf dich eifersüchtig«, sagte Graf, während sie in seinem Cayenne eine Zigarette rauchten, die er aus einem Seitenfach geholt hatte. »Dabei weiß ich, dass Helen mich nicht deinetwegen verlassen hat. Ich war in einer schwierigen Phase. Meine Kunst bedeutete mir selbst nichts mehr, ich war ein Kunstprodukt geworden, und da hat sie mir gezeigt, wie es ist, wenn man ungezähmt und entschlossen seine eigene Kunst macht. Das aber wollte ich nicht sehen.«

»Ich habe ihre Bilder eigentlich nie verstanden«, gestand Faller. »Aber ich habe ihre Klugheit und Schönheit geliebt.«

Er bemerkte, dass sie wie zwei alte verbitterte Männer klangen, und redete nicht mehr weiter. Das letzte Bild, wie Helen im Rettungswagen gelegen hatte, stand ihm wieder vor Augen. Wie dumm war er da gewesen, dass er an einen Unfall geglaubt hatte.

Schließlich holte Graf auch noch eine Flasche Wein hervor, die offenbar hinten im Wagen gelegen hatte. Sie tranken aus der Flasche.

»Wo ist eigentlich die Kamera?«, fragte Faller. »Warum hat man sie nicht bei dir gefunden?«

Graf lächelte. »Ich habe sie in einer Wand am alten Schulhaus versteckt, habe sie einfach in einen Spalt in der Mauer geschoben. Morgen hole ich sie, und dann können wir überlegen, was wir tun.«

Endlich kam Anna. Sie war erschöpft und sank Faller beinahe in die Arme. »Einer von den Osmani-Männern ist angeschossen worden. Habt ihr das mitgekriegt? Sie wollen

ihnen Erpressung vorwerfen, und natürlich spielt Wartenstein mit.«

»Und was haben sie mit dir besprochen?«, fragte Faller,
obwohl er es sich denken konnte.

»Ich habe etwas unterschreiben müssen, dass ich nichts mit
dem pornografischen Material zu tun habe, das man Wartenstein untergeschoben hat, dass ich überhaupt keinerlei Material
mit den Osmani-Brüdern ausgetauscht habe.«

»Sie versuchen es«, meinte Graf, »sie versuchen tatsächlich,
so durchzukommen.«

Faller wollte sagen, dass es nur an Graf lag, dass man sie,
weil er weltberühmt war, laufen ließ. Aber vielleicht würde
man ihnen auch nur ein paar Tage zum Luftholen lassen. Er
dachte an Braschs Unfall und an Beckies vermeintlichen Selbstmord.

Die Fahrt nach Köln legten sie schweigend zurück. Einmal
meinte Faller, einen der schwarzen SUVs zu erkennen, der sie
überholte, ohne sich jedoch sicher zu sein.

»Ich möchte in meine Wohnung«, sagte Anna unvermittelt,
dann drehte sie sich zu Faller um. »Und vielleicht hast du ja
Lust, mitzukommen.«

Unsicher betrat Faller das Haus, in dem Anna wohnte. Sie
schloss die Haustür und warf ihm einen Blick zu, als müsse
sie sich überzeugen, dass er ihr folgte.

»Wir müssen Merle anrufen«, sagte er, als sie in ihrer Küche
standen. Alles wirkte unverändert. »Sie wird sich große Sorgen
machen.«

Anna nickte. Sie öffnete die Kühlschranktür und holte eine
Flasche Wein heraus. Wortlos nahm sie dann zwei Gläser und
ging in den Wohnraum hinüber. Sie stellte Gläser und die Flasche ab und verschwand dann.

Momente später hörte er, dass sie duschte. Das hätte er
jetzt auch gern getan. Für einen Moment kam ihm sogar der
Gedanke, sich auszuziehen und sich zu ihr zu stellen. Aber

nein, das war verrückt! Helen war noch keine zwei Wochen tot, und er dachte an eine andere Frau.

Mit nassen Haaren, um die sie ein Handtuch geschlungen hatte, und in einem schneeweißen Bademantel kehrte Anna zurück. Sie glich der Frau, die er vor fast zwanzig Jahren geliebt hatte; nur wirkte ihr Gesicht nicht mehr so glatt, und natürlich hatten sich um Mund und Augen Fältchen angesammelt, und auch ihre Sommersprossen leuchteten nicht mehr so, wie es ihm früher vorgekommen war.

Sie schenkte den Wein in die Gläser und prostete ihm zu. »Ich wollte heute nicht allein sein«, sagte sie. »Das ist alles. Ich hoffe ...« Sie verstummte und zog ihr Smartphone aus der Tasche. »Ich habe Merle schon eine SMS geschrieben, aber vielleicht geht sie jetzt ans Telefon.«

Er hörte, wie eine Verbindung aufgebaut wurde, aber dann sprang eine Mailbox an.

»Wahrscheinlich ist Merle noch im Krankenhaus«, sagte Anna und schob ihr Telefon zurück in die Tasche. Dann beugte sie sich vor und küsste ihn auf den Mund, ganz leicht, wie die Berührung eines Schmetterlings. »Ich hätte dich nie in diese Sache mit reinziehen dürfen, aber es ist leider geschehen. Ich habe niemand anderen gewusst, der hätte helfen können. Ich dachte, die Darkies sind hinter mir her, waren sie wahrscheinlich auch, aber dann sind ihnen die Osmani-Brüder zuvorgekommen. Auf offener Straße, als ich mir ein Prepaidhandy habe kaufen wollen, haben sie mich in ihren Audi gezogen und mich dann betäubt. Hat keine zwanzig Sekunden gedauert.«

Sie legte den Kopf auf seine Schulter. Nach ein paar Atemzügen war sie eingeschlafen. Er bettete ihren Kopf vorsichtig auf ein Kissen, nahm eine Wolldecke, die am Ende des Sofas lag, und deckte sie zu. Dann löschte er das Licht und zog zwei Ledersessel heran, um daraus ein provisorisches Lager für sich zu machen, als wäre er für diese Nacht ihr Bodyguard.

Er spürte seine Müdigkeit, doch sobald er die Augen schloss, flirrten ihm Gedankenfetzen durch den Kopf. Was hatten sie erreicht? Sie kannten die Wahrheit, zumindest einen Teil der Wahrheit. Es gab eine Schattenabteilung des Verfassungsschutzes, die außerhalb der Legalität arbeitete und die nun an einer Legende strickte, um die Osmani-Brüder auszuschalten. Aber wenn er nun darüber schreiben würde, würde man es für eine erfundene Geschichte halten – wie damals seinen Artikel über die Bilderberger. Doch zwei Menschen waren gestorben, nein, mit Tarik Osmani sogar drei, auch wenn ihm nicht klar war, ob dessen Tod mit Annas Enthüllungen zu tun hatte.

Plötzlich wandte sich Anna zu ihm um. Er konnte in dem wenigen Licht, das hereinfiel, sehen, dass sie die Augen geöffnet hatte. Leise sagte sie: »Danke.« Dann schlief sie wieder ein.

Faller erwachte gegen sieben Uhr, weil ihn der Rücken schmerzte. Mühsam richtete er sich auf. Anna lag nun unter einer Bettdecke mit einem Rosenmuster. Die Wolldecke hatte sie über ihn gelegt. Er ging vorsichtig ins Bad, erleichterte sich und wusch sich das Gesicht. Die Augen, die ihn anschauten, kamen ihm fremd vor – Erschöpfung und Ratlosigkeit waren in ihnen zu lesen. Was sollte er jetzt tun?

Helen, flüsterte er, wie geht es nun weiter? Anna ist wieder frei, und wahrscheinlich kommt Merle heute oder morgen aus dem Krankenhaus.

Es wird schon werden, sagte die Helen in seinem Kopf. Ihre Stimme klang abwesend, uninteressiert, wie häufig, wenn sie in ihre Arbeit vertieft war.

Faller warf einen Blick in das Wohnzimmer. Anna hatte sich zur Seite gedreht, ihr Gesicht war unter dem Schleier aus rotem Haar nicht zu sehen. Wieso hat Merle eigentlich keine roten Haare?, fragte er sich unwillkürlich.

Vor dem Spiegel neben der Eingangstür lagen ein paar Münzen, die er einsteckte, dann ging er hinunter. Er brauchte einen Kaffee, dringend einen Kaffee und etwas zu essen.

Der schwarze SUV parkte direkt vor der Tür. Die Beifahrertür öffnete sich, kaum dass er zwei Schritte auf den Gehweg gemacht hatte. Leonie Hansen trug wieder ihren hellen Mantel, aber sie sah nicht aus, als hätte sie die ganze Nacht nicht geschlafen. Im Licht der Straßenlaterne war sogar zu sehen, dass sie leicht geschminkt war und einen Lippenstift benutzt hatte.

»Ich habe mir gedacht, dass Sie hier sind«, sagte sie lächelnd. »Und ich wusste auch, dass Sie Frühaufsteher sind.«

»Bin ich eigentlich nicht«, erwiderte Faller. Wer noch in dem Wagen saß, war nicht zu erkennen.

»Gehen wir ein paar Schritte«, meinte die Polizistin und klang beinahe fürsorglich. »Zwei Ecken weiter gibt es einen guten Bäcker. Aber ich vergaß, Sie kennen sich hier aus, obwohl … Ihre Affäre mit Anna Talheim ist ja schon eine Weile her.«

Faller ging nicht darauf ein.

»Ich habe Ihnen auch ein paar Dinge mitgebracht, die Sie verloren haben.« Ihr Tonfall blieb überfreundlich. Aus ihrer Manteltasche zog sie ein Smartphone, ein Schlüsselbund und ein Portemonnaie.

Nach einer Sekunde der Überraschung nahm er die Dinge an sich. »Die Polizei – dein Freund und Helfer.«

Leonie Hansen packte ihn am Arm und zwang ihn, stehen zu bleiben. »Genau so müssen Sie das sehen. Einige im Amt haben geglaubt, im Sinne der nationalen Sicherheit so handeln zu müssen; das heißen wir nicht gut und bereinigen es gerade, aber es wäre nicht hilfreich für das ganze Amt und die Regierung, wenn die Öffentlichkeit davon erfährt.«

Faller schüttelte ihre Hand ab. »Sie haben Leute umgebracht. Tarik Osmani, Tim Beckmann und …«, er musste unwillkürlich schlucken, »… Helen.«

»Das mit Ihrer Freundin war ein bedauerlicher Unfall«, sagte Leonie Hansen, »der mir sehr leidtut. Hätte sie uns das Material einfach so gegeben, wäre nichts passiert, aber sie hat sich widersetzt und ist davongelaufen, deshalb gab es diesen

Unfall ... Dafür konnte niemand etwas.« Sie verstummte. »Mit dem Mord an Tarik Osmani haben wir nichts zu tun, gar nichts. Der Albaner hat sich mit ein paar Leuten zu viel anlegt, und Beckmann ... er war schwer krank und hatte Depressionen, wussten Sie das nicht?«

»Sie lügen«, sagte Faller. »Ich weiß, dass Sie lügen.« Für einen Moment kam ihm der Gedanke, dass Beckie auch für das Amt gearbeitet hatte und vielleicht ... Könnte er der Mörder von Tarik Osmani gewesen sein?

Leonie Hansen holte aus den Tiefen ihres Mantels eine Schachtel Zigaretten und bot ihm eine an. Faller schüttelte den Kopf. Während sie sich eine Zigarette ansteckte, sah er ihre Hände, farblos lackierte Fingernägel, eine schöne Hand, eigentlich nicht die Hand einer Polizistin, fand er, obschon ... Wieso sollten Polizistinnen keine schönen Hände haben?

»Wartenstein wird Ihnen das Geld schenken, das er Ihnen schon bezahlt hat. Er hat auch bereits mit einem Verleger in Düsseldorf gesprochen. Man wird Ihnen eine Stelle anbieten – im Sport. Da haben Sie doch einmal angefangen, nicht wahr? Das wäre doch eine prima Sache für einen Neuanfang. Sie könnten nach Düsseldorf gehen, endlich weg aus Köln.«

Prima Sache – wer redete heutzutage noch so? Eine schöne Polizistin, die sich als Stellenvermittlerin gerierte und ihm gleich noch einen Umzug ans Herz legte.

»Sie sollten darüber nachdenken«, fuhr Leonie Hansen fort, »aber keinesfalls sollten Sie sich in eine falsche Richtung orientieren und die falschen Dinge schreiben. Das hat Ihnen doch schon einmal geschadet. Die Sache ist ausgestanden, die beiden Osmanis werden ihre Strafe bekommen, auch wegen anderer Delikte, in der Wartenstein-Bank werden sich ein paar Dinge ändern. Und im Amt werden die Leute, die etwas falsch gemacht haben, zur Rechenschaft gezogen. Nur wird das Ganze nicht auf offener Bühne stattfinden. Das wäre für das Amt und die nationale Sicherheit kontraproduktiv.«

Sie waren an den Gürtel gelangt, die Verkehrsader, die rund

um Köln führte. Eine Straßenbahn rumpelte vorüber. Menschen fuhren zur Arbeit, alles wirkte ganz normal.

»Ergreifen Sie diese Chance«, sprach Leonie Hansen weiter, während sie bei Grün die Straße überquerten. »Und rühren Sie nicht die falschen Sachen auf.«

»Was ist mit Brasch – mit dem Unfall?« Zum ersten Mal schaute er ihr in die Augen. Wut schwang in seiner Stimme mit.

»Ein Materialfehler – geht auch nicht auf unser Konto. Ihrem Detektivfreund geht es besser. Man hat ihn auf eine normale Station verlegt. Er wird wieder gesund werden und kann sich weiterhin als Privatdetektiv durchschlagen.«

»Materialfehler.« Voller Ironie sprach Faller dieses Wort. »Sie lügen, Frau Polizistin.« Nun ergriff er ihren Arm. »Kommt es überhaupt vor, dass Sie einmal die Wahrheit sagen?«

Wie zuvor löste sie sich mit einer schnellen Bewegung von ihm. »Ich möchte, dass es Ihnen gut geht, dass Sie wieder als Journalist arbeiten und nicht in Sportsbars rumhängen, aber es liegt an Ihnen, ob Sie noch etwas aus Ihrem Leben machen oder nicht. Das ist die Wahrheit«, sagte sie. Dann drehte sie sich um und ging.

Epilog

Donnerstag

Fast fünf Monate war Faller nicht in Köln gewesen. Ein merk-würdiges Gefühl, nun wieder in der Stadt zu sein. Louisa hatte Anna und ihm zwei Zimmer in dem Bordell in Ossendorf beschafft, in dem sie an dem Abend, als er Beckies Tasche aus Braschs BMW holte, das Bier besorgt hatte. Anna hatte gelacht, als sie die beiden winzigen plüschigen Zimmer gesehen hatte. Aber so waren sie sicher gewesen, dass niemand erfuhr, wo sie abgestiegen waren. Außerdem wurden die Zimmer nicht mehr benötigt, seit dieses Virus aus China nach Deutschland gekommen war.

Ohne Louisas Hilfe hätten sie auch ein paar andere Dinge nicht geschafft. Sie hatte ihnen eine Unterkunft in Luxemburg angemietet, zwanzig Kilometer von der Stadt entfernt, und sie hatte es so eingerichtet, dass sie bei ihren Recherchen im Internet keine Spuren hinterließen.

Anna war so nervös, wie er sie in den letzten Wochen nicht mehr erlebt hatte. Sie hatte sich ein neues Kleid für den Abend gekauft, ein rotes Kleid, das zu ihren roten Haaren passte. Sie sog hektisch an einer Zigarette und warf Louisa, die am Steuer saß, immer wieder einen fragenden Blick zu. Ob es Louisas BMW war, in dem sie von dem Bordell abgeholt worden wa-ren, wusste Faller nicht. Er wusste aber, dass er ihr wie sonst vielleicht nur seinem Freund Broder vertrauen konnte.

»Es wird brechend voll heute Abend«, sagte Louisa lä-chelnd. Sie warf kurz einen Blick zu Faller herüber, der auf der Rückbank hockte. »Die Buchhändlerin hätte zehnmal mehr Karten verkaufen können.«

Faller nickte schweigend. Über drei Monate hatten sie an diesem Buch gearbeitet, immer in der Angst, dass Leonie Hansen oder einige ihrer Leute vor der Tür ihres kleinen Ferienhauses stehen könnten. Drei Monate, in denen sie versucht hatten, noch mehr Licht in das Dunkel dieses Falles zu bringen. »Das Netzwerk« hieß ihr Buch, das beweisen sollte, dass tatsächlich einige Leute im Verfassungsschutz ein Netzwerk gebildet hatten – mit eigenen Strukturen und einer eigenen Kasse, die sie über einen ausländischen Ableger der Wartenstein-Bank verwaltet hatten. Und noch etwas meinten sie herausgefunden zu haben: dass Tim Beckmann ebenfalls zu diesem Netzwerk gehört hatte – und dass er der Mörder von Tarik Osmani gewesen war, nachdem der Albaner versucht hatte, sich mit seinen Brüdern bei Wartenstein einzukaufen. Nach dem Mord jedoch war Beckie ein zu großes Risiko für das Netzwerk geworden. Deshalb hatte auch er sterben müssen.

Louisa fuhr die Neusser Straße hinunter. »Wir sind gleich da«, sagte sie. »Euer Verleger wird euch in Empfang nehmen und ein paar Worte sprechen.«

Als sie vor der Buchhandlung ausstiegen, spürte Faller, wie sich sein Herzschlag beschleunigte. Er schaute sich nach allen Seiten um, und Anna tat es ihm nach.

Sie sah ihn. »Nun sind wir endlich hier«, flüsterte sie. »Alles wird gut.«

Auf der Straße war nichts Auffälliges zu sehen – kein weißer Van, keine schwarze Limousine.

Der Verleger war ein kleiner freundlicher Mann, der Anna sofort umarmte und Faller die Hand schüttelte. »Das wird heute eine große Show«, sagte er mit einem spöttischen Unterton. »Aber – Hals- und Beinbruch, alles wird gut gehen.« Anna kannte ihn von früher; er war sofort bereit gewesen, ihre Geschichte zu veröffentlichen.

Zwanzig Minuten später saßen sie auf einer Bühne, die im hinteren Bereich der Buchhandlung aufgebaut worden war. Anna drückte seine Hand, während der Verleger das Mikrofon nahm und zu sprechen begann; er dankte allen, die trotz der

Gefahr durch das neuartige Virus gekommen waren, und sprach dann von Enthüllungen, Demokratie und Wahrheit.

Faller wagte kaum, ins Publikum zu blicken. Er entdeckte Merle und ihren blassen Freund Per, den er sich ganz anders vorgestellt hatte, in der ersten Reihe. Valentin Graf saß mit einer sehr jungen, sehr blonden Frau neben ihr. Auch Broder und Brasch waren da. Brasch hatte ihm kurz als Zeichen der Zuversicht den Daumen entgegengereckt; ihm ging es nach seinem Unfall wieder besser. Und irgendwo unter den Besuchern meinte Faller das Gesicht von Judith Meinert wahrgenommen zu haben.

Dann brandete plötzlich Applaus auf. Der Verleger hatte seine Rede beendet und neigte kurz den Kopf.

Nun waren sie an der Reihe – Anna Talheim und Robert Faller, die Autoren eines neuen, groß angekündigten Enthüllungsbuches.

»Warum schreiben wir dieses Buch?«, hatte Faller in Luxemburg gefragt, nachdem Anna ihm diese Idee vorgetragen hatte.

»Weil wir gute Journalisten sind und weil wir die Wahrheit wissen wollen – und weil dieses Buch unsere Lebensversicherung ist. Wenn wir das, was wir wissen, veröffentlicht haben, gibt es keinen Grund mehr, uns zu verfolgen. Dann liegt alles offen zutage.«

Ja, hatte er gedacht, ja, das stimmt hoffentlich. So angenehm es war, Anna bei sich zu wissen, so versteckt und so voller Furcht, entdeckt zu werden, wollte er nicht sein ganzes Leben führen.

»Gut«, hatte er erwidert. »Wir schreiben dieses Buch zusammen, aber zuerst musst du mir sagen, ob ich Merles Vater bin.«

Für einen Moment war Anna erstarrt. Ihr Blick ruhte auf ihm, forschend und undurchdringlich zugleich. »Denkst du das wirklich?«, hatte sie dann in einem ärgerlichen Tonfall entgegnet. »Dass du ihr Vater bist und ich dir all die Jahre nichts gesagt habe? Hast du jetzt etwa väterliche Gefühle entwickelt?« Er wollte widersprechen, ihren Ärger besänftigen, doch sie fuhr fort: »Er hieß Sam, er war ein amerikanischer Autor und lebte ein paar Wochen in Köln – im Juni 2001. Aber er war verheiratet und ist dann bald in die USA zurückgeflogen.«

Anna hatte den Blick gesenkt. Das war's, bedeutete dieser Blick, mehr gibt es dazu nicht zu sagen. Danach hatte er dieses Thema auch nie wieder angesprochen.

Als der Verleger Anna das Mikrofon übergab, ließ Faller noch einmal seinen Blick über das Publikum schweifen. Lucca hatte heute seine Bar vorzeitig abgesperrt und war auch gekommen. Rike allerdings fehlte, eine Frau im Rollstuhl wäre ihm aufgefallen, aber vermutlich fürchtete sie, in dem Buch aufzutauchen, oder sie ahnte, dass es auch um Beckies Rolle gehen würde. Mieka war ebenso nicht zu entdecken. Sie hatte das Geld bekommen, das Beckie für sie zurückgelegt hatte, und hatte danach nichts mehr mit der ganzen Angelegenheit zu tun haben wollen.

Dafür aber näherte sich jemand von hinten und suchte nach einem freien Platz: eine blonde Frau in einem hellen Mantel. Leonie Hansen war noch pünktlich eingetroffen.

Über etwa zwanzig Stuhlreihen sah sie Faller an – ein Blick wie aus Stahl, scharf und schneidend.

Im nächsten Moment begann jemand mit einem hellen Blitzlicht zu fotografieren, und Anna räusperte sich und hob an zu sprechen.

»Meine Damen und Herren, wir möchten Ihnen heute Abend eine besondere Geschichte erzählen, die mit uns, aber auch mit Ihnen und mit unserem Land zu tun hat. Sie werden uns nicht alles glauben, was wir Ihnen mitteilen werden, weil vieles unglaublich klingt, aber Sie sollen auch gar nicht alles glauben – wir bitten Sie nur um eines: Hinterfragen Sie alles und vertrauen Sie nur sich selbst.«

Dann nickte sie und gab zu seiner Überraschung bereits

das Mikrofon an Faller weiter, damit er ausführlicher über ihr Buch und dessen Hintergründe sprach.

Helen, jetzt bin ich dran, sagte Faller stumm in sich hinein, mein erster Auftritt vor einem größeren Publikum seit einer Ewigkeit, und er meinte, ihr Gesicht vor sich zu sehen. Gleich werde ich als Erstes deinen Namen nennen. Dass ich für immer in deiner Schuld stehe und dass dieses Buch dir gewidmet ist.

Dank

Ein großer Dank geht auch diesmal an Hejo und Ulrike Emons, an Franziska Emons-Hausen, Christel Steinmetz und das ganze Verlagsteam. Nach zehn Bänden mit meinen Protagonisten Birte Jessen und Jan Schiller sind sie auch den neuen Weg mit mir gegangen, mit Robert Faller eine andere Figur in einem Roman vorzustellen. Das ist in diesen Zeiten wahrlich keine Selbstverständlichkeit – zumal Faller auf den ersten Blick gar nicht als Held taugt: Er ist gescheitert, altmodisch, eigentlich am Ende – und er legt sich mit Mächten an, denen man im Grunde vertrauen sollte. Doch zeigt er sich als wahrer Journalist – eben nur der Wahrheit verpflichtet.

Meinen herzlichen Dank möchte ich zudem auch Marion Heister aussprechen, die nicht müde wird, meine Texte zu lektorieren, und die mich wieder vor einigen Irrtümern bewahrt hat.

Die Erfolgsserie mit Jan Schiller
von Reinhard Rohn
Alle Titel sind auch als eBook erhältlich.

Falsche Herzen
ISBN 978-3-89705-601-5

Kölnisch Wasser
ISBN 978-3-89705-722-7

Kölner Lichter
ISBN 978-3-89705-869-9

Barfuß in Köln
ISBN 978-3-89705-992-4

Der Richter von Köln
ISBN 978-3-95451-186-0

Kölner Finale
ISBN 978-3-95451-606-3

Kölner Ringe
ISBN 978-3-7408-0205-9

Die drei Toten von Köln
ISBN 978-3-7408-0525-8

Nachtengel von Köln
ISBN 978-3-7408-0922-5

Kölner Kasino
ISBN 978-3-7408-1246-1

www.emons-verlag.de